나무는 오늘도 사랑을 꿈꾼다

조경업체 대표가 들려주는
나무 이야기 2

최득호 지음

나무는
오늘도
사랑을
꿈꾼다

I'm

터질 듯 부풀어 오른 홍매화 사진에 덧붙여 보낸 고향의 봄소식에 겨우내 움츠렸던 몸과 마음을 풀기 위해 크게 두 팔을 치켜들고 만세를 부른다. 꼭꼭 숨은 투명한 얼음이 봄맞이 청소에 모습을 드러내고, 봄처녀의 마음이 투영된 흙바닥이 선명히 다가오니 생강나무꽃처럼 내 마음도 피어올라 괜히 우쭐해진다.

달려온 봄소식에 가쁜 숨 몰아쉬며 내달린 두 번째 나무 이야기가 끝이 났다. 원고 뭉치를 편집자에게 내던지고 나면 개운하고 상큼한 봄나물 같은 향내가 폴폴 날 줄 알았더니 마음 한구석에 남아 있는 무언가가 홍매화의 잔상을 날려 버린다.

"나무 그림은 언제쯤 완성되나요? 아직 시간이 충분하니까 그림은 천천히 준비되는 대로 넘겨주세요. 첫 번째 책과 같은 패턴으로 갈 거니까 자리 비워 두고 정리해 볼게요."

나름 편집자의 배려 담긴 말이었지만 아, 참 갈 길이 아직 멀구나 싶었다. 하지만 뿌연 잔상을 날려버리고 생기 넘치게 달려오는 이른 봄을 폐부 깊숙이 빨아들이며 봄을 만끽한다.

추억 속에 자리한 나무 하나하나에 대한 기억을 끄집어내어 나름 그럴 듯하게 포장했지만 묵묵히 각고의 세월을 견뎌온 나무의 속마음을 어찌 다 알 수 있을까. 아무리 쓰다듬고 올려다보아도 내면 깊이 박힌 속살의 흔적을 모두 알아낸다는 것은 애시당초 불가능한 일이었다.

세상의 모든 나무는 우리가 삶을 살아가는 데 귀한 약재이다. 그 경중이야 조금씩 차이는 있겠지만 나무는 스스로 유익한 물질을 생성하고 분비해 자신을 지키기도 하지만 기꺼이 내어줄 줄 아는 넉넉한 마음을 가지고 있다. 나무가 전하는 메시지를 알아 갈수록 경건해지고 자숙하게 되며 감사한 마음에 절로 고개가 숙여진다.

나무는 꽉 찬 인품을 갖춘 사람과 같다. 인간에게 강하고 큰 울림과 힘을 주는 나무는 인간 없이 살아갈 수 있지만 인간은 나무 없이는 살아갈 수 없다. 말을 못 하고 아픔을 느끼지 못한다고 생각하는 것은 인간 중심적 사고다.

나무는 그 어떤 외부의 압력이나 시련을 받아들이고 진지하게 살아낸다. 나무가 스스로를 지키고 인간에게 내어주는 약성은 오랜 시간에 걸쳐서 생겨났다. 하지만 인간이 그것을 무너뜨리는 데는 단 몇 분이면 족하다. 남을 위해 자신을 희생하는 나무처럼 사람도 자신을 기꺼이 내어 준다면 그 삶은 성공적일 것이다.

죽음에 직면했을 때 느끼는 나무의 공포감은 인간과 같다. 우리는 잘 알지 못하는 것이나 이해가 어려운 것에 대해서는 애써 무시하거나 평가절하하는 경향이 있다. 스스로 모른다는 사실을 인정하기 싫기 때문인지도 모른다.

따스한 햇살에 실려온 홍매의 꽃봉오리 열리는 소리에 우두산 분계령 산그늘에도 따순 봄살이 솟아오른다. 강한 생명의 기운이 책 속에서 나무를 타고 앉아 도란도란 무어라 지껄인다. 꿀꺽 한 모금 침을 삼키니 울렁이는 목젖을 타고 뜨거운 기운이 솟아오른다. 봄은 생명의 기운을 나무에 태워 보내고 있다.

이 책이 나무를 잘 알게 되고 사랑하는 사람들이 많아지는 초석이 되었으면 좋겠다.

2023년 봄날 홍매 소식에 최득호 쓰다

contents

prologue　　　　07

제 1 부

나의 살던
고향은

01

찔레나무

Rosa multifloraTHUNB

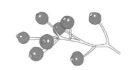

찔레순 꺾어 먹던 시절

가뭄에 풀썩이는 생명

"찔레 묵꼬 찔리서 딸 묵고 딸 낳아서⋯⋯."

끝임이가 왼발 오른발 번갈아가며 폴짝폴짝 새청골 동네 아이들 놀이마당을 향하여 뜀박질하면서 노래를 부른다. 밭둑에서 꺾은 찔레 순을 씹으며 노랫말 뜻도 모르면서 그저 전해 들은 노래를 흥얼거린 다. 양지쪽 아지랑이가 졸음을 부른다.

끝임이의 등 뒤에는 봄볕에 그을린 까만 피부를 가진 막둥이가 업 혀 있다. 가느다란 목덜미에 매달린 막둥이의 머리통이 뛰는 누나의 흔들림에 따라 떨어져 나갈 듯 좌우로 요동친다. 친구들과 노는 데 더 마음이 가 있는 끝임이는 동생의 머리통이 달랑대도 아랑곳없다.

끝임이는 허기진 배를 채우느라 살강 위 채반에 삼베 보자기로 덮어 놓은 보리밥 한 줌을 냉수에 말아 찬장에서 꺼낸 시어 터진 김칫국물과 함께 훌쩍 들이키듯 마시고는 친구들을 만나러 집을 나선다. 송현이네 밭둑 산뽕나무 아래 찔레 덩굴에 새끼손가락만큼 굵직하게 솟아오른 찔레순이 보인다. 끝임이는 웬 횡재냐 싶어 얼른 꺾는다. 껍질을 벗긴 후 떨떠름하면서도 들쩍지근하고 아삭한 식감을 음미하며 엄마가 불러주던 찔레 노래를 흥얼거린다.

보릿고개에 주린 배를 움켜 안은 끝임이 엄마는 가뭄에 풀썩이는 먼지를 뒤집어쓰고 보리 밭매기에 여념이 없다. 지나가기만 하면 초목이나 곡식이 다 말라죽는다는 '깡철이'라도 출현한 것일까. 이맘때쯤의 가뭄을 '찔레꽃가뭄'이라 여기고 마을 사람들은 "찔레꽃가뭄은 꿔다 해도 한다"는 속담을 가슴에 되뇌이며 보릿고개를 넘는다.

여성의 꽃

찔레나무는 장미목, 장미과, 장미속의 16,000여 종이나 되는 장미의 원종으로 장미의 접붙이기 대목으로 쓰이는 낙엽활엽관목이다. 주로 양지바른 곳이나 물가, 반음지에서도 잘 자라며, 우리나라 전역과 일본에 분포하는 동북아시아 지역이 원산지이다. 비슷한 종으로 찔레, 좀찔레, 제주찔레가 있으나 모두 변종으로 여긴다. 유사종으로는 왕가시나무가 있는데 줄기가 옆으로 기어나가 뻗어서 크며, 주로 찔레와 섞여서 나고 자라는데 가시와 선모가 있다.

지방에 따라 찔구나무, 찔네나무, 새비나무, 질누나무, 설널네나무, 들장미, 야장미 또는 가시나무로도 불린다. 가시나무는 '가시가 있는 나무'라는 뜻이고, 찔레나무는 '찔리는 가시가 있는 나무'라는 뜻이다.

속명 'Rosa'는 장미를 뜻하는 그리스어 'Rhodon'과 붉다는 의미의 켈트어 'Rhadd'에서 유래했고, 종소명 'Multiflora'는 꽃이 여러 개가 달린다는 뜻이다. 흰 꽃과 붉은 열매는 관상 가치가 높아 공원수나 생울타리용으로 쓰이지만 산과 들에서 야생으로 자라는 경우가 대부분이다. 키는 보통 2m 정도로 곧추서서 자라지만 가지 끝은 아래로 처져 자라며 어린 가지에 털이 있는 것도 있다. 새로 나오는 굵은 어린 순은 껍질을 벗겨 날로 식용이 가능하고 보통 '찔레'라고 부른다. 샐러드나 김치로 담가 먹기도 하지만 차, 술, 화전 등 간식거리로 먹으며 어린이의 성장발육 촉진에 효능이 있다고 알려져 있다. 키우거나 재배하려면 어린 순에 찔레수염진딧물이 공격하므로 방제를 해주어야 한다.

찔레나무는 강인한 생명력과 빠른 성장력을 통해 왕성한 기운의 느낌을 받는 나무다. 특히 예쁜 꽃과 진한 향기를 비롯해 각종 여성병에 특효가 있어 '여성의 꽃'으로 불리기도 한다. 꽃은 술에 담가 증류하여 화장수로 이용하는데 이를 '꽃이슬'이라 한다. 꽃이슬을 피부에 바르면 기미, 주근깨, 백반증 개선과 피부재생 효과가 커서 이 꽃향수로 씻으면 미인이 된다고 알려져 있고, 찔레 나뭇가지는 여성의 대머리 치료에 효과가 있다.

일명 '장미화(薔薇花)'라고 부르기도 하는 찔레꽃은 5월에 2cm 정도의 흰색 또는 연홍색으로 원뿔 모양 꽃차례로 피며 꽃자루에 약간의 솜털이 있다. 꽃을 말렸다가 물에 다려서 음복하면 갈증 해소와 말라리아 치료, 불면증, 간질환, 당뇨, 중풍 마비, 건망증 등에 효과가 있고, 꽃말은 '고독, 주의깊다'이다.

잎은 서로 어긋나기로 달리며, 깃 모양 겹잎으로 작은 잎 5~9장으로 가장자리에 톱니가 있다. 모양은 타원형 또는 거꾸로 된 달걀 모양으로 양끝이 좁아지고, 길이는 2~3cm로 앞면에는 털이 없고 뒷면에는 잔털과 거치가 있다. 턱잎은 빗살 같은 톱니가 있고 아랫부분이 잎자루와 겹친다.

가시는 공격용이 아니라 방어용이 대부분이다. 찔린 염증에는 바로 그 나무의 뿌리나 껍질이 치료약인 경우가 많다. 찔레나무 가시에 찔리면 찔레나무에서 추출한 약이 특효이고, 탱자나무 가시에 찔리면 탱자나무에서 추출한 약을 쓰면 된다. 라이너 마리아 릴케가 애인에게 장미꽃을 꺾어 주다가 가시에 찔려 병에 걸려 죽었다는 유명한 일화가 있다. 릴케가 이를 미리 알았다면 죽음에 이르지 않아도 되지 않았을까?

찔레나무 뿌리는 맛이 쓰고 떫으며 성질은 서늘하고 독이 없다. 손과 발가락 곪은 상처 치료에 쓰이고, 율무쌀 막걸리에 담갔다가 마시면 모세혈관 강화에 좋으며, 산후통, 산후 골절통, 이질, 설사, 복통, 토혈, 빈뇨, 당뇨, 어혈, 사지 마비, 치통, 관절염 치료에 좋다. 특히 뿌리에 기생하는 찔레버섯을 '장미나무버섯'이라 하는데 기침, 경기, 간질과 위암, 폐암, 간암, 대장암 등에 항암 효과가 크고 뇌질환이나 알콜성 지방간에도 효과가 뛰어나다.

10월에 익는 둥근 구(球) 모양의 빨간 열매는 장과(漿果)로 새의 먹이가 되기도 하지만, 한방명으로 석산호(石珊瑚), 색미자(薔薇子), 영실(營實)로 불리며 약재로 쓰이고 있다. 특히 다량의 비타민C와 멀티 플로린(Multi florin)을 함유하고 있다. 약성은 피를 잘 돌게 하는 활혈(活血),

이뇨, 변을 잘 보게 하는 사하(瀉下), 해독 효능이 있고, 소변불리(小便不利), 수종, 신장염, 생리불순, 월경통, 변비, 창독(瘡毒), 옹종(癰腫) 등의 증상을 완화시킨다. 불면증, 건망증, 각기 등에도 효과가 있으며 성기능 감퇴, 오줌싸개, 야뇨증에도 좋다.

술에 담그면 미인주(美人酒), 고아서 환을 만들면 영실고(營實膏)라 부른다. 조청으로 만들어 먹기도 하지만 많이 먹으면 설사를 유발하고 몸속 독소를 배출시키므로 해독제로 쓰이기도 한다. 약한 독성이 있으므로 말린 열매를 술에 풀어 시루에 쪄서 말리기를 아홉 번 반복하는 공정인 법제(法製) 과정을 거쳐서 우공산(禹功散)을 만들거나, 열매를 탕으로 끓인 우공탕(禹功湯)을 만들어 복용한다. '우공산'이란 이름은 찔레나무 열매 약효가 몸속의 물을 다스리는 치수(治水) 능력이 "우(禹) 임금이 뛰어난 치수 능력을 발휘하여 대홍수를 막았다는 것과 같은 공(功)이 있다"고 해서 붙여졌다.

찔레나무 전설

여성과 관련한 효능과 이야기에 걸맞게 찔레나무는 처녀의 슬픈 전설을 안고 탄생한 나무다.

　고려시대 때는 몽고의 침략으로 처녀 조공을 했다. 찔레라는 예쁘고 착한 마음을 가진 처녀가 공녀로 선발되어 몽고에 끌려갔는데 운 좋게도 착한 심성을 가지고 있는 부자 주인을 만나 호화로운 생활을 하게 되었다. 하지만 마음 둘 곳 없던 찔레는 고향의 부모님과 동생 등 가족 생각이 간절했다. 10여 년을 눈물로 지내는 찔레를 가엾게 여긴 주인이 사람을 고려에 보내 찔레의 부모님과 동생 등 가족을 찾아 데려오라고 했으나 찾지 못하고 돌아왔다. 찔레는 그리움이 더해져 병에 걸렸는데 어떤 처방의 약도 소용이 없었다. 보다 못한 주인이 한 달 안에는 반드시 돌아와야 한다는 조건을 붙이며 찔레가 고향의 가족들을 찾아가게 허락했다.

　찔레는 기쁜 마음으로 꿈과 희망을 안고 고향집을 찾았으나 이미 집은 불에 타 없어지고 부모님과 동생들의 행방은 알 길이 없었다. 찔레는 애타게 부모님과 동생들의 이름을 부르며 산속을 헤매다니며 찾았으나 허사였다. 한 달이 다 가도록 가족을 찾지 못한 찔레는 몽고로 돌아가야 할 처지가 되었다. 슬픔에 잠겨 몽고에 가는 것보다 차라리 죽는 것이 낫다고 생각한 찔레는 고향집이 있던 자리에서 목숨을 끊고 말았다.

이듬해 봄이 되자 찔레가 부모님과 동생들을 찾아 헤맸던 곳곳마다 보지 못한 꽃들이 피어났다. 사람들은 찔레의 넋을 기리기 위해 그 이름을 따서 '찔레꽃'이라고 불렀다. 찔레꽃이 들판 여기저기에 피어나지 않는 곳이 없는 이유는 찔레가 부모님과 동생을 찾아 온 산과 들판을 돌아다녔기 때문이라고 한다. 또한 찔레나무의 가시는 끝이 구부러져 있어서 무엇이든지 찔리고 나면 잡고 놓지 않으려고 하는데 "우리 부모님과 동생들을 본 적 있니?" 하며 애타게 물어보는 찔레의 마음이 가시로 태어났기 때문이라고 한다. 그래서인지는 모르지만 찔레에 관한 이야기나 노래, 글들을 살펴보면 슬픈 내용이 많다. 다른 꽃들을 볼 때보다 찔레꽃을 볼 때 더 마음이 가라앉고 엄숙해지는 느낌이 드는 것도 그런 이유일까.

보릿고개 추억

찔레꽃은 산과 들에서 햇볕이 드는 곳이라면 발에 채일 정도로 흔히 만날 수 있는 가시덤불이다. 서종 농가주택 옆 논둑 아래 담장 주변에도 찔레나무가 자라고 있다. 이전 주인이 흰들장미라며 농가 주택을 인수할 때 특별한 나무인 듯 잘 보살펴 키우라는 당부를 잊지 않은 나무다. 내가 조경 일을 하는 사람인 줄 모르고 한 말이겠지만, 당시엔 겨울의 초입이라 잎이 지고 난 뒤였기에 제대로 살펴보지도 않고 별생각 없이 흘려들었다. 하지만 이듬해 봄에 쑥쑥 솟아오르는 찔레순을 보고 나서야 "아하!" 하고 무릎을 쳤다. 흰들장미라니 참으로 귀하고 예쁜 이름 아닌가. 전문용어가 아니면 어떤가. 곧게 뻗쳐오른 순을 두어 개 꺾어 껍질을 벗기고 씹었다. 아삭하고 달짝지근한 맛에 침이 입속을 맴도니 어릴 적 추억이 살금살금 기어올라왔다.

오늘날처럼 먹을 것이 넘쳐나는 시절을 사는 젊은 사람들에겐 다소 생소할지 모르지만, 내가 어릴 적만 해도 고향에선 봄이 되면 식량이 바닥나고 새 농사의 결실이 여물지 않아 주린 배를 물로 채우던 보릿고개가 있었다. 이때 한창 무르익는 봄의 한가운데에서 찔레순은 아이들의 요긴한 간식거리였다. 배부른 요즘도 산행이나 나들이에 찔레나무를 만나면 그때 먹었던 쌉싸름하고 떨떠름하고 달짝지근하던 찔레순의 향이 입안에 맴돌아 옛 추억을 떠올리며 꺾어서 껍질을 벗긴 뒤 씹어 보곤 한다.

찔레꽃은 어린 시절 향수를 불러오는 연애편지다. 농가주택 담장에 봄이 오면 찔레꽃 아린 추억이 소록소록 되살아난다. 추억은 늘 아프고 아쉬우며 그리운 것이다. 다시 오지 못할 그 시간들이 나를 슬프게 한다.

새청골 팽나무 아래 막냇동생을 등에 업은 끝임이가 입에 찔레순을 꺾어 물고 뜀박질을 한다. 목을 제대로 가누지도 못하는 동생은 누나의 뜀박질에 고개를 휘저으며 안간힘을 쓴다. 엄마는 보리밭 고랑에서 엄마 젖 한 모금 더 먹고 싶다는 막내가 생각나 꺽꺽 숨죽여 운다. 하지만 자식 배 덜 굶기려면 보리밭 이랑의 복새풀을 한 포기라도 더 뽑아야 한다며 가쁜 숨을 몰아쉰다.

밭둑 아래 찔레순은 "배고파요? 저 여기 있어요." 하며 세월을 등에 업고 쑥쑥 새순을 솟구치며 고개를 내민다.

나무는
오늘도
사랑을
꿈꾼다

02

참옻나무

Rhus verniciflura stokes

지혜의 신작로

옻 중독사건

"너 지금 가랭이 사이에 낑가 타고 다니는 거 그기 머꼬?"

"작대긴데예."

"너 그거 어데서 낫노? 야아가 큰일 낼라꼬 작정을 했나?"

사립문을 들어서며 바짓가랑이 사이에 껍질 벗겨진 작대기를 끼우고 질질 끌며 목마(木馬)를 한나절 타고 놀다 돌아오는 나를 향해 아버지가 황급히 작대기를 낚아채곤 빼앗으며 날선 소리로 한마디 한다.

영문도 모른 채 무슨 큰 잘못을 저지른 것도 아닌데 하는 생각으로 두 눈을 뚜룩뚜룩 끔뻑이며 아버지 얼굴을 쳐다보니 뭔가 큰 잘못이라도 한 양 붉게 상기된 얼굴로 다그친다.

"이거는 언제 또 가지고 가가 난리를 치게 만드노? 이기 뭔지 아나? 응? 옻이다. 옻나무! 그것도 어제 짤라 아직 물도 안 마른 생나무 참옻 이다. 참옻! 알갠나?"

"와예? 옻나무는 가꼬 놀마 안 됩니꺼?"

"니 옻 오르마 우짤라 카노? 간지러버 죽는다. 속에 옮아 드가가 심 하마 약도 엄따, 약도……. 언제부터 가꼬 놀았노?"

"아까 아침 무꼬 바로예. 상허이도 내가 하나 가따 주가 같이 말 타 고 놀았는데예."

"머라꼬? 동네 아들 다 옻 오르기 생깃구마이. 응? 허참!"

초등학교도 입학하기 전이니 옻이 뭔지도 모르는 나이였다. 소 죽 쑤는 감부석이라 부르던 바깥 부엌 언저리에 쌓인 깨끗이 껍질 벗겨 진 하얀 막대들은 어린 내 눈에는 가지고 놀기 딱 좋은 장난감으로 보 였다. 동네 친구와 가지고 놀 생각에 곧고 좋은 놈으로 골라 친구들인 상현이와 종춘이, 종현이와 넷이서 아침나절 내내 동네를 휘젓고 다 니면서 죽마(竹馬) 타듯 목마 놀이를 하고 놀았던 터다. 그게 그렇게 위 험하고 가지고 놀면 안 되는 것이었다면 아예 거들떠보지도 않았겠 지만 내 눈에는 매끈하게 잘 다듬어진 노리개 작대기로밖에 안 보였기에 혼나면서도 아버지 말이 이해가 잘 되질 않았다. 두 개를 가지고 갔는데 상현이와 종춘이, 종현이가 서로 가지겠다고 하여 가위바위보를 해서 이긴 사람인 상현이에게 하나를 나누어 주고, 나머지 종춘이와 종현이는 자기들 집에서 자기 아버지 지게 작대기를 가져와서 흰 개가 먼저니 검은 개가 먼저니 하면서 앞서거니 뒤서거니 동네를 떠들고 뛰어다니며 타고 놀았던 것이다.

"아이고오! 바지 가랭이가 다 타졌구마. 얼매나 작대기를 타고 댕깃는지?"

신나게 뛰고 노느라 작대기에 스쳐 바짓가랑이가 터진 줄도 모르고 있었다. 아버지가 낚아채는 막대기를 피해 다리를 벌리자 엄마가 마루에 걸터앉아 쳐다보고는 한마디 거들자 아버지가 혀끝을 차며 한마디 더 했다.

"어허! 이거 부랄에 옻 오르기 생긴네. 이걸 우짜노? 야아 이거 빨리 씻기 바라. 한나절이나 이러카고 댕깃다는데⋯⋯. 어디 좀 보자!"

다리를 벌리게 하고 이리저리 살펴보던 아버지가 고개를 갸웃거리며 또 한마디 한다.

"안가럽나? 벌써 부르키고 벌걸 줄 알았는데 멀쩡하네?"

"⋯⋯?"

"야가 이거 옻 안 타나 보네. 그래도 야 얼릉 씻기라. 옷도 가라 입히고!"

"이리 온나. 아침에 입힌 옷을 벌써 이리 다 터지게 타가꼬 댕기마 우짜노? 쯧쯧!"

아버지 말에 엄마가 혀끝을 끌끌 차며 팔을 낚아채고 무릎에 엎어 채우며 바지를 벗겼다. 팬티도 입지 않은 홑바지라 훌러덩 벗겨지니 속살이 금세 드러났다. 엄마는 이리저리 사타구니를 손으로 쓸어 보고 훑어 보고는 세숫대야 물에 첨벙 손을 담가 쓱쓱 씻겨 주었다.

엄마가 소화가 잘 안된다고 며칠째 끅끅대자 아버지가 집 앞 건너밭 둔치에 서 있는 참옻나무 가지를 베어다가 옻닭 끓이려고 껍질을 벗기고 소죽 쑬 때 땔감으로 쓰려고 감부석 나뭇간에 던져둔 작대기를 장난감으로 가지고 가서 친구와 놀다가 돌아와 벌어진 일이다.

"상허이는 괜찮을랑가 모르겠네. 상허이 엄마한테 가서 빨리 일러 주소. 옻이 심해가 속으로 드가마 약도 엄꼬, 아 직인다 지기."

목마 타고 놀 때 상현이는 몸이 가렵다고 계속 긁으며 벌겋게 부어오르는 살갗을 보며 집게벌레가 물었거나 풀쐐기에 쏘여 그런 줄 알고 침을 바르곤 했다고 아버지 말을 받아 내가 한마디 거들었다.

"상허이는 아까부터 뻘개가꼬 긁고 침 바르고 그랬쌌는데예."

"클났구마. 클나······."

아버지 말이 떨어지기 무섭게 고무신을 질질 끌며 엄마가 사립문을 나섰다. 상현이네를 다녀온 엄마가 사립문으로 들어서며 말했다.

"아이고! 상허이는 지금 난리 났구마. 아랫도리가 온통 벌에 쏘인 거마냥 뻘거이 퉁퉁 붓고 간지러버가 울고불고 난리도 아니네, 난리도 아녀. 이야기할 것도 없더구마. 벌써 아랫도리는 옻이 전부 다 올랐꼬 얼굴도 퉁퉁 부가 눈도 안 보이던데 머."

"그라마 우쨌다 카더노?"

"우짜겐능교? 얼라똥풀 뜨더가 생쌀 간 뜨물과 찧고 있던데 그거 바르고나마 차차 나아지겠지머."

"생사람 잡는구마, 얼라를······. 속으로 안 드가고 별일 없이 잘 나아야 될 낀데······."

무섭지만 약효는 최고

이런 웃지 못할 어릴 적 추억을 남긴 참옻나무는 중국이 원산지로 옻칠을 위한 옻진액 채취를 목적으로 재배하기 위해 우리나라에는 수입되어 식재되었다는 게 정설이다. 옻나무는 전 세계적으로 60속 600여 종이 열대와 아열대 지방을 중심으로 북반구 온대 지역에까지 널리 분포하고 있으며, 종류에는 참옻나무, 개옻나무, 검양옻나무, 산검양옻나무, 덩굴옻나무, 붉나무 등이 있다.

이 중 참옻나무는 키 12m 정도, 굵기가 직경 40cm 내외로 크고 굵게 자라는 낙엽활엽소교목이다. 잎은 광택이 없고 잎맥이 진녹색이며 나무껍질이 두껍고 거친 느낌으로 가로로 튼다. 열매는 6~8mm 정도 크기의 편구형 핵과로 둥글납작하게 생겼으며 털이 없고 광택이 있다.

하지만 개옻나무는 우리나라가 원산지로 번식력이 왕성한 신토불이 종이다. 키가 7m 정도로 교목처럼 크지도 않고 굵게 자라지도 않는다. 잎은 광택이 있으며 잎맥이 빨갛고 나무껍질은 매끄러운 느낌으로 세로로 튼다. 열매는 핵과로 참옻나무와 같이 생겼지만 털이 많은 게 특징으로 식용이나 약용으로는 잘 쓰지 않는데 독성이 참옻나무보다 강한 것으로 알려져 있다.

붉나무는 잎에 잎맥을 따라 날개가 길고 좁게 작은 잎 사이사이를 연결하듯 양쪽으로 붙어 있어 구별이 쉽다. 옻나무처럼 독성은 없으나 잎줄기에 달리는 아피디다 곤충의 자상(刺傷)으로 생긴 벌레집인 오배자(五倍子)가 달리는데 지혈, 지사, 해열, 항균 효능이 있어 약용으로 사용한다.

옻나무의 잎은 어긋나기 깃꼴겹잎으로 잎의 크기는 25~40cm 정도이고, 마주나기 작은 잎은 7~20cm 정도로 7~8개의 달걀 모양 타원형인데 끝이 뾰족하고 털이 없으며 작은 잎의 넓이는 3~6cm 정도이다. 특히 옻나무는 다른 수종에 비해 일찍 노란색을 띤다. 붉나무는 붉은색으로 단풍이 드는데 국내에서 가장 먼저 단풍이 드는 나무로 그 모양이나 색상이 무척 아름답다.

줄기는 곧게 자라며 가지가 층층이 수평으로 뻗어 자란다. 토심이 깊고 돌이 섞여 배수가 양호하며 바람의 영향이 적은 동남향 비옥한 비탈지를 좋아하는 양수(陽樹)이고, 병충해에 강하여 재배가 쉬우며 해발 900m 부근까지 재배 가능하다.

성목(成木)은 속질이 노란색을 띠고 있으며 옻진이 방부 역할을 하므로 죽어서도 잘 썩지 않는 특징을 가지고 있다. 6~10월 껍질에 상처를 내어 통상 옻으로 불리는 진액을 채취하여 고대로부터 사용해온 천연염료다. 목공예품과 가구재의 옻칠 재료로 쓰이고 현재는 머리 염색약의 재료로 널리 이용되고 있다. 가지는 잘라 옻닭 등을 조리할 때 사용하기도 하고, 새순은 독성이 적어 식용으로 날것으로 먹거나 데쳐서 나물로 섭취하기도 한다.

특히 옻칠의 효과는 방습, 방수, 방충은 물론 부패를 방지하는 데 탁월한 효과를 발휘하므로 역사적으로도 고조선 청동기 시대 때부터 사용해왔으며 한사군 낙랑 고분에서 발굴된 칠기 유물을 비롯해 천마총, 무령왕릉, 안압지, 고려 팔만대장경, 나전칠기 등의 유물에 사용된 것으로 보아 일찍부터 생활 깊숙이 이용되어 왔음을 알 수 있다.

꽃은 5~6월에 녹황색으로 꽃대에 뭉쳐서 포도송이처럼 아래로 처져 핀다. 열매는 익기 전에는 녹색이지만 익으면 누런색으로 연한 황색이 된다. 9월에 결실하고 10월에 채취한다. 씨앗은 납(蠟) 성분으로 피복되어 있어 방수 역할을 하므로 자연 발아가 어렵다. 번식은 주로 실생으로 하지만 꺾꽂이나 휘묻이로도 가능하다. 씨앗은 심기 전에 발아를 촉진하기 위해 황산에 담그거나 껍질을 깎아 내는 도정이 필요하다.

옻은 세계에서 유일하게 우리나라만 식용으로 섭취하고 있다. 약간 신맛이 나는데 성질은 맵고 따뜻하며 독이 있다. 옻을 복용하게 되면 기침이 멎고 요통이 완화되며 만성질환 치료와 신진대사가 원활하게 되어 우뇌 활동이 활성화되어 기력 회복을 돕는다. 위를 따뜻하게 하고 염증을 없애 주고 소화 기능을 향상시키며 몸속의 기생충을 제거하기도 한다. 간의 어혈을 풀고 간디스토마 박멸 등 염증을 다스린다. 심장에는 청혈제 역할을 하고, 폐에는 살충 효과로 결핵균을 소멸시키고, 콩팥의 질병을 다스리는 이수약(利水藥)이다. 이외에도 신경통과 좌골 신경통, 관절염, 피부병, 방광염, 늑막염, 골수염, 급성 인후염, 편도선염에 효과가 있다. 무월경, 자궁암, 냉증 등은 물론 경맥을 통하게 하여 산후 어지럼증 등 부인병, 여성 질환에도 효과가 있다.

섭취할 때 뿌리와 열매는 효소를 담그거나 술을 담가 먹고, 나무껍질이나 가지는 닭이나 오리백숙을 만들 때 함께 넣어 고아서 먹기도 하지만 생으로 복용하는 것은 독성이 강해 금하는 게 좋다. 이른 봄새순은 생것으로 섭취하기도 하지만 중독을 예방하기 위하여 보통 찌거나 볶고 삶고 끓이고 태우는 등 열처리를 가하여 중화시켜 사용하는 방법을 택하고 있다.

옻을 복용한 후에는 냉수를 마시거나 몸을 차게 하는 것을 피해야 하고, 게와 함께 복용하면 안 된다. 특히 복용 후의 혈관주사는 큰 부작용을 유발해 생명이 위험해질 수도 있으므로 엄격히 피해야 한다. 따라서 상처 부위에 옻진이나 진액물이 묻지 않도록 주의해야 한다.

옻의 다른 이름은 건칠(乾漆), 칠사(漆渣), 칠저(漆底), 칠각(漆脚), 산칠(山漆), 사묘(楂苗), 옻나무 등이 있고, 일본에서는 우루시(漆)로 부른다. 뿌리는 칠수근(漆樹根), 줄기와 뿌리의 껍질은 칠수피(漆樹皮), 잎은 칠엽(漆葉), 목재는 칠목심(漆木心), 열매는 칠수자(漆樹子)로 칭한다.

속설로 "옻은 위장 등에는 좋으나 간에는 해롭다"는 이야기가 전해지고 있으나 쥐에게 복용시킨 실험 결과 아닌 것으로 판명되었다. 실험에서 우루시올(Urushiol)에서 추출한 'Mu2'가 활성산소를 억제해 항산화작용을 촉진하고 암세포를 파괴해 정상 세포로 환원시키는 작용을 하는 것으로 확인되었다. 노루나 사슴, 염소는 옻 순을 좋아한다. 옻 순을 먹은 짐승들은 눈이 맑아지고 좋은 성분이 증가하는 효력이 나타나는 것으로 알려져 있다. 따라서 옻 순을 먹지 않은 사슴이나 노루의 사향이나 녹용은 효과가 떨어진다고 한다.

『본초강목』에는 임파선 강화, 관절염 치료, 폐와 심장 등 장기 이상 치료에 효과가 있으며 어혈, 통경약으로 쓰인다고 기록되어 있지만, 독성이 강해 중요 약재로는 쓰지 않으며, 특히 나쁜 독을 해소시킬 때 통경과 파열이 심하므로 임산부나 허약 체질자에게는 엄격히 사용을 금하고 있다. 피부가 약하거나 민감한 사람은 옻이 오르면 붓기가 심하고 살이 부르트며 가려움이 심하다. 심하게 옻을 타는 사람은 나무 근처에 가거나 스치기만 해도 옻이 오른다. 옻을 넣어 만든 음식인 옻닭이나 옻오리탕 등을 섭취한 사람이 사용한 변기나 화장실을 사용해도 옮는 경우가 허다하다. 옻은 그 독성이 불에 타면서도 성능을 발휘하는데 옻나무를 태울 때 그 연기나 근처에서 열기를 쐬어도 옻이 오르는 경우가 있으며, 이때 오른 옻을 일명 '불옻'이라 부른다. 『동의보감』에는 어혈과 여성 경맥 불통, 적취 해소에 좋으며 장을 잘 통하게 하고 기생충을 죽이며 피로회복에 효과가 있다고 적혀 있다.

선조들의 지혜

옻은 채취 방법에 따라 그 이름이 다른데, 살아 있는 생목에서 채취한 진액을 생칠(生漆) 또는 생옻이라 부른다. 흰색을 띠고 있지만 공기를 접하면 검은색으로 변한다. 옻나무를 불에 구워 채취한 진액은 화칠(火漆)이라 하며, 옻의 진액을 말린 것을 건칠(乾漆)이라 한다. 일본에서는 에도 시대부터 옻나무와 그 열매에서 채취한 진액에서 목랍(木蠟)을 추출하여 양초를 만들어 썼다고 하는데, 통상 납(蠟)은 벌집에서 채취하면 밀랍(蜜蠟), 고래고기에서 채취하면 경랍(鯨蠟)이라 칭한다. 옻나무에서 추출한 납(蠟)으로 만든 양초는 그을음이 적으며 촛농이 잘 떨어지지 않고 조용하게 타들어 가면서 불을 밝히기에 고급 양초로 인기가 많다.

옻나무의 꽃말은 '현명'이다. 꽃말에 버금가게 미량의 옻을 섭취하며 세 번 정도 옻이 오르고 나면 면역력이 생겨 옻을 잘 타지 않게 된다. 각종 세균과 박테리아를 박멸시키고 미생물을 고사시키며 해충을 막아주는 장점을 살려 세계에게 유일하게 옻을 식용하는 민족이 되게 한 선조들의 지혜가 돋보인다. 또한 음식을 만들 때도 감초를 넣어 독을 중화시키며 옻의 좋은 점을 살려 적용했다. 옻을 넣은 오리, 닭, 불고기, 편육, 족발 등은 잡내가 없으며 고기가 부드러우면서도 쫄깃한 맛을 낸다. 생선 매운탕에 넣으면 생선 살이 부서지지 않고 비린내를 잡아 준다.

중국에서는 옻에 옮았을 때 흔히 게즙을 상처 부위에 살포하거나 산초잎 진액을 코와 입 주위에 바른다. 일본에서는 삼나무 삶은 물에 몸을 씻거나 버들잎과 클로버 액, 노송나무 기름을 바르거나 마른 연잎을 달인 물을 살포한다.

하지만 우리 선조들은 수없이 많은 민간요법을 현명하게 찾아내어 적용해 왔다. 부추 진액, 백근모(白根毛)라 불리는 '띠'뿌리 달인 물, 밤나무 잎이나 버드나무 잎 삶은 물, 개 뼈를 곤 물, 황경피와 황련에 쇠비름과 민들레 그리고 오이풀 뿌리를 함께 넣고 삶은 물, 푸른 닥총나무 달인 물, 백반이나 녹반을 푼 물, 개미나물 진액에 식물성 기름을 섞은 것, 대나무 잎을 찧은 것, 들깨 기름, 수양버들의 잎과 줄기로 낸 생즙이나 달인 물 등으로 씻거나 바르고 뿌렸다. 또한 소나무와 잣나무 껍질로 훈증을 하거나 까마귀밥, 여름 나물 끓인 물, 닭의 피, 철장(鐵漿)즙, 황사(黃楂)즙, 감두탕(甘豆湯), 백반이나 녹반 녹인 물, 버드나무 잎과 줄기 달인 물, 날계란 등을 먹기도 하고, 재래식 화장실의 암모니아 가스로 중화시키기도 했다. 애기똥풀 생즙에 알코올을 섞은 액(液)은 옻 오른 데 뿐만 아니라 은행 독과 충해로 인한 피부염에도 효능이 있는 것으로 알려져 예부터 자주 이용되었던 민간요법이다.

2500년 전 『시경』에 "산에는 옻나무가 있고"라는 말이 나오는데 이를 볼 때 그 이전부터 방부제나 살충제로 옻이 사용되었을 것으로 추정된다. 옛말에 "쓸모 없는 것이 천수(千壽)를 누린다"는 말이 있는데, 독이 강해 먹거나 사용을 회피해 온 다른 나라들에 비해 "비상(砒霜)도 적게 먹으면 약이 된다"는 말처럼 현명한 지혜를 발휘하여 건강을 다지는 식품으로 승화시킨 우리 선조들의 혜안에 그저 고개가 숙여질 따름이다.

상현이의 옻 오름 사건 이후 동네에서는 옻 요리를 할 때 많은 주의를 기울이게 되었다. 동네 계모임 규약에도 등재되기도 했다. 상현이는 고생은 했지만 무탈하게 옻 독을 이겨내고 건강해졌다. 하지만 그 일이 있고 난 다음부터는 소 먹이러 산에 가면 옻나무를 보기만 해도 기겁하고 멀리 도망치곤 했다. 퉁퉁 부어 감긴 눈 주위에 허연 쌀뜨물과 누런 애기똥풀 진액이 눈곱처럼 덕지덕지 붙어 있던 상현이의 모습이 눈에 선하다.

독성이 강한 옻나무에 대한 많은 경험을 통해 닦아놓은 지혜의 신작로를 걸으며 우리 선조들의 지혜를 다시 생각해 본다.

나무는
오늘도
사랑을
꿈꾼다

03

팽나무

Celtis sinensis

마음의 뿌리

마을의 쉼마당

고향 동구 밖 새청골에는 어른 팔로 두서너 아름이나 되는 팽나무 네 그루가 상현이네 밭둑 아래 봇도랑을 건너 쉼마당 언덕 비탈 턱에 서 있다. 마을 입구 쪽에 첫 번째로 자리한 나무는 속이 텅 빈 커다란 구멍이 있는데 늘상 개미들이 줄지어 드나들며 먹이를 나르느라 분주하다. 구멍 속에는 개미가 물어 나른 모래 알갱이들이 가득하다. 등하굣길에 늘 눈길을 주게 되다 보니 개미의 움직임만 보고도 동네 개구쟁이들조차 소나기가 내릴 건지 아닌지를 맞히는 경지에 도달했다.

세 번째 나무는 큰 가지가 오른쪽으로 팔을 내밀 듯 뻗어 나가, 음력 이월 초이틀인 이월날이나 5월 5일 단오절, 팔월 보름날인 추석이면 동네 처녀 총각들이 모여 볏짚을 꼬아 만든 굵은 밧줄로 그네를 매고 즐겼다. 나무가 선 비탈 아래는 깎아지른 언덕이고 그 30m 정도의 높이 아래 있는 대가천은 유리알처럼 맑은 물이 바위들을 타고 넘고 소용돌이치며 흘렀다. 그네를 타다 보면 앞으로 나아갈 때 몸이 대가천 냇가 위에까지 다다른 착각을 일으켜 웬만한 강심장도 공포감에 오금이 저려 괴성을 질러댔다. 그러나 지켜보는 이들은 즐겁기만 했다.

팽나무 아래 쉼마당에는 학교 다녀온 꼬맹이들이 옹기종기 모여 앉아 땅바닥에 곤판을 그려 곤을 뜨기도 하고, 구슬치기와 팽이 돌리기, 고무줄과 공놀이, 자치기에 땅따먹기, 공기놀이, 비석치기, '삐'라고 부른 오징어게임까지 할 수 있는 여러 놀이들을 계절을 바꿔가며 즐기며 뛰고 놀았다. 가을이면 '패구'라 부르던 쥐똥알 만한 달콤한 감청색 열매를 간식처럼 주워 먹기도 했다. 또 상현이네 밭둑에 선 느티나무에서 떨어진 낙엽에 붙은 좁쌀만한 벌레집을 터트리며 서로 안에 든 벌레를 누가 많이 잡는지 내기를 하기도 했다.

팽나무 그늘은 장에 갔다 오는 사람들이 앉아서 쉬며 한숨을 돌리고, 등짐을 지고 나르던 일꾼들도 지게를 받쳐 두고 땀을 식히는 곳이 되어 주었다. 팽나무를 언제 누가 심었는지는 아무도 모르지만 동네가 생기면서부터 풍수지리적으로 동네 입구의 허한 기운을 막고자 심겨 자라온 것으로 동네 사람들은 알고 있었다. 마을 어른들 말로는 당신들이 어릴 적에도 저만큼 크고 굵었다고 하니 수령이 얼마나 되었는지 아는 사람이 없다.

이제는 새마을사업으로 새 길이 뚫리면서 동네 한켠으로 비켜나 마을 주 진입부에 서서 성황당목 노릇을 하며 안내하고 쉬고 놀던 자리를 내어놓게 되었다. 나이가 들어서야 마을 입구에 버티고 서서 드나드는 액운을 막아주고 마을의 안녕을 염원하는 수호신으로서 얼이 서린 나무라는 것을 읽어 내게 되었지만, 소소한 어릴적 추억을 생각하면 그저 즐겁고 건강히 뛰어놀던 자리를 마련해 내어 준 고마운 나무다.

염해에 강한 포구나무

팽나무는 원산지가 우리나라를 비롯해 중국을 포함한 동남아시아 지역이고, 주로 중국, 일본, 타이완, 한반도에 분포하고 있는 낙엽교목으로, 장미목, 느릅나무과, 팽나무속에 속하며, 온대 남부 이남지방

산기슭이나 골짜기의 평탄하고 토심이 깊은 곳에서 자생한다. 우리나라에서는 제주도부터 함경북도에 이르기까지 고루 퍼져 자라고 있으나 경상도와 전라도 지방에서 특히 많이 눈에 띈다. 귀화한 지역으로는 남아프리카, 오스트레일리아, 미국 등지의 일부 지방이 있다. 번식은 종자로 실생 번식을 주로 하지만 꺾꽂이, 접붙이기 등으로도 번식할 수 있다. 이식이 쉽고 뿌리가 튼튼해 성장이 빠르며, 강풍, 태풍, 해풍에도 강하기 때문에 내륙과 해안지역을 가리지 않으며 양지와 음지 등 어디에서라도 잘 자라지만 비탈이 심한 산지에서는 잘 생육하지 않는다.

키는 20m가 넘게 자라며, 굵기도 직경 3m 정도에 이르기까지 크게 자란다. 유사종으로는 푸조나무와 풍게나무가 있다. 다른 이름으로는 지방에 따라 포구나무, 평나무, 달주나무, 게팽, 매태나무, 자단수, 청단, 박자수, 목수과자, 편나무 등으로도 불린다. 특히 포구나무라는 이름은 염해에 강해 포구 근처에서 잘 자란다고 경상도에서 부르는 명칭이고, 속명 'Celtis'는 '단맛이 있는 열매가 열리는 나무'라는 라틴어 이름에서 유래되었다.

품종에는 거꾸로 달걀 모양이나 긴 타원형으로 된 잎을 가진 섬팽나무, 자줏빛의 어린잎을 가진 자주팽나무, 잎이 둥글고 끝이 급하게 뾰족하게 생긴 둥근잎팽나무가 있으며, 비슷한 나무인 푸조나무의 잎은 거칠게 생겼고 나무껍질이 잘 벗겨지고 열매가 자줏빛을 띠고 있다. 풍게나무는 잎이 작고 얇으며 잎몸이 시작되는 곳부터 잎이 나는 특징을 가지고 있다.

팽나무 껍질의 생약명은 박유지(朴楡枝), 또는 박수피(朴樹皮)라 부르고, 잎은 박수엽(朴樹葉)이라고 한다. 주로 새순은 나물로 섭취하고, 잔가지를 달이거나 소주에 담가 약재로 사용하는데 스카톨과 인돌을 함유하고 있어서 피를 잘 돌게 한다. 요통, 관절염, 습진, 종기, 진통, 월경 조절, 폐농암 치료 등에 효능이 있으며, 잎의 즙은 부기 강하에 효과가 있고 감로차의 원료로 쓰인다. 목재는 가벼우며 수축과 팽창이 적어 단단하고 잘 갈라지지 않는다. 가구, 기구, 악기 제작, 건축재, 통나무 나룻배 제작, 도마 제작 등에 쓰이고 논에 물을 풀 때 쓰는 바가지인 용두레를 만들기도 하며, 나무껍질은 섬유재의 원료로 쓰이기도 한다.

팽나무는 공해와 추위, 염해에 강하여 주로 경관수, 정원수, 풍치수, 방풍수, 가로수 등으로 줄지어 심는 나무로 좋으며, 일본에서는 거리 1리마다 이정표로 식재하기도 하는 공기정화 기능이 탁월한 나무다. 우리나라에서는 동네의 신목(神木)으로 숭배받아 3대 당산목 중

하나로 마을 입구 성황당 주변에 큰 나무가 많이 존재한다. 예부터 선비들은 팽나무를 강한 정신력의 상징으로 여겼으며 정원에 심어 표상으로 삼기도 했다.

껍질은 회색, 흑회색으로 갈라지지 않고 작은 껍질눈이 많다. 이끼가 많이 끼며, 나이를 먹을수록 울퉁불퉁해진다. 가지에는 잔털이 빽빽하게 나고 줄기가 갈라져 수관이 옆으로 퍼져 자란다. 곁눈은 줄기의 양쪽 끝에서 어긋나게 나오며 넓은 달걀 모양으로 끝이 뾰족하다. 새순과 열매는 식용이 가능한데 열매의 맛은 달콤한 곶감 맛이 난다. 잎은 나비들의 먹이와 산란 장소로 이용되기도 한다. 고목에는 팽이버섯이 자라며, 겨우살이가 기생하여 자라기도 한다. 열매는 핵과이고, 지름 7~8mm의 콩알 크기로 초록색으로 열렸다가 10월에 적황색으로 익는다. 열매 자루는 6~15mm의 잔털이 있다.

잎은 앞면이 녹색, 뒷면은 흰색을 띤 연녹색으로 어긋나기로 달리는데, 끝이 뾰족한 달걀 모양을 하고 있다. 넓이 3~6cm, 길이 4~11cm의 넓은 난형이나 타원형으로 뒷면이 거칠고 측맥은 3~4쌍의 잎 윗부분에 자잘한 톱니가 있다. 잎자루 길이는 2~12mm로 털이 있으며 쐐기 모양을 하고 있다. 잎자루의 흔적은 두드러지고 삼각형에서 반원형 모양을 하고 있는 3개의 잎과 줄기가 연결되었던 관다발의 남은 자리가 있다. 잎맥은 털이 있으며, 크게 3줄기로 뻗어 나가지만 잎의 끝인 톱니 모양을 하고 있는 곳까지 나가지는 않는다.

팽나무의 꽃은 양성화와 단성화가 한 그루에서 피는 잡성화로, 4~5월에 꽃잎이 없는 연노란색으로 피어난다. 수꽃은 새 가지 겨드랑이에서 취산 꽃차례로 달리며, 수술은 4개이다. 암꽃은 새 가지 윗부분 겨드랑이에서 1~3개씩 달리는데 암술은 1개, 암술대는 2개로 갈라져 뒤로 젖혀진 모양을 하고 있다. 병충해는 다른 나무에 비해 적은 편이긴 하지만 줄기심재썩음병, 가지마름병, 노균병, 흰가루병과 팽나무알락진딧물, 큰팽나무이 등이 있다.

겸손한 마음

팽나무라는 이름이 생기게 된 유래는 열매를 대나무로 만든 팽총에 넣어 탄력을 이용해 날려 보내게 되면 팽 하고 날아간다고 하여 팽나무라고 부르게 되었다고 한다.

팽나무에는 슬픈 사랑 이야기도 전해져 오고 있다. 신라 말기에 화랑이 나라의 부름을 받고 전쟁터에 나갔는데 전사했다는 소식이 전해지자 화랑을 사모하던 홍화, 청화 자매는 서로 부둥켜안고 연못에 투신하여 죽었다. 전쟁을 마치고 살아서 돌아온 화랑이 이 이야기를 듣고 자신도 연못에 빠져 죽었다. 그 후 연못에서 팽나무가 자라났다는 전설이다.

경주 오류리에 있는 등나무 네 그루가 팽나무를 타고 올랐는데 그 등나무꽃을 따서 말려 신혼 금침에 넣어주면 부부 금실이 좋아진다는 속설도 전해져 내려오고 있다.

당산목이나 신목으로 추앙받아 숭배해 온 팽나무가 많은 만큼 천연기념물로 지정되어 보호되고 있는 나무들이 많은 편이다. 수령은 느티나무에 미치지 못하지만 수령 500년이 넘은 나무도 많다. 전남 무안 청천리, 함평 향교리, 보성 전일리, 제주 성읍리, 부산 구포동, 경북 예천 금남리, 전북 고창 수동리 팽나무는 천연기념물로 지정된 나무들이다. 제주도의 금덕, 명월, 전북 망해사, 충남 금산 양지리 등의 팽나무는 시도 기념물로 지정되어 보호받고 있다.

최근 인기리에 방영된 드라마 〈이상한 변호사 우영우〉에 등장해 유명해진 일명 '소덕동 팽나무'는 창원의 동부마을에 소재한 마을 수호신으로 자라는 팽나무다. 유명해진 덕을 입었으나 천연기념물로는 지정되지 못했다. 하지만 지방기념물로 선정되어 보호받는 혜택을 누리게 되었다고 한다. 이래저래 사람들의 관심을 받게 되어 찾는 이들의 발길이 끊이지 않는 관광명소가 되었으니 새삼 전파의 확장성과 큰 위력에 전율이 느껴진다. 나무든 사람이든 평가는 남이 하는 것이다. 세상의 기준은 내가 아니라는 것을 팽나무를 보면서 절실하게 느낀다.

나무는 한 자리에 뿌리를 내리고 살면서 잎을 피우고 가지를 뻗고 꽃을 피우고 열매를 맺는다. 뿌리는 땅속에서 나무의 성장을 위해 혼신을 다한다. 인간의 마음은 나무로 치면 곧 뿌리다. 남을 위한 배려와 스스로를 낮추는 겸손과 포용의 자세는 자신을 더욱 성장하게 한다. 넉넉하고 너른 품으로 말없이 자신을 내어주는 팽나무를 보며 마음을 다잡고 더 큰 성장으로 성큼 다가올 내일을 꿈꾼다.

04

뽕나무

Morus alba

엄마의 인생

뽕잎 따기

새벽양지에 어둠이 깔릴 때까지 엄마는 골짜기를 헤맨다. 앞으로 열흘 정도를 넘기면 손이 바빠 산뽕잎을 따러 나올 짬이 없기 때문이다. 뽕밭의 뽕잎은 하루라도 아꼈다가 늦게 따서 누에밥을 줘야 더 많은 양의 누에치기로 소득을 조금이라도 더 올릴 수 있기에 오늘도 뽕잎 보퉁이를 한짐 둘러매고 앞자락 치마 한가득 뽕잎을 훑어 담았다.

밭뽕으로 먹일 수 있는 누에 양이 두 장 반인데 욕심에 석 장 반을 신청해 누에씨를 받았으니 일러도 석잠을 잘 때까지는 들로 산으로 자연산 산뽕이나 돌뽕잎을 따러 나서야 했다. 현찰이 귀한 농촌에서

한 달 남짓 고생하면 그래도 쏠쏠한 목돈을 손에 쥘 수 있는 일거리가 사실 봄과 가을철에 두 번 치는 누에만한 게 없던 시절이었다. 봄 누에치기야 뽕나무 잎이 달린 가지를 잘라다가 누엣밥으로 통째 먹이면 되기에 품이 덜 든다. 하지만 가을 누에치기는 일일이 손으로 뽕잎을 따서 먹일 수밖에 없기에 시간과 노력이 봄 누에치기에 비해서 두세 배는 더 들기 마련이다.

들배기와 학당, 굴배기에 있는 밭을 뽕밭으로 가꿨지만 욕심으로 늘린 누에 씨앗이 불어날수록 부족한 뽕잎을 충원하기 위해 뽕나무를 줄지어 심었다. 뒷밭과 안산밭은 물론 가래진 밭까지 밭 가장자리와 밭둑에 단 한 뼘의 자투리땅도 생기지 않도록 밭 주변까지 관리했다. 뒷밭둑의 대목들에 물을 공급하는 봇도랑 언저리엔 한아름 가까이나 되는 늙은 뽕나무가 매년 자른 가지의 잔해로 남은 삐죽삐죽한 가지 터기를 매단 채 왕성한 생명력의 위용을 자랑했다. 노쇠한 줄기에는 군데군데 상처로 인한 흔적이 연륜을 말해주고 있었지만, 검게 터진 속살을 듬성듬성 내보이며 활기찬 성장과 생명력으로 푸른 잎을 활짝 펼쳐 노병은 죽지 않았다고 말하는 듯했다.

간혹 말발굽 같기도 하고 조개껍질 같기도 한 딱딱하고 누런 버섯이 상처 부위 근처에서 뿌리를 박고 자라나기도 했는데 아버지는 뽕나무 죽는다며 돋아나는 족족 따서 없애 버렸다. 지금 생각해 보니 귀하고 효험 높은 상황버섯이 아니었을까 추정되기도 하지만 당시엔 상황버섯이 널리 알려지지는 않아서 그저 뽕나무 생명에 해를 입혀 뽕잎 생산에 누가 될까 하는 앞선 걱정 때문에 제거하기에 급급했던 것이다.

"저쪽 달수네 논 아랫배미 밑 개울가에 가면 뽕나무가 많으니 너는 저기 저 보이는 논 아래에 가서 따거라. 나는 동윤이네 집 뒤에 꺼 따 가지고 그리로 가꾸마."

"저기 달수네 논이가? 저 삐딱 논에 농사를 우째 짓노?"

"그렁 걱정일랑 하지 말고 얼릉 가서 뽕이나 따라."

여름방학이 막 시작되는 시점에 따라나선 산뽕 따기에 어디에 뽕나무가 있는지를 모르고 허둥대는 나를 향해 엄마는 예전부터 늘 그래왔던 대로 뽕나무를 찾아 뽕잎을 따며 뽕나무 위치를 알려 주었다. 어름 덩굴과 산머루 넝쿨이 감싸고 오른 잡목 사이에 키가 하늘에 닿을 듯 높게 늘어서 자란 뽕나무에는 가는 수염을 뾰족뾰족 내밀어 매달린 오디가 연백초록에서 연홍색으로 옷을 갈아 입고 있었다.

"오들개가 엄청 많구만. 까마이 익으마 진짜 맛있겠는데……."

비 맞은 스님처럼 혼자 중얼거리며 새로 돋은 오디 달린 가지를 포함한 잎을 따서 바구니에 담았다. 누에가 먹고 난 뽕잎 잔재에는 잎맥 줄기에 매달린 오디 잔해가 누에똥과 더불어 잠밥을 추상화로 채색한다. 누에를 새 잠밥으로 옮기고 뽕잎 잔해를 거름자리로 들고 가서 휙 채질하듯 던지면 먹고 난 잔해 아래 깔렸던 신문지가 펄럭 하고 용트림을 치곤 했다. 누에 똥오줌에 젖어 찢어진 것들은 골라내고 젖은 신문지는 햇볕에 말려 재활용했다. 신문지도 넉넉히 마음놓고 쓸 수 없던 가난한 시절이었다. 한 푼의 돈을 아끼기 위해서는 절약이 몸에 밴 생활을 했던 때였기에 우리집뿐만 아니라 모두가 그렇게 종이 한 장도 아끼고 살았다.

누에고치를 따서 내다 팔고 나면 아버지는 그동안의 수고를 몇 푼의 용돈에 설탕이 울퉁불퉁 묻은 왕사탕 한 봉지와 눈을 부릅뜬 큰 도미 한 마리를 사와서 격려해 주곤 했고, 그 돈으로 사서 먹는 군것질거리는 꿀맛이었다.

방귀 뀌는 뽕나무

한자어로 상(桑)으로 표기되는 뽕나무는 장미목, 뽕나무과, 뽕나무속의 10~16종이 있는 나무로, 우리가 잘 알고 있는 비단 원료인 고치를 만드는 누에의 사료로 쓰이며 잎과 뿌리, 열매인 오디 등이 식용과 약용으로도 쓰이는 나무이다. 재배목인 경우 매년 1회씩 누에 먹이를 위한 가지치기로 보통 키 3~4m가 넘지 않게 키우지만, 자연 성목의 경우 키 20m, 직경 70cm 이상 자라는 유전적으로 닥나무 속에 가까운 낙엽활엽교목이다. 종의 대부분이 중국과 아시아 지역이 원산으로 아시아, 아프리카, 아메리카 대륙의 온화한 지역에서 자라고 있다. 노란색을 띠고 있는 심재를 가진 목재는 건조하여도 탄성이 좋아 가구재, 활과 화살통 재료, 바둑통 등의 제작에 이용되고 있다. 작은 가지의 표피는 회갈색 또는 회백색을 띠고 있으며, 어린 가지에는 잔털이 있으나 자라면서 차츰 없어진다. "하루아침에 바다가 변해 뽕나무밭이 되었다"는 사자성어 '상전벽해(桑田碧海)'가 있을 만큼 뿌리의 왕성한 발근(發根) 활동으로 나무를 잘라내거나 캐내어도 일부 뿌리가 남아 있으면 새순이 돋아나 금세 키 큰 나무로 자라는 생명력과 활동력을 가진 나무다. 내한성이 우수하고 건조지와 습지 등 척박한 토양에서도 수형이 Y자 모양을 띠는 형태로 잘 자라므로 옛 선인들은 좋은 땅에는 곡식을 심고 토질이 나쁜 땅에는 뽕나무를 재배하는 지혜를 발휘했다.

특히 뿌리껍질을 벗겨 씻어 말린 것을 상근피(桑根皮)라 부르며, 이 뇨제, 신부전증 치료약으로 쓰는데, 동쪽으로 뻗은 뿌리를 채취해 가공한 것이 약효가 좋다고 하여 으뜸으로 친다. 또 뽕나무 뿌리와 껍질 달인 물에 머리를 감으면 곱슬 머리카락이 직모로 펴진다는 속설도 전해지고 있지만 직접 써 보지 않아서 확신할 순 없다.

뽕나무 겉껍질을 벗겨내고 흰 속껍질을 말리거나 태워서 약재로 쓰는 약명 상백피(桑白皮)는 피부염증과 기관지 질환 치료에 효과가 좋으며, 뽕나무에 기생하여 자라는 겨우살이인 상표초(桑表草)와 뽕나무에 올라 사마귀가 지은 알집인 상기생(桑寄生)을 비롯해 상황버섯에 이르기까지 기생하는 식물이나 벌레도 한약재로 쓰이는 소중한 나무다.

품종으로는 대심뽕, 청일뽕, 청수뽕, 대성뽕, 수양뽕, 수홍뽕, 심흥뽕, 용뽕, 접목꾸지뽕 등을 비롯해 열매인 오디를 생산하기 위해 개량된 여러 종류들이 있으며, 비슷한 나무로는 산뽕나무와 돌뽕나무가 있다.

잎은 난상원형 또는 긴타원상난형으로 3~5개로 갈라지고 길이는 10cm 정도다. 잎은 어긋나기이며 달걀 모양으로 끝이 뾰족하고 가장자리에 톱니가 있고, 표면이 거칠거나 평활하며 뒷면의 맥 위에 부드러운 털이 있다. 뽕나무 잎은 변이가 심해 한 그루에서도 모양이 다른 잎이 달릴 정도이고, 잎을 따면 흰즙이 나온다.

『신농본초경』과 『동의보감』에 상백피(桑白皮)와 함께 상엽(桑葉) 즉, 뽕나무 껍질과 뽕잎의 효능과 섭취 방법이 기록되어 있다. 함유된 성분으로는 콩 다음으로 단백질 함량이 높아 영양가 높은 잎채소로 콜레스테롤 및 중성지방 억제, 다이어트 증진에 효과가 있고, 녹차의 10배에 달하는 가바(Gaba) 성분이 함유되어 있어 혈압 강하, 고혈압을 예방하며, 메밀보다 18배 많이 함유된 루틴(Rutin) 성분은 모세혈관 강화와 혈전 예방, 노화 억제에 효과가 있다. 또, 시금치의 50배에 이르는 칼슘과 녹차의 3배에 달하는 식이섬유를 풍부하게 함유하고 있어 장을 활성화시키고 변비를 개선하는 효과가 있으며, 기타 아스파라긴산, 라이신, 콜린, 세린, 메티오닌, 글루타민산 등을 함유하고 있다. 잎을 삶은 물은 피부질환 치료에 좋으며 특히 10~11월 서리가 내린 뒤 잎을 따 잘게 썰어 말려 차로 음용하면 당뇨 예방에도 효험이 있는 것으로 알려져 있다. 흔히 우스갯소리로 "방귀 뀐다고 뽕나무"라는 말이 있는데, 이는 의과학적으로 근거가 있는 말로, 뽕잎이나 오디를 먹으면 소화가 촉진되어 방귀를 자주 뀌게 된다.

나무는 암수딴그루로 4~6월에 개화하고, 열매인 1~2.5cm 길이를 가진 타원형 모양의 오디는 5~6월 초에 결실해 7월경에 수확한다.

꽃은 어린 가지 잎겨드랑이에 꽃이삭이 달리며, 수꽃은 길이 4~7cm, 암꽃은 길이 0.5~1cm 크기로 핀다.

열매는 생으로 먹거나 잼, 쥬스, 과실주, 식초, 효소 등으로 담가 음용하며, 차로 만들어 마시기도 한다. 열린 열매는 처음에는 흰색에 가까운 초록색을 띠지만 차츰 익으면서 검은 자주색으로 변한다. 숙성된 열매는 겉표면이 약해 쉽게 상하기 때문에 세척이나 보관에 세심한 주의가 필요하다. 찬 성질을 가진 열매이기에 한꺼번에 많이 먹으면 설사나 위통, 속 더부룩함 등의 부작용을 유발하므로 소량 섭취하는 것이 좋다.

내포한 성분은 항산화력이 뛰어난 안토시아닌 레스베라트롤을 비롯해 루틴, 칼슘, 칼륨, 비타민A, B1, C, 베타카로틴, 인, 엽산, 아연, 유리당, 가바(Gaba) 등 다양한 영양소를 포함하고 있다. 따라서 노화방지, 시력 개선, 피부 탄력 증진, 피로 회복, 탈모 예방, 콜레스테롤 저하, 모세혈관 강화, 고혈압, 심근경색 등 심혈관 질환, 이뇨 작용, 신경 안정, 자양강장, 불면증, 당뇨 개선과 예방, 갈증 해소, 숙취 해소, 간 보호, 알코올 분해 기능 등 만병통치약 수준의 효능을 갖고 있다. 하지만 세상에 만병통치약이 어디 있으며 불로장생약이 어디 있겠는가. 모든 것에는 과유불급이 있는 법이니 아무리 좋다고 해도 지나치게 섭취해 오히려 건강을 해치는 우를 범하지 말아야 할 것이다.

뽕나무가 유익한 성분과 효능을 많이 가지고 있음에도 불구하고 과일이나 식품, 또는 약재로 옳은 대접을 받지 못하는 것은 주변에 너무 흔하게 널려 있어 접하기 쉬우므로 사람들이 돈 주고 사서 먹어야 한다는 개념을 잃어버린 것 때문이 아닌가 하는 생각이 들기도 한다.

늘 말하기를 삼가라

통일신라시대의 생활문서를 알 수 있는 『민정문서(民政文書)』에 "사해점촌에 뽕나무 1,004그루가 있는데 3년간 90그루를 심었고, 그 이전부터 존재하던 것은 914그루"라고 기록되어 있다. 사해점촌은 현재 청주 지방이다. 『세종실록』에는 경복궁에 3,590그루, 창덕궁에 1,000여 그루의 뽕나무를 심었다고 기록되어 있는데, 왕비가 직접 누에를 치고 비단을 짜는 시범을 보이는 친잠례(親蠶禮) 행사가 궁궐 안에서 이루어졌을 정도로 누에치기는 중요한 국가산업 중의 하나였다. 국가에서 생산을 장려하고 의식주의 중요한 산업으로 생활과 밀접한 관계를 가진 나무였기에 역사적으로 기록되어 전해지는 사실뿐만 아니라 속설이나 전설 등이 다른 나무에 비해 다양하고 많은 편이다.

특히 뽕나무는 토질이 좋지 않은 습지 등에 주로 심어 길렀기에 멧돼지와 관련된 이야기가 많은 편인데 이는 멧돼지가 진흙 목욕을 즐겼기 때문이다.

『시경』의 '용종편'에 나오는 시를 근거로 생겨난 고사성어 '상중지희(桑中之喜)'는 "뽕나무밭에서 남녀가 밀회하며 음행을 즐긴다"는 뜻이다. 뽕나무는 가지가 많고 잎이 커서 뽕밭은 남의 눈을 피하기 쉬울 뿐만 아니라 계절적으로도 누에치기 하는 시기가 적당한 봄, 가을이므로 남녀가 밀회를 즐기며 사랑을 나누기에 더없이 좋은 환경이 아니었나 싶다.

"말만 하지 않으면 변을 당하지 않는다"며 늘 말하기를 삼가[慎]라는 뜻의 '신상구(慎桑龜)'라는 고사성어도 뽕나무와 관련이 있다. 어떤 효자가 냇가에서 천년 묵은 거북을 잡아 아버지의 병환을 고치고자 집으로 돌아가던 중에 뽕나무 아래에서 잠시 쉬어 가게 되었는데, 거북이가 말하기를 "나를 솥에 넣어 백년을 고아 봐라. 내가 죽는가. 헛수고만 할 뿐이지"라고 했다. 이를 들은 뽕나무가 "나를 벤 나무로 장작을 만들어 불을 지펴도 네가 안 죽을 것이냐?"고 대답하자 이를 듣고 있던 효자가 그 뽕나무를 베어다가 거북이를 고아서 아버지의 병환을 낳게 했다는 이야기다. 말조심하지 않은 거북이와 뽕나무 모두 목숨을 잃게 되었다는 교훈을 주는 이야기다.

중국에는 주선왕 시기에 "주나라가 뽕나무로 만든 화살과 화살통으로 인해 망할 것"이라는 동요가 유행하자 주선왕이 충신인 좌유와 주백을 처형했는데 그들 원혼들이 꿈속에서 뽕나무로 만든 화살로 주선왕을 쏘았다는 이야기도 전해지고 있다.

『삼국지연의』에는 주인공인 유비의 집에 우산처럼 생긴 큰 뽕나무가 있었는데, 유비가 어린 시절 뽕나무 같은 지붕이 있는 수레를 타고 싶다고 말하자 집안 어른들에게 불경한 소리를 했다며 혼이 났다는 일화가 있다. 그리고 유비가 죽은 후 제갈량이 마지막 북벌에 실패한 뒤 황제에게 표문을 올렸는데 그 내용 중에 자신이 가진 유일한 재산이 뽕나무 800그루와 메마른 밭 15경밖에 없다고 말한 이야기도 있다.

셰익스피어의 명작 『로미오와 줄리엣』의 소재가 되고, 뽕나무의 꽃말인 '지혜, 못 이룬 사랑'을 탄생시킨 일화이기도 한 오비디우스에 등장하는 연인 피라모스와 티스베의 슬픈 이야기도 있다. 피라모스와 티스베는 바로 옆집에 살면서 서로 사랑했으나 양가의 반대가 심해 사랑을 이룰 수가 없었다. 집안의 반대로 티스베가 방안에 갇히게 되자 서로 이웃한 벽의 벌어진 틈 사이로 몰래 사랑을 나눈다. 그러던 중 둘은 도망을 가기로 결심하고 마을 어귀에 있는 한 뽕나무 아래에서 만나기로 약속했다. 티스베가 약속 장소에 먼저 도착했으나 사자가 나타나 공격해 왔다. 놀란 티스베가 도망치다가 베일을 떨구게 된다. 뒤늦게 도착한 피라모스는 피가 묻은 티스베의 베일을 핥고 있는 사자를 보고 그녀가 죽었다고 오해하고는 자결한다. 다시 돌아온 티스베가 죽은 피라모스를 따라 죽게 되고, 이 두 사람의 피가 곁에 서 있던 흰 뽕나무에 스며들어 오디를 빨갛게 물들였다고 한다.

뽕나무의 그늘

전해 오는 뽕나무와 관련된 풍속으로는 '낙화불'이라는 뽕나무 재 태우기 놀이가 있다. 음력 정월대보름 다음날인 정월 열엿새날이 '귀신날'인데, 이날은 귀신을 쫓기 위해 뽕나무로 불을 지피는 '귀신불 놓기'와 '뽕나무 폭죽 터트리기'를 했다. 뽕나무로 불을 지펴 생긴 재를 곱게 가루 내어 한지에 군데군데 한 줌씩 늘어놓고 끈으로 달걀 꾸러미 묶듯 줄줄이 소시지 모양으로 묶어서 대문이나 처마끝에 매달아 놓고 아래쪽에 불을 붙이면 타닥타닥 소리를 내며 폭죽처럼 터지며 타게 되는데 이 소리에 귀신이 놀라 도망을 간다고 한다. 중국에서 연말연시에 폭죽을 터트리는 풍습과 일맥상통한 풍속이라 하겠다.

보호수로는 수령 400여 년으로 추정되는 창덕궁 뽕나무가 천연기념물로 지정되어 있다. 이 뽕나무는 크기도 크고 수령도 오래되었지만 궁궐 내에서 행해졌던 친잠례의 상징 근거목으로 지정되어 관리되고 있다. 이외에 잠실 뽕나무는 서울시 지정 기념물로 관리되고 있고, 상주 은척 뽕나무는 경상북도 지정 기념물로 지정되어 보호받고 있다. 잠실이라는 지명은 한강변에 누에치기용 뽕밭이 많아 붙여진 이름이다. 상주에는 현 경북대학교 상주 분교의 전신인 상주 농잠전문학교가 생기기도 했던 만큼 성행했던 누에치기와 지역적인 연관이 있다 하겠다.

뽕나무는 이렇게 생활과 밀접한 관계를 유지해 온 나무이고, 주변에서 흔히 볼 수 있는 나무다. 왕성하고 넘치는 성장력과 생명력을 지닌 나무인 만큼 연륜이나 풍속에 연관된 지정 보호수가 많을 것 같지만 다른 나무들에 비해선 그 숫자가 적은 편이다.

뒷밭둑에 서 있던 늙은 뽕나무는 누에치기가 쇠퇴하고 가래진 밭과 한다랭이로 합배미를 만들면서 굴삭기가 없애 버렸다. 지금은 밭 일부를 주차장으로 쓰고 있고 뽕나무가 섰던 곳에는 매실나무가 자리잡아 자라고 있다. 다행히 바로 길 건너 대가천 언덕바지에 웅장하고 튼실한 뽕나무가 굵고 크게 자리를 잡아 모습을 뽐내고 있기에 아쉬운 마음을 적셔 준다. 비록 품종은 다르지만 풍성한 잎과 알찬 오디를 맺어 도로를 검붉게 물들일 때면 고개가 절로 밭둑을 향한다. 그래서 기억은 소중하고 그리움은 영원하다고 했나 보다.

어머니를 보내고 열두 번째 맞는 기일에 뽕나무 그늘에서 어머니를 만난다. 뽕나무를 보면 고생으로 점철된 어머니의 아픈 과거가 덧칠되어 가슴이 아리다. 힘들고 축축하고 아린 기억이 담긴 뿌리부터 열매까지 하나 버릴 것 없는 뽕나무는 어머니를 닮았다. 7대 종손 종갓집에 시집와서 시조모부터 시모, 장가 안 간 시숙은 물론 유복자 시누이와 층층시하 시동생까지 거두고 먹이고 살피고 치우며 살아온 인생 여정이 척박토에서 자라는 뽕나무와 흡사했다. 길쌈에 명주실 잣고 무명실 뽑아 식솔 옷에 머슴 옷까지 손수 지어 입히고 기운 손길에 마음은 뽕나무 속처럼 노랗게 탔으리라.

나무는
오늘도
사랑을
꿈꾼다

05

수양버들

Salix babylonica

배움의 밑거름

평생의 독서습관

초등학교 입학 전 누나를 따라간 교정에는 운동장 가운데를 조금 비켜선 한켠으로 아름드리 수양버들이 머리를 늘어뜨린 모습으로 외로이 서 있었다. 조금 떨어진 곳에는 쇠줄 끝에 트라이앵글 모양의 쇠봉으로 만든 삼각형 손잡이가 달린 돌림그네가 자리하고 있었다. 두 줄을 양손으로 각각 힘주어 움켜쥐고 몸을 비틀어 냅다 달리며 발을 굴려 몸을 띄우면 펴진 우산 모양으로 체인 쇠줄이 몸을 태워 빙글빙글 돌아가 타는 재미가 쏠쏠했다.

교실이 부족해 2학년인 누나는 수양버들 아래에 멍석과 가마니를 깔고 앉아 야외수업을 했다. 누나의 수업 시간이면 혼자 돌림그네도 타고 철봉에 매달리기도 하며 놀았지만, 햇살이 강해지고 더위가 심해질 즈음부터는 쇠 손잡이를 잡으면 뜨거워 돌림그네나 철봉놀이를 하며 놀기가 어려웠다. 수양버들 그늘을 따라 매수업 시간마다 멍석자리를 조금씩 원을 그리며 이동했기에 그늘을 찾아 살금살금 수업 중인 누나 옆으로 다가가 선생님 말씀을 들으며 한글과 숫자를 깨우쳤다. 원래 그 수양버드나무는 운동장 가장자리에 위치해 있었지만 학교 부지가 늘어나고 확장하는 과정에서 운동장 가운데로 나앉게 되어 오히려 교실이 지어지는 동안 야외수업하는 장소로 이용하기에는 안성맞춤이었다.

초등학교 교정에서 처음 접한 수양버들은 위로 가지를 뻗으며 자라는 다른 나무들과 달리 가느다란 고무줄을 닮은 줄기가 여자애들 머리카락처럼 아래로 늘어뜨리며 자라기에 신기했다. 별 나무가 다 있구나 싶어 집에 돌아와 그 신비하고 생경했던 나무를 본 첫인상을 아버지에게 주저리주저리 이야기했던 기억이 아직도 눈을 감으면 새록새록 되살아난다.

산골에서 나고 자라, 보고 듣고 배운 것이 부족해서 처음 보는 모든 것들이 신기했던 시절이었다. 직선으로 뻗은 신작로에 대한 기억이 아직도 생생하게 뇌리에 박혀 있을 만큼 곧은 길이라곤 직접 보지를 못하고 교과서 그림에서나 보고 자란 촌뜨기였다. 초등학교 입학 전 이모를 따라 처음으로 외가댁 가는 길에 300m도 채 되지 않는 쭉 뻗은 곧은 길을 보고 가슴이 쿵쾅이고 벌렁거려 숨이 멎을 것 같았던 기억이 있었으니, 처음 본 이상한 모양의 수양버드나무는 평생 가슴속에 남아 소환되는 추억에 덧대 전율을 일으키기에 충분하다. 그 수양버들 그늘 아래에서 어깨너머로 체득하고 깨친 한글로 입학 전 두어 해에 걸쳐 교실 한켠에 마련된 도서관 책을 모조리 섭렵했다. 그때 독서 삼매경에 빠져 익힌 책 읽기가 평생의 독서 습관으로 남았다.

수양버들의 유래

수양버들은 장강과 황하 유역에 많이 자생하는 중국 중남부가 원산으로 세계 각국에 분포하고 있으며, 우리나라에는 통일신라 시대에 유입되어 전국에 널리 자라고 있어 쉽게 접할 수 있는 흔한 나무다. 말피기목, 버드나무과, 수양버들속의 키가 10~25m로 자라는 낙엽 활엽소교목으로 습한 지역이나 강변에 주로 서식한다. 가지가 아래로 처져 자라는 특징을 가졌는데, 잎과 가지가 우리나라 자생종인 능수버들과 유사하여 식별이 어렵다. 보통 능수버들과 수양버들이 혼동되기에 같은 나무로 알고 있는 경우가 많지만, 수양버들은 줄기가 굵고 길게 자라며 새 가지는 녹색으로 매끈하다. 1년생 어린 가지는 붉은 자주색을 띠며 가지 끝부분만 사방으로 퍼져 가늘게 늘어져 자란다.

능수버들은 잔가지가 황록색을 띠고 당해 년에 자라는 가지만 늘어지는 특징을 가지고 있다. 비슷한 나무로는 작은 나뭇가지가 능수버들처럼 황록색을 지닌 개수양버들, 새잎이 붉은색을 띠는 왕버들, 가지가 구불구불해 비교적 구분이 쉬운 용버들, 일명 수양벚나무로 불리는 처진개벚나무 등이 있다. 쌍떡잎식물인 수양버들의 잎은 어긋나기, 피침형으로 보통 버드나무보다 가늘고 길며 가장자리에 잔톱니가 있거나 밋밋하고 뒷면은 흰색을 띤다. 가지가 가늘고 길어 다른 이름으로 실버들, 사류(絲柳), 세류(細柳) 등으로도 불린다.

'수양'이라는 이름은 조선의 수양대군의 이름에서 따왔다는 설이나 중국의 수양산 근처에 많은 나무라고 수양이라 부르게 되었다는 설은 신빙성이 빈약한 이야기이다. 수나라 황제인 아버지 문제를 죽이고 등극한 2대 황제인 양제가 황하와 회수를 잇는 대운하를 건설하며 백성들에게 상을 주면서까지 제방에다가 버드나무를 많이 심게 했는데, '수나라의 양제가 심은 버드나무'에서 '수'와 '양'을 따서 '수양버들'이 되었다는 이야기도 있다.

또 다른 이야기도 있는데 황제인 양제가 더운 여름날 광릉으로 행차할 때 우세기(虞世基)라는 관리가 그늘을 만드는 수양버들을 심자고 제안하자 이를 수락하며 백성들에게 수양버들 한 그루를 심으면 비단 한 필을 하사하라고 명을 내렸다. 백성들이 앞을 다투어 수양버들을 심어 바치자 양제는 기뻐하며 버드나무에 자신의 성인 양(楊)을 붙여 '양류(楊柳)'라 이름을 지어 내려 '수나라의 양버들' 즉, '수양버들'이라 부르게 되었다는 설이다.

학술적으로는 수양버들의 학명인 'Salix'는 켈트어로 '가깝다'는 뜻의 'Sal'과 '물'이라는 뜻 'Lis'가 합해져 '물가'라는 의미의 단어에서 유래했고, 'Babylonica'는 『구약성서』 시편에 나오는 '바빌론 강변의 버드나무'에서 유래된 '바빌론의'라는 뜻이다. 이것을 합하면 '바빌론의 물가에 있는 나무'라는 뜻이다. 영어 이름인 'Weeping willow'도 『구약성서』의 고사에서 유래된 것으로 알려져 있다.

수양버들은 비타민C 함량이 높아 중국에서는 새순을 나물로 식용하고 있으며, 잎과 가지는 동물 사료로 쓰이고, 목질이 연하여 가볍고 유연하기 때문에 가공이 쉬워 펄프재, 건축재, 가구재, 판재, 성냥개비, 도마, 상자, 이쑤시개 등으로 쓰이고, 공해에 강해 대기오염 물질을 흡착하고 공기 정화 능력이 탁월한 나무라 가로수, 정원수, 관상수로 식재되고 있다. 심재와 변재의 구별이 뚜렷하지 않아 산업용 목재로도 많이 쓰이는데 심재는 담갈색, 변재는 흰색을 띠고 있다. 내한성과 내가스성이 강하고, 토양을 가리지 않아 습지와 소금기가 있는 곳에서도 잘 자라는 양수지만, 뿌리썩음곰팡이로 인한 뿌리의 손상으로 태풍 등 강풍에 의한 바람 피해를 잘 입는 수종이다.

기생하는 진딧물 종류로는 버들진딧물, 버들쌍꼬리진딧물, 버들잎털진딧물, 대륙털진딧물, 버들왕진딧물 등이 있고, 매미충 종류로는 등줄버들머리매미충과 산버들머리매미충 등이 있으며, 무늬곤봉하늘소, 두눈사과하늘소, 미국흰불나방, 포플러가는나방, 켈리포니아나무좀, 닮은버드나무이 등의 충해를 입으므로 방제가 필요한 나무다.

민간요법의 한약재로도 널리 이용되고 있는데, 주로 류머티스, 황달, 화상, 습진, 신경통, 치통, 종기 치료에 효과가 좋은 것으로 알려져 있다. 생약명은 뿌리를 유근(柳根), 가지는 유지(柳枝), 잎은 유엽(柳葉), 꽃은 유화(柳花), 씨앗은 유서(柳絮), 껍질은 유백피(柳白皮)로 부른다. 이것들을 삶은 물로 머리를 감으면 비듬 치료에 효과가 좋고, 타닌 성분을 함유하고 있어서 이뇨 작용과 담결석에도 효과가 있다. 또 껍질

뿌말을 담배 피우는 것처럼 훈연하면 치아 건강을 유지할 수 있고, 즙을 내거나 나무를 잘게 부순 가루 또는 톱밥을 소주에 개어 반죽해 삐거나 붓기가 있는 부위에 바르면 부종 치료 효과가 있다. 가지를 잘게 썰어 생강을 넣고 달여 복용하면 기침을 멎게 하고 신장과 간장, 폐기능을 회복시킨다. 즙을 짜서 먹으면 자궁 출혈에도 효험이 있다고 알려져 예부터 민간에서는 질병 치료와 예방에 생활 깊숙이 침투해 상비약으로 자주 이용되었다.

여인의 춤

이렇게 생활과 밀접한 나무로 사람 가까이에서 자라는 나무이다 보니 수양버들은 미신이나 민간신앙과 관련된 이야기가 다른 나무에 비해 많은 편이다.

귀신을 쫓아낸다고 울 안에 심었던 중국과는 달리 수양버들 아래에 유령이 출몰한다고 믿은 일본은 물론 우리나라에서는 예부터 문안에 심는 것을 금지했다. 나무 모양이 상을 당한 여인의 풀어헤친 머리 모습과 닮아 불행이 도래한다는 믿음이 있었고, 수양버들이 많은 냇가에 도깨비가 출몰한다는 미신이 일반에 퍼져 있었기 때문이다. 또한 양반가에서는 집안에 심는 것을 특히 금했는데, 바람에 하늘거리는 실가지가 여인의 요염한 허리를 닮아 집안 여인네들에게 바람기를 넣는다고 여겼기 때문이었다. 이는 제주도에서도 가지가 바람에 잘 흔들리므로 부부 중 바람 피우는 사람이 생긴다는 비슷한 이유로 식재를 기피했다고 알려져 있다.

경상북도 고령 지방에 전해오는 수양버들과 관련된 전설은 애틋함을 담고 있다. 마을에서 서로 사랑하여 혼사를 언약한 도령과 낭자가 있었는데, 한양으로 과거시험을 보러 간 도령을 기다리다 절개를 지키기 위해 자결한 낭자가 환생하여 수양버들이 되었다. 낭자가 죽고 과거에 급제한 도령이 금의환향해 마을로 돌아오는데 강가의 수양버들이 손을 흔들며 자신을 환영하듯 춤추고 있는 것을 보았다. 나중에야 낭자가 죽고 수양버들이 되어서 자기를 향해 축하의 춤을 추는 모습으로 나타났다는 것을 알게 되었고, 그 후부터 사람들은 수양버들의 흔들림에서 여인의 춤추는 모습을 연상하게 되었다고 한다.

이외에도 조선을 건국한 태조 이성계와 신덕왕후, 고려 태조 왕건과 신혜왕후가 처음 만날 때의 두 이야기에도 버드나무에 얽힌 서로 비슷한 이야기가 전해 오고 있다. 지나가던 이성계와 왕건이 목이 말라 우물가에서 물을 길던 처녀에게 물을 달라고 하자, 바가지에 버들잎 한 장을 따서 띄워 주며 급히 마시지 못하게 했다. 이에 처녀의 지혜에 감탄한 이성계와 왕건이 나중에 이 처녀들과 결혼하게 되었고, 그 지혜를 빌려 조선과 고려를 건국하게 되었으며 두 여인네는 나중에 왕후가 되었다는 이야기다.

노량진은 수양버들이 많은 나루터라 노들나루 불린다. 평양의 다른 이름이 유경(柳京)인 것도 대동강변에 수양버들이 많아 붙여진 이름으로 알려져 있다. 한편 대동강변에 수양버들을 많이 심은 이유는 평안도 사람들의 기질이 강하므로 수양버들가지처럼 정서를 부드럽게 하여 역란이나 반란이 일어나는 것을 방지하기 위한 풍수적 처방이라는 설이 있다.

"살아서는 유(柳)나무에 눕지 않고, 죽어서는 양(楊)나무에 눕지 않는다"는 중국의 속담도 수양버들과 관계가 있는 말이지만, 종교와 문화적 전통에서 수양버들과 연관 있는 것들이 많이 있다. 고려의 수월관음도에서 관음보살이 손에 쥐고 있는 것이 버드나무 가지이고, 경전에 나오는 "아미수양상(蛾眉垂楊相)"이라는 말은 부처님의 눈썹 모습이 버드나무 잎을 닮았다는 말이다. 기독교 구약성서 사무엘 하편에는 다윗왕이 군인 우리아를 죽게 하고 처를 빼앗아 탐한 것을 나단이 책

망하자 참회의 눈물을 흘렸는데 눈물이 흘러 스며든 자리에 수양버들 과 유향목이 자라났다는 구절이 있다.

사라진 교정의 풍경

수양버들의 번식은 주로 암나무를 꺾꽂이하여 번식한다. 잎의 크 기는 폭 10~17mm, 길이 7~12cm이고, 잎자루 길이는 2~4mm로 짧은 편이다. 어린 줄기나 가지에 달린 잎은 엽선이 점차 뾰족해지는 점첨두 형태의 긴 타원형으로 버드나무 잎과 비슷하게 생겼다. 큰 줄 기에 달린 잎은 달걀 모양 혹은 마름모꼴로 미루나무 잎과 유사하다. 잎의 뒷면은 녹회백색이고 잎 양면에는 털이 없으나 잎자루에는 털이 있다.

꽃은 꽃잎이 각각 갈라져 피는 갈래꽃으로 이른 봄인 3~4월에 새 잎이 나면서 개화한다. 수꽃은 황색으로 크기가 2~3cm, 암꽃은 원기 둥 모양의 이삭으로 피며 1~2cm의 크기이다. 수술은 2개이고, 꽃밥 은 노란색을 띤 황록색으로 자웅이주인 암수딴그루이다. 그러나 간혹 암수한그루인 꽃들도 있으며, 벌레에 의해 수분하는 충매화이다. 꽃받침 길이는 1.5cm 정도이며 끝이 타원형으로 끝이 무디게 생겼으며 털이 있다.

열매는 원통뿔 모양의 삭과로 여름인 8월에 결실한다. 씨앗은 길이 3mm 정도 크기이고, 5월에 성숙하여 바람에 날려 퍼트려져 습한 곳에서 발아되지만 1주일 정도 내에 발아하지 못하면 도태된다. 암나무 종자는 솜털에 싸여 있는 비산종모 수종으로, 씨방에는 털이 없고 익으면 말라서 쪼개진다. 이 솜털은 씨앗을 멀리 날려 퍼트리기 위함인데, 알러지를 유발하는 꽃가루로 오해받아 가로수나 정원수로 심어진 나무가 민원으로 인해 도태되는 불운을 겪기도 했다. 솜털을 달고 씨앗을 퍼트리는 유사종들인 버드나무류나 은수원사시나무와 플라타너스 등이 꽃가루 피해목으로 오해받은 대표적인 나무들이다.

수양버들의 수피는 짙은 갈색으로 세로로 깊게 갈라져 자라며, 줄기 위에 많은 가지가 달린 수관의 수형은 구형이나 종 모양이고, 가는 가지는 약해 바람에 잘 부러지는 편이다. 태풍 등 강풍이 자나가고 나면 수양버들 아래에는 늘어진 가는 가지들이 수없이 부러져 떨어진 모습을 볼 수 있는데, "강한 것이 부러진다"는 말이나 "버들가지는 태풍에 꺾이지 않는다"는 속담이 무색하게 느껴질 때가 많은 나무다.

하지만 이제 그 운동장 한가운데를 꿋꿋이 지켜 버티던 수양버드나무는 보고 싶어도 볼 수가 없게 되었다. 바람에 가는 가지가 꺾이며 생명이 도태되어 자리를 비켜난 것이 아니라 산업화로 농촌이 피폐화되면서 자연스레 감소한 인구로 입학생이 없다보니 폐교되었다. 어느 종교 단체에서 매입해 교실을 헐어내고 오토캠핑장을 만들면서 잘라내 버렸기 때문이다.

한여름 태양이 형제봉 능선을 넘어 도장골 언덕을 향해 달리다가 수양버드나무 꼭대기에 걸리면 누나 손 잡고 어스름 그림자를 지나며 그날 읽은 동화책 이야기를 나누던 생각에 괜스레 울컥한다. 수양버드나무는 내 삶의 한 구석을 꽃피우게 한 배움의 밑거름이 되었다. 수양버드나무에는 누나가 있고, 한글이 있고, 책이 있고, 추억이 있다. 이제 교정에는 그 추억의 나무가 없다. 그 나뭇가지를 닮은 긴 팔을 늘어뜨리고 빙빙 돌던 돌림그네도 없다. 하지만 교정에 서면 내 마음 깊은 곳에는 가지를 늘어뜨리고 일렁이는 수양버들의 모습이 돌림그네가 되어 빙빙 돌며 가슴을 설레게 한다.

나무는
오늘도
사랑을
꿈꾼다

06

조팝나무

Spiraea prunifolia

아버지의 사랑

은밀한 사랑

"그거는 말라꼬 꺾어 오노? 꺾다가 벌에 쏘이능구마!"

초막골 가는 길 뱀밭골 자락 소나무다랭이 입구 양지쪽에서 한아름 향기 짙은 흰 꽃을 꺾어 안고 오는 나를 향해 아버지가 사랑이 가득 담긴 걱정스런 투로 말했다.

"방에 꼬자 둘라꼬예. 너무 이쁘자나예. 향기도 좋고예."

"조심하거라. 거기 벌 많다. 쏘이마 마이 아프다."

"꺼끌데 봉께 벌이 엄청 마이 있긴 하데예. 그래도 안 쏘잇심더."

쑥 뜯는 누나 따라 종다래끼 들고 나섰다가 복스런 꽃에 반해 다래끼는 팽개치고 한아름 조팝나무 꽃을 꺾어 들고 오던 참이다.

"이기 무슨 나무라예?"

"조팜대다. 조팜싸리!"

"싸리나무라꼬예?"

"그래. 조팜싸리나무라 칸다. 꽃필 때 벌이 마이 끼께 조심해라."

다시 한번 벌을 조심하라고 경고하는 아버지의 목소리엔 사랑스런 걱정이 잔뜩 묻어 있었다. 그 일이 있은 후부터 나는 어른이 될 때까지 조팝나무가 싸리나무 종류인 줄 알고 지냈다. 조경 일을 하면서 조팝나무가 장미목의 조팝나무과, 조팝나무속으로, 콩목, 콩과, 싸리나무속의 싸리나무와는 아무런 관련이 없고 내 고향을 비롯한 일부 지방에서 '조팜싸리'로 부른다는 것을 알게 되었다.

여기에 더해, 종류도 어릴 때 보고 자랐던 4~5월경에 산형 꽃차례로 피는 흰 꽃의 조팝나무뿐만아니라 기본종인 만첩조팝나무를 포함하여 세계적으로 20여 종이 있다고 한다. 우리나라 자생종으로는 떡조팝나무, 참조팝나무, 설악조팝나무가 있다. 진분홍색꽃을 피우는 꼬리조팝나무, 흰 꽃을 피우는 산조팝나무, 꽃차례가 가지에 산방상으로 달려 탁구공을 반으로 자른 모양의 꽃을 피우는 '노련함'이라는 꽃말을 가진 공조팝나무를 비롯하여 갈기조팝나무, 참조팝나무, 가는 잎조팝나무, 긴잎산조팝나무, 덤불조팝나무, 둥근잎조팝나무, 떡조팝나무, 일본조팝나무, 인가목조팝나무, 털인가목조팝나무, 초평조팝나무, 털긴잎조팝나무, 삼색조팝나무, 당조팝나무, 장미조팝나무, 황금조팝나무 등 조경수로 개발된 여러 종류의 조팝나무가 존재한다는 것도 알게 되었다.

특히 일명 붉은조록싸리, 분홍조팝, 수형수산국, 진주화분홍조팝, 공심유(空心柳), 마뇨수 등으로 불리는 꼬리조팝나무는 꽃이 짐승의 꼬리를 닮았다고 해서 붙여진 이름이다. 추위에 강하고 토질을 가리지 않지만 비옥하고 습한 곳에서 잘 자란다. 꽃말은 '은밀한 사랑'으로, 공조팝나무와 개량종인 삼색조팝나무, 황금조팝나무와 함께 조경수로 많이 심겨지고 각광받고 있는 종이다.

명당 터의 기준

'조팝'이라는 이름은 꽃이 핀 모양이 튀긴 좁쌀을 나뭇가지에 붙여 놓은 것처럼 보여 '조밥나무'로 불리다가 '조팝나무'라 불리게 되었다는 설이 정설이다. 조팝나무는 키가 1~2m로 자라는 낙엽활엽관목으로 중국 동북부를 포함한 동부 지방이 원산지이다. 우리나라에서도 제주도와 고산지대를 제외한 해발 100~1,000m의 전국에 배수가 잘 되는 양지바른 산과 들에 분포하고 있다.

나무줄기에는 능선이 있고, 다갈색으로 어린 가지에는 털이 있으며 어린 순은 나물로 먹는다. 습한 곳을 싫어하고 양지바르고 배수가 원활한 곳을 좋아해 예부터 조팝나무가 잘 자라는 곳이 풍수지리적으로 명당 터의 기준이 되었다. 특히 현대에 들어서는 오염에 강하고 환경 정화 기능이 우수한 정화식물로 알려지면서 도심지 조경에 일익을 담당하고 있는 나무이기도 하다.

잎은 어긋나기 쌍떡잎으로 타원형 또는 달걀을 거꾸로 놓은 모양인데 가장자리에 톱니가 있고, 길이 2~4.5cm, 폭 0.8~2.2cm의 크기로 끝이 뾰족하고 뒷면에 잔털이 나 있으며 꿉꿉한 냄새가 난다.

번식은 파종이나 1년생 가지로 꺾꽂이를 하고, 꽃은 가지 윗부분의 짧은 가지에 4~5개가 산형으로 달리며, 꽃자루 길이는 1.5m 정도이고, 꽃받침은 첨두상으로 5개, 꽃잎은 도란형으로 타원형 백색, 길이는 4~6mm이다. 수술은 20개, 씨방은 4~5실, 열매는 골돌로 털이 없으며 9월경에 익는 데 쓰고 매운맛이 나며 독성이 있다.

한약에서는 뿌리를 상산, 촉철근이라 부르며 알카로이드 성분을 함유하고 있어 해열제, 산경통 치료제로 쓴다. 살리실산 성분이 있어 구토 등에 약용으로 사용하고 있으며, 북아메리카 인디언들도 뿌리를 이용해 말라리아를 치료했다고 한다. 버드나무와 함께 아스피린 원료를 축출하는 나무이기도 하며, 『동의보감』에는 "말린 뿌리를 달여 복용하면 가래를 삭혀 주고, 학질을 낫게 하며, 열이 심하게 오를때 속성 치료가 가능하다"고 기록되어 있다. 『조선왕조실록』에 "일본 사신이 상산을 중국에 바쳤다"는 기록이 있는 것으로 보아 궁중 한약재로도 사용된 귀한 나무다.

조팝나무는 이렇게 식용과 약용뿐만 아니라 관상용, 울타리용으로도 쓰였지만 촘촘히 자라는 가느다란 가지 외에 가시나 억센 굵기의 목질을 가지지 못해 짐승이나 가축용 울타리로는 쓰이지 못하고 구역을 구분하는 담장 역할에 관상용을 겸했다.

옛날 농부들은 조팝나무를 보면서 벼농사 일을 했는데, 싹이 트는 것을 보고 못자리를 했다. 하얀 꽃이 질 무렵이면 모내기를 하고, 잎이 알록달록하게 단풍이 들고 누렇게 마르면 벼 베기를 했다고 하니 농경사회에서는 민초들과 고락을 함께한 나무라는 생각이 든다.

한 손 안의 두 손가락

조팝나무는 우리나라에서 다른 이름으로 어마펀, 목상산, 압뇨초, 계뇨초, 패루화, 싸래기꽃 등으로 불리기도 하지만, 중국에서는 조팝나무를 목상산(木常山), 기본종 조팝나무를 오얏잎수선국(李葉繡線菊), 꼬리조팝나무를 수선국(繡線菊)이라 부르는데, 수선국이라 불리게 된 데는 전해 오는 효심 가득한 이야기가 있다.

원기라는 사람이 한나라 때에 수선이라는 효성이 지극한 딸을 데리고 살았는데 제나라와의 전쟁에 포로로 잡혀가 감옥에 투옥되었다. 소식을 들은 딸 수선은 남장을 하고 제나라에 들어가 아버지를 구하고자 감옥을 지키는 옥리가 되었다. 하지만 이미 아버지가 세상을 떠났음을 알고 통곡하다가 변장한 것이 발각되었다. 취조 중 지극한 효심에 감복한 제나라가 수선을 고향 땅 한나라로 귀환시켜 주었다. 고향에 돌아온 수선은 아버지의 무덤가에 작은 나무를 심었다. 이듬해 봄에 나무에서 하얀 꽃이 주렁주렁 피자 사람들은 하늘이 지극한 효심에 감복하여 수선에게 꽃을 내려 보내주었다고 하여 수선의 이름을 따서 꽃 이름을 수선화라 부르게 되었다고 한다.

하지만 우리나라 조팝나무 설화에는 이팝나무 설화와 비슷한 이야기가 전해지고 있다. 옛날에 두 남매가 가난하게 살다가 굶어 죽었다. 동네 사람들이 불쌍히 여겨 뒷산 양지바른 곳에 묻어 주었는데 묘 옆에서 작은 나무가 자라나 하얀 꽃을 피우기 시작했다. 멀리서 보면 소복하게 핀 꽃이 마치 하얀 쌀밥을 닮아 보였는데, 배곯은 남매의 한이 서려 그렇게 피었다고 여겼다는 이야기다. 이는 하얀 꽃이 좁쌀 튀긴 것처럼 소복하게 피는 것을 보고 이팝나무의 전설을 따라 누군가가 그럴 듯하게 만들어낸 이야기가 아닌가 싶다.

아무튼 꽃말이 '단정한 사랑, 헛고생, 노력, 하찮은 일'인 것을 보면 우리나라에서 전해지는 이야기보다 중국의 설화가 더 가슴에 와 닿고 설득력이 있어 보인다. 꽃의 운세도 '열심히 노력했지만 결과가 수포로 돌아가 헛고생하고, 맡은 바를 완벽히 처리하고자 하는 완벽주의 사고로 마음의 여유가 없는 것'으로 나오고, 꽃말의 의미가 '언동이 명확한 사람으로 올바른 만큼 독선적인 경향이 있으니 조금은 느슨해질 필요가 있다'라고 하니, 겉보기에 순백의 꼬투리가 풍성한 꽃나무지만 내심 빈틈없이 경직되고 완벽하게 처리하고도 헛고생으로 돌아갈 수 있음을 알고 조금은 여유롭고 유연한 양반의 기품을 가져야 하지 않을까 싶다. 그래서 예부터 조팝나무를 양반들은 좋아했지만 일반 민초들은 외면했는지도 모른다.

올봄에도 초막골 초입 뱀밭골 아래 소나무다랭이 양지에는 조팝나무꽃이 흐드러지게 피었다. 꿀향에 취한 수많은 벌들이 접근을 두렵게 할 만큼 윙윙 날갯짓을 하며 날아든다. 조심스레 가지를 꺾어 코끝에 대니 진한 향내가 폐부를 찌른다. 내뱉는 한숨에 돌아가신 아버지가 서린다. 못다한 효도에 가슴이 저민다.

삽작문을 들어서니 아버지가 손을 흔든다. 벌에 쏘일라 조심하라고 쉬이훠이 내젓는 소맷자락에 내 마음이 펄럭인다. 조팝나무 향기에서 아버지 냄새가 난다. 아버지의 사랑은 산 위의 안개와 같다. 사랑을 한다는 것은 자신을 넘어서는 것이다. 아버지와 자식은 한 손 안의 두 손가락과 같다. 서로 사랑이 지속되려면 연결된 끈이 고무줄같이 탄력이 있어야 한다. 아버지의 사랑은 고무줄이다. 예쁜 꽃과 향기보다도 꽃에 앉은 벌에 자식이 쏘일까 걱정하는 작지만 깊고 넓은 마음을 이제야 안다. 뉘우침 중에서 가장 나쁜 것이 모든 것이 끝난 뒤에 깨닫는 뉘우침이라 했다. 조팝나무꽃 향기에서 후회를 만난다.

나무는
오늘도
사랑을
꿈꾼다

07

호두나무

Juglans regia

일꾼의 그늘

독성이 강한 호두나무잎

"점심 묵거덩 추자나무 밑에서 한숨 자고 하시게."

"야아!"

초여름 뙤약볕이 어찌나 극성인지 보리밭 이랑에 깔 풀을 한 짐 해 짊어지고 온 일꾼이 짐을 풀고 이마의 구슬땀을 삼베 수건으로 훔치며 점심 식사 차 빈 지게를 걸머 멘 채 삽작문을 들어서자 아버지가 땡볕을 피해 잠시 쉬고 오후 일 하라고 한마디 한다.

비료가 귀하던 시절, 보리 이삭이 팰 무렵이면 참나무류를 비롯한 채 여물지 못해 보드라움을 간직하고 있는 싸리순 등 돋아난 새순과

억새류의 잡풀들을 베어 보리밭 이랑에 깔아 두었다가 보리를 수확하고 나면 논밭갈이로 뒤집어 섞으면 땅속에서 썩어 유기질 퇴비가 되었다. 좁은 농토에 한 줌이라도 더 소출을 올리려고 새잎이 나고 풀이 자라기 시작하면 풀베기가 시작되었는데 마을 사람들은 이때쯤 풀베기 두레를 결성하고 힘을 합쳐 집집마다 돌아가며 함께 논밭에 풀을 베어다가 뿌렸다. 더운 날 힘든 풀베기와 무거운 지게질에 지친 사람들은 풋고추에 상추쌈을 싸서 고봉으로 쌓은 보리밥을 물 들이키듯 흡입한 뒤 문예마을 가는 갈림길에 서 있는 추자나무 그늘 아래 반석에 지게를 비스듬히 뉘어 놓고 기대어 코를 드렁드렁 골며 단잠을 한숨씩 즐겼다.

지게가 짓누른 어깨의 고단함도, 빠질 듯 져며 오는 허리도, 휘두른 낫질에 뻐근한 팔뚝도, 짐 무게를 버텨내느라 후들거렸던 다리 통증도 추자나무 그늘의 단잠 한숨에 찬물 한 사발 들이키면 모두 날려 보낼 수 있던 시절이었다.

집 앞 냇가와 맞닿은 언덕배기 끝에는 길을 따라 호두나무 3그루와 감나무 1그루가 줄지어 서 있었고, 그중 호두나무 한 그루 아래에는 사방으로 각이 진 너덧 평 넓이의 너른 반석이 자리해 오가는 길손이나 마을 사람들의 쉼터 역할을 했다. 때로는 고사리, 호박과 무, 고추

등 채소를 말리는 채반 역할을 하기도 한 그 너른 품을 시원하게 식혀 주는 역할을 바위에 비껴선 호두나무가 담당했다.

고향에선 호두를 추자라고 불렀고 당연히 그 열매가 달리는 나무는 추자나무라 했다. 책을 통해 호두나무와 추자나무가 같은 나무라는 것을 알게 되기 전까지는 그렇게 불렀고 그런 줄 알고 지냈다.

호두나무에 새잎이 돋아나 연녹색이 진녹색으로 변할 때쯤 풀베기가 끝나갈 시점이면 나뭇잎에 송충이가 달라붙었다. 그러면 수일 만에 잎맥만 남겨 두고 갉아먹어 마치 갈색실 망사로 만든 나뭇잎처럼 앙상한 나뭇잎이 벌레똥과 함께 나무 밑에 수북이 쌓였다. 당파 싸움이 극을 달리던 조선조 기묘사화를 상징하는 문구인 오동잎에 꿀로 쓴 글씨 '주초위왕(走肖爲王)'도 벌레가 나뭇잎을 갉아먹고 났을 때 이런 모양 아니었을까.

한 차례 송충이들의 만찬이 끝나고 나면 다시 새잎이 움트고 가을 낙엽이 질 때까지 나무는 성성한 푸른 잎으로 딱딱하고 알찬 열매를 맺을 수 있게 돕는다. 호두나무는 모든 가래나무과 식물들이 가지고 있는 타감 작용으로 주글론(Juglone)이라는 독성 물질을 내뿜어 잎과 열매가 떨어지는 범위 내에서는 다른 식물들은 생장하기 어렵다. 초식동물들도 독성이 강해 거의 먹이로 먹지 않을 뿐만 아니라 쥐나 다람쥐 등 몸집이 작은 동물에게도 영향을 주기 때문에 호도나무 아래에는 이들의 서식처나 굴이 잘 발견되지 않는다. 고대 그리스에서도 잎과 줄기, 껍질로 즙을 내어 물에 풀어 물고기를 기절시켜 잡았다는 기록이 있다. 우리나라에서도 재래식 화장실의 구더기 방제와 구충 등 해충방제에 쓰였다. 사람도 체질에 따라 호두껍질에 알레르기 반응을 일으킬 정도로 강한 독성을 가졌는데 그 독한 잎을 먹어 치운 송충이는 대체 어떤 변종으로 어떤 체질을 가졌을까 하는 궁금증이 일었다.

관련 해충을 찾아보니 잎을 망사같이 먹어치운 이놈은 호두나무 떼춤쟁이라는 별명을 가진 미국흰불나방 애벌레로 생김새가 앙증맞고 귀엽게 생긴 작은 몸집의 송충이류인데 떼거지로 머리를 쳐들고 좌우로 머리를 흔들면서 일사불란하게 춤을 춰서 그런 별명이 붙었단다. 그리고 '호두나무 뱀 또아리'라는 별명이 붙은 놈도 있는데 이놈은 '박쥐나방 애벌레'로 새순으로 나는 연한 잎을 파먹으며 잎맥을 뱀이 또아리 틀듯 몸으로 감아 지내기에 붙여진 이름이란다. 이외에도 독한 호두나무 잎을 먹는 벌레로는 풍뎅이, 하늘소, 뽕나무깍지벌레, 어스랭이나방 애벌레, 호두나방 애벌레, 화랑곡나방 애벌레 등이 있고 생김새는 모두 송충이처럼 생겼다.

"뛰는 놈 위에 나는 놈 있다"는 속담이 이 송충이들에게 딱 어울리는 말이다. 우리가 살아가면서 겸손해야 하는 이유다. 사람은 자신을 소중히 여기고 자기 생명을 지키는 것을 타인에 대한 사랑보다 우선시하는 동물이다. 하지만 자신을 우선시하는 동물이나 벌레 수준을 넘어서야 내면적으로 옳은 인간이 된다. 의식 전환은 누구도 대신해 줄 수 없기에 스스로가 의식을 바꿔야 한다. 자신이 최고라는 가치관에 함몰되어 있으면 남에 대한 배려가 부족해진다. 삶에서 최고란 없다. 독성이 강한 호두나무잎을 먹고 사는 송충이를 보면서 겸손을 배운다.

호두과자의 탄생

꺾꽂이가 되지 않는 호두나무는 가래나무목, 가래나무과, 가래나무속에 속하는 낙엽활엽교목으로 파종이나 접붙이기로 번식하는데, 종자 파종을 해도 다른 유실수에 비해 퇴화가 적으며, 새싹이 돋을 때 주름이 많은 떡잎 2개가 난다.

조선시대에 편찬된 최초의 농서인 『산림경제』에는 호두를 심을 때 가을에 기왓조각을 땅속에 묻고 그 위에 호두를 얹어 심는다고 기록되어 있다. 이는 심근성인 호두나무의 특징인 곧은 뿌리 발달을 억제시켜 이식이 용이하도록 한다. 봄에 파종해도 되며 4~5월에 이식하면 열매 핵피가 얇아지고 알이 충실해진다. "거름으로 말똥을 주면 고사한다"고 재배법이 설명되어 있으며, "독이 없고 먹으면 머리털이 검어지고 강장, 강정 효과가 있다"고 한다.

일명 '호도나무'라고도 부르지만, 방언으로 내 고향에서처럼 '추자'라 부르는 곳도 있다. 신라시대 『민정문서』에는 추자로 적혀 있지만, 고려 기록에는 당추자, 조선시대에는 호두와 추자가 혼용되어 쓰였다. 영어명은 'Walnut tree', 다른 이름은 'Persian walnut', 목재명은 'Walnut'이고, 한자어로는 호도수(胡桃樹), 강도(羌桃), 당추자(唐楸子), 핵도(核桃)라 불린다.

호두라는 이름의 유래는 호두 씨앗의 생김새가 복숭아와 비슷해서 '되 호(胡)' 자에 '복숭아 도(桃)' 자를 합해 '호도'라 부르다가 '호두'로 표기하게 되었다. 그 기원은 페르시아와 중동의 이란이라는 설이 있지만 'Persian walnut'라는 이명(異名)이 있는 것을 보면 페르시아 유래설이 정설이라 여겨진다. 북유럽 신화에서는 여신 이즌이 호두나무로 변신했다고 나온다.

호두나무는 발칸반도에서 히말라야, 동쪽으로는 중국에 이르는 유라시아 지역이 원산으로 우리나라에서는 경기도 이남 지방에 주로 식재, 분포되어 있다.

역사적으로 850만 년 전 프랑스 동부 지하 50m 깊이 화산 퇴적층에서 호두 화석이 발견되었는데 그 이전부터 존재했을 것으로 추정된다. 공존력과 생존력이 좋아 현생 인류 태동 전에 유라시아 대륙 곳곳에 퍼져 있었을 것으로 유추하고 있다.

중국의 『한서』, 『사기』 등에 의하면 한무제 때 중앙아시아에 파견되었던 장건이 가져왔다고 기록되어 있으며, 우리나라는 『고려사』에는 고려말 충렬왕 때 원나라 사신으로 갔던 류청신(柳淸臣)이 열매와 묘목을 처음으로 가져와 천안 광덕사에 심었다고 기록되어 있다. 그 묘목이 자라나 지금은 천연기념물로 지정되어 관리되고 있다. 하지만 수령이 400여 년 정도밖에 되지 않으므로 아마도 그 후손목일 가능성이 크다. 팥앙금에 호두를 섞어 호두 모양으로 구워낸 맛이 일품인 천안 명물 호두과자가 여기서 탄생한 것도 그 이유다.

한편 광주 신창리 유적에서 호두 씨앗이 발견되어 그 이전에 전래되었을 거라는 설이 있었으나 호두가 아닌 가래 열매로 밝혀져 그 설은 일축되었다. 통상 호두나무라 하면 한국에서는 식용과 목재용으로 동시에 쓰이는 영국 호두나무(English walnut) 종을 말하지만, 영어에서는 가래나무, 피칸 등 가래나무속(Juglans)에 속하는 21종의 나무를 통칭한다. 특히 흑호두나무(Juglans nigra, Black walnut, American walnut)는 가래나무속에 속하지만 영국 호두나무와는 다른 종임에도 흑호두나무라는 이름 때문에 대부분 호두나무의 일종으로 여긴다. 이 흑호두나무는 호두나무보다 독성이 더욱 강해 잎이 떨어지는 지점에서 15m 정도까지 다른 식물의 생장이 어렵다.

호두 열매의 초록색을 띠는 겉껍질은 땅에 떨어지면 검은색으로 변색된다. 함유하고 있는 독성 물질인 주글론(Juglone) 성분은 흑갈색 염료의 원료로 쓰이며, 고대 레반트 지역과 체로키 인디언들도 검은색 염료로 사용했다. 염료 이야기를 하다 보니 설익어 딱딱한 속껍질을 싸고 있는 겉껍질이 터지지 않은 호두 열매를 따서 까다 보면 손과 손톱에 붉은빛이 도는 진한 갈색 물이 들어 씻어 낸다고 개울가 돌에다 손을 문질렀던 기억이 아롱아롱 어린다.

호두나무는 보통 키가 20~40m, 굵기가 직경 40cm 정도로 수관이 넓게 퍼져 성글게 수령 200년 이상 자라는데, 보습이 좋고 공기가 잘 통하는 양지바른 땅에서 잘 자란다. 독성 물질 주글린을 발산하기 때문에 다른 식물과는 적당한 거리를 띄워서 심는 것이 좋고, 주변 식물에는 충분한 시비를 해주어야 성장에 지장이 적다. 내한성이 강한 편이지만 우리나라 중부 이북에서는 한파 피해를 입을 위험이 있다.

잎은 여러 잎이 모여 큰 잎을 이루는 복엽으로, 넓은 타원형의 작은 잎은 5~9개로 둥글둥글하며, 가장자리에 톱니가 없거나 뚜렷하지 않다. 보통 호두나무의 작은 잎은 7장 이내, 가래나무는 7장 이상인 경우가 많다. 잎은 길이가 25~30cm, 작은 잎은 7~20cm 크기의 난형 어긋나기로 위로 갈수록 커지고 털이 없거나 솜털이 약간 있기도 하며, 잎의 끝에는 1개의 둥근 잎이 있다. 길이는 10~18cm 크기로 끝이 뾰족한 모양의 가래나무와 구별된다. 가을에는 노란색 또는 갈색 단풍이 들고 매운 감귤향이 난다.

꽃말이 '지성(知性)'이고 꽃은 4~5월에 개화한다. 바람에 의해 수정되는 풍매화로 자가수분을 하는 암수한그루인 양성화다. 암꽃과 수꽃이 동시에 피기도 하지만 다르게 피기도 한다. 수꽃 이삭은 10cm 길이로 길게는 6~30개의 수술이 달리고, 암꽃 이삭은 1~3개의 암꽃이 달린다.

꽃이 피고 나면 약 4~5cm 크기의 녹색 구형 열매가 달리는데 핵과로 씨앗은 뇌 모양을 닮았다. 9월에 익으면 녹색 겉껍질이 터지고 내부의 단단한 속껍질로 감싸진 열매가 떨어지는데 그 속에 얇은 황갈색 껍질로 싸인 씨앗이 들어 있다. 씨앗은 항산화제, DHA, 불포화 지방산 등을 풍부하게 함유하고 있어 당뇨와 탈모 치료에 쓰인다. 머리를 맑게 하고, 뇌 노화 방지, 치매 예방, 혈압 강하 효과, 우울증 감소, 건망증, 불면증, 스트레스 해소와 다이어트에 효과가 있다. 섬유질이 풍부해 변비 치료에도 효과적이다. 신선로, 엿, 과자 등에 넣어 먹거나 견과류로 섭취하는 게 일반적이지만 보관시 주의해야 할 점은 딱딱한 껍질을 까서 상온에 두게 되면 산화되어 기름기가 빠져 품질이 저하되므로 냉장 보관하는 것이 좋다. 또 호두유는 질이 좋은 지방질의 건성유로 섭씨 영하 22도에서도 얼지 않으며 식용, 그림물감 원료로 사용되고 있다.

멀리 내다보고 미래를 준비하는 나무

호두는 『향약채취월령』에도 보신, 온폐, 정천, 윤장, 지해, 양위, 변비 등에 효험이 있다고 기록되어 있고, 우리나라에서는 정월대보름에 부럼용 과일로 섭취하는 세시풍습이 있다. 서양에서는 호두나무를 때릴수록 열매가 많이 열리고 맛이 좋아진다는 속담이 있는데, 나무를 때리는 행위는 죽은 가지를 떨어뜨려 새순을 많이 돋게 해 열매가 많이 달리게 하기 위한 목적이다. 『이솝 이야기』에는 이를 빗대 호두나무는 사람에게 맛있는 과일을 많이 주지만 사람들은 호두를 따기 위해 돌을 던지거나 막대기로 후려쳐서 나무가 상한다는 교훈을 알려 주고 있다. 유럽에서는 좋아하는 사람의 이름을 부르면서 호두를 불 속에 던지면 상대방이 자기를 좋아할 때 더 잘 벌어진다는 풍습이 전해 오고 있으며, 우리나라 결혼식 폐백연에 자식을 많이 낳으라며 밤과 대추를 신부 치마폭에 던져 주는 풍습이 있는 것처럼 로마에서는 호두알을 던지며 풍성한 자식을 기대하는 풍습이 있다.

보통 호두나무는 열매 2개가 서로 마주보고 달린 형태를 띠는 것이 많은 반면, 가래나무는 여러 개의 열매가 조롱조롱 뭉쳐서 달린다. 호두나무는 보통 심은 후 7년 이상 되어야 결실이 생기고 10년 이상 되어야 경제성이 있는 나무로, 다른 유실수에 비해 멀리 내다보고 미래를 준비하는 과수나무이다.

호두나무는 일손이 적게 들고 특별한 재배 기술이 없어도 재배가 가능하고 열매가 비싼 편에 속하는 유실수로 재배 면적과 노력 대비 소득이 가장 좋은 작물이다. 요즘 개발된 새로운 품종에는 심은 첫해부터 열매를 맺고 다른 종에 비해 1~2년 정도 수확 시기가 빨라 3년 정도면 경제성 있는 수확이 가능한 품종도 있긴 하지만 선택에는 면밀한 검토가 필요해 보인다. 토질이나 기후 여건에 부적합한 신품종을 맹목적으로 추구하거나 조기 결실종, 껍질이 얇은 종을 선택하거나 시비, 관수, 방제 등 관리를 소홀히 한다면 좋은 성과를 내지 못한다.

또한 내한성이 좋은 과수목으로 알려져 성목은 섭씨 영하 30도, 어린나무는 섭씨 영하 20도까지 견디며, 수꽃눈과 잎눈도 섭씨 영하 26~28도까지 이겨낸다고 한다. 하지만 현재 주요 재배지로는 경북 김천과 충북 영동, 전북 무주, 충남 천안 등이고, 『동국여지승람』, 『세종실록 지리지』에도 옥천, 공주, 전의, 경산, 대구, 현풍, 회양, 예천, 성산, 거창, 광산, 남원, 담양, 구례 등 중남부 지방이 대부분을 차지하고 있는 것을 보면 동해에 대한 피해 대책을 강구하여 식재지를 선택하는 것이 좋다. 필요시 동해 방지를 위해 수간에 석회질 성분의 도백 도료를 바르고, 유기질 비료를 사용하여 나무의 기력을 회복시켜줌은 물론, 적지에 맞는 적목의 묘목을 선택하고 어린 묘의 방한책을 강구하는 것이 필요하다.

재배 식재지로는 일조량이 풍부하고 통풍이 양호한 다습지로서 년 평균기온 섭씨 12도, 해발 400m 이하, 경사도 15도 이하의 밭둑이나 토심이 깊은 산록지가 좋다.

품종으로는 캘리포니아검은호두, 안데스호두, 버터넛, 일본호두, 작은호두 등이 있으며, 열매는 식용과 약용으로 주로 쓰고, 변종 귀족호두는 지압용 기구를 만드는 데 쓴다. 어릴적 기억으로 어른들이 가래나 호두를 손 안에서 자그락자그락 굴리면서 다니곤 했는데 지압이나 자극 효과로 건강에 도움을 받기 위한 행동이었던 것 같다.

목재는 하드우드에 속하는 단단한 목질의 치밀한 재질로 불규칙하고 미려한 무늬와 광택을 가지고 있으며, 무겁지 않고 가공과 접착이 용이하다. 증기 이용시 휨가공이 쉬워 가구재, 공예품, 악기재, 총 몸통재, 자동차 계기판, 실내 마감재, 스포츠 용품재 등 고가의 목재로 사용된다. 특히 임금의 관으로 쓰였을 만큼 고급 목재로 쓰였다. 하지만 건조시 온도와 습도에 의한 비틀림이 심하고 갈라짐이 크게 발생할 우려가 있어 조심할 필요가 있으며, 잘 썩지는 않으나 벌레 피해를 받기 쉽다. 또 사람에 따라 독성으로 인한 피부 알레르기를 유발할 수도 있으므로 직접 피부가 닿지 않도록 하는 것이 좋다. 월넛(Walnut)으로 불리는 영국호두나무는 어둡고 차가운 회색빛이 도는 갈색이고, 블랙 월넛(Black walnut)이라 불리는 흑호두나무는 진한 검붉은색이다. 나무껍질은 조금 어두운 회백색으로 거칠고 깊은 균일이 세로 방향으로 갈라져 다이아몬드 무늬를 형성한다.

호두 하면 제일 먼저 떠오르는 것이 차이코프스키의 〈호두까기 인형〉이겠지만, 『해리포터』 등장인물 중 벨라트릭스 레스트레인지의 굽은 지팡이도 호두나무를 재료로 한 것이다.

"타고난 성격은 누구도 극복할 수 없다"고 셰익스피어는 햄릿의 입을 빌어 말했지만, 성격은 제2의 운명과 같다는 생각이 든다. "성격을 바꾸기 위해서는 습관을 바꾸고, 습관을 바꾸려면 행동을 바꾸고, 행동을 바꾸려면 생각을 바꾸고 동기 부여를 하는 노력이 중요하다"고 행동과학자들은 말한다. 하지만 성격은 기차 선로와 같아서 그 궤도를 벗어나기가 여간 힘든 게 아니다. 그래도 아니라는 생각이 들면 시도하고 노력해야 한다. 겸손하게 자신을 낮추고 상대를 배려하는 자세로 자신을 채찍질한다면 조금이라도 변화를 가져올 수 있다. 겸손의 미덕을 가진 성격으로 바꾸겠다는 사명 의식에 기초한 책임감이야말로 내가 존재하는 가치를 구하는 일이 아닐까.

풀 한 짐 베어 매고 걸어오는 두렛군 짐 꼭대기에 노란 꽃 마타리가 고단함을 이기라며 걸음걸이마다 출렁이며 어깨춤을 춘다.

"힘든데 잠깐 지게 목발 받치고 쉬었다 가시게!"

아버지의 배려 섞인 한마디 너머 고단한 그 짐 꼭대기에 출렁이는 마타리를 따라 내 희망도 춤을 춘다.

나무는
오늘도
사랑을
꿈꾼다

08

무궁화

Hibiscus syriacus L.

묵묵히 견뎌낸 시련

무궁화 금수강산

"무궁화 무궁화 우리나라 꽃~ 삼천리 강산에 우리나라 꽃~"

동네 아이들이 뭉쳐 등하교할 때 목소리 맞춰 힘차게 팔을 휘저으며 팔짝팔짝 뛰면서 부르던 노래다. 봄이면 학교에서 무궁화 묘목을 한두 그루씩 몇 년째 나누어 준 덕분에 집집마다 대문간이나 화장실 근처 또는 뒤꼍에 무궁화가 자랐다. 어떤 해에 나눠 준 것은 흰색 겹꽃이었고, 또 다른 해에 나눠준 것은 분홍빛이 아른한 홑꽃이기도 했다. 우리집은 삽작문 기둥 옆과 장독대 주변에 심었다. 뒤안 장독대 옆에는 무궁화 한 그루가 감나무와 배나무 사이에 그늘을 피해 자리잡아 봄부터 가을까지 분홍꽃을 내리 피우며 자신을 뽐냈다.

새로 심은 무궁화는 두어 해 뒤에 꽃을 피우기 시작했는데 하얀색의 겹꽃이 피는 종이어서 하얀 무궁화도 있다는 걸 알게 되었다. 어린 눈에 같은 모양, 같은 잎, 같은 껍질을 가진 나무에서 색과 모양이 다른 꽃이 피는 것이 신기했다.

비가 오면 흙탕물이 온 하천가 논밭을 휩쓸고 지나가며 수해를 입히기에 대책으로 산림녹화와 자연보호 캠페인이 시행되었다. 두 마리 토끼를 한꺼번에 잡는 정책의 일환이었던 것 같다. 특히 4월 5일 식목일이면 괭이와 삽을 들고 학생은 물론 기관 소속 사람들이 단체로 산에 올라 나무를 심었다. 벌거숭이 민둥산 녹화에 심혈을 쏟던 시절이라 낙엽송, 리기다소나무, 잣나무를 비롯해 느티나무, 은행나무, 무궁화 등의 묘목이 흔했다. 산에 심고 남은 묘목이나 여분 토지에 심으라고 나누어준 묘목들을 사람들은 밭둑이나 논둑, 구릉지나 비탈지 등 농작물을 심지 못하는 곳에 심었다. 나무가 잘 자랄 형편이 되지 못하는 산사태 지역이나 바위틈 같은 곳이라도 석축을 쌓고 흙을 돋우어 사방사업을 펼쳐 나무 묘목과 풀씨를 심었다. 그것들이 자라 이제 아름드리 성목이 되어 푸른 강산의 일원이 되었다.

무궁히 피는 꽃

'영원히 피고 또 피어서 지지 않는 꽃'이라는 뜻을 가진 무궁화는 없을 무(無)에 다할 궁(窮), 꽃 화(花) 자를 쓴다. 글자 그대로 '꽃이 피기를 다함이 없는 꽃', 즉 '무궁히 피는 꽃' 무궁화이다. 영어명으로 'Common rose mallow' 또는 'Rose of sharan' 즉, 이스라엘의 '샤론 평원에 핀 예쁜 꽃'이라는 의미로 일명 '샤론의 장미'라 한다. 원산지는 중국, 인도로 알려져 있지만, 십자군에 의해 시리아에서 유럽으로 전파되어 종소명이 'Syriacus'이기에 시리아 원산설이 있기도 하지만 정작 시리아에는 무궁화가 없다고 알려져 있다.

무궁화는 열대, 아열대 지방에서 자라는 난대성 식물로 유럽을 비롯해 아시아와 아메리카까지 전 세계적으로 분포하고 있으며, 주요 재배지로는 한국, 싱가포르, 홍콩, 타이완 등이고, 우리나라에는 주로 중남부 이남에서 자라고 있다. 햇빛을 좋아하는 양수로 양분이 많고 배수가 잘되는 습한 땅을 좋아하지만, 내한성과 내공해성, 내염성이 강해 서식 환경이 나쁜 곳에서도 잘 자라는 편이라 이식과 번식이 쉬운 나무다.

아욱목, 아욱과, 무궁화속에 속하는 낙엽활엽관목으로 보통 키가

1.5~4m에 손목 굵기 정도까지 자란다. 주로 씨앗과 꺾꽂이로 번식시키지만 대량 번식은 눈접(芽接)을 통해 번식시키고 있다. 무궁화는 종자가 많이 달리고 발아가 쉽지만 씨앗을 직접 파종하는 직파 번식의 경우 자기불화합성 식물이므로 꽃의 품질 유지가 어려운 나무다.

종이 원료로 쓰이는 나무껍질은 표면이 매끈한 편이나 나이가 들고 자라면서 세로로 갈라진다. 어린 가지에는 털이 있으나 자라면서 점차 없어지며 흰 빛을 띠는 회색이나 회갈색으로 변한다. 겨울눈은 혹처럼 생겼고, 자랄수록 곁가지가 발달하는 경향이 있다. 목질에는 섬유질이 많아 잘 부러지지 않는다. 봄에 싹이 틀 무렵 새싹에는 진딧물이 많이 끼고, 박쥐나방과 무궁화밤나방, 입고병 등의 피해를 입을 수 있으므로 방제가 필요하다.

무궁화나무는 주로 관상용, 울타리용으로 식재하며, 약용, 식용으로는 어린 새순을 즙이나 차로 이용한다. 즙은 무좀, 설사, 눈병에 효험이 있는 것으로 알려져 있으며, 차는 불면증 치료에 좋다. 열매는 조천자(朝天子)라고 부르는데 생리불순, 위장병, 이뇨, 해열, 지사, 두통 완화에 효과가 있으며, 다이카복실산인 말산, 타르타르산, 시트르산을 함유하고 있어 신맛이 난다.

무궁화 말살 정책

일제강점기에는 무궁화에 진딧물이 많이 낀다는 이유로 "지저분하고 불결해 보기만 해도 눈에 핏발이 선다"고 '눈에 피 꽃', 손에 닿기만 해도 피부에 부스럼이 생긴다고 '부스럼 꽃'이라며 무궁화를 탄압했다. 큰 성목의 무궁화나무를 보기 어렵게 된 이유이기도 하다. 무궁화의 꽃말은 '섬세한 아름다움, 일편단심, 은근, 끈기'로, 7월 초부터 10월 중순까지 이른 새벽에 개화하여 오후면 오므리고 일몰경에 낙화를 반복하며 100여 일 동안 꽃을 피운다. 우리 민족의 근면 성실하고 끈기 있는 점이 꽃말과 일맥상통하니 우리 민족정신을 말살하려는 정책의 일환이었다. 하지만 이에 대응하는 우리 민족 지도자들의 노력이 '무궁화 보존 운동'으로 결실을 맺어 광복 후 자연스럽게 나라꽃으로 자리매김하는 데 일조하였다. 일제의 탄압에도 생명을 부지하고 살아남아 천연기념물로 지정된 수령 100여 년 이상, 나무 둘레 146cm가 넘는 강릉 방동리 무궁화나무와 키가 6.3m로 국내 최대 크기를 자랑하며 재래종의 원형을 잘 보존하고 있는 옹진 백령도 연화리 무궁화나무가 명맥을 유지하고 있어 불행 중 다행이다. 하지만 나라꽃으로 지정되었음에도 불구하고 국내에 자생지가 없는 것으로 알려져 있어 아쉬움이 크다.

　무궁화나무는 곧게 자라는 성질을 가지고 있어 겨울이나 이른 봄에 전지 전정을 실시하면 키가 크는 것도 방지하고 새순이 돋아나는 1년생 가지에서 꽃을 많이 피울 수 있다. 이는 민족의 발전과 번영을 염원하는 나라꽃 무궁화의 특징을 잘 나타내는 방법이기도 하다.

　중국에서는 무궁화를 목근(木槿), 순영(舜英), 순화(舜華), 훈화초(薰花草), 번리초(藩籬草), 조개모락화(朝開暮落花)라 부른다. 일본에서는 '무쿠게'라 부르는데 전남 완도 사투리로 '무강나무', '무우개'로 불리는 것을 보면 일본명은 한국에서 전래된 나무 이름에서 발생했을 것으로 유추된다. 일본 『왜기(倭記)』에 "무궁화가 조선의 대표적인 꽃임을 무려 2,100여 년 전 지나(支那)에서도 인정된 문헌이 있다"고 했고, "무궁화 강산 운운은 자존된 조선의 별칭인데"라는 표현은 우리 민족과 무궁화의 관계를 잘 설명하고 있다. 이러한 시각을 바탕으로 무궁화 말살 정책이 발로되지 않았나 싶기도 하다.

　고조선 이전부터 무궁화는 하늘꽃으로 귀하게 여겼고, 천제(天祭)를 지내는 신당 주변에 많이 심어 신성시했다. 신라에서는 화랑의 원조인 국자랑이 머리에 꽂고 다녔으며, 『최문창후문집(崔文昌候文集)』에 보면 최치원이 당에 보낸 외교문서 초안에 신라를 '근화지향(槿花之鄕)'으로 소개하고 있어 스스로를 근화향(槿花鄕)이라 부르기도 했으며, 『구당서』 신라전에는 신라를 근화향(槿華鄕)으로 소개하며 중국에서도 우리나라를 "무궁화가 피고 지는 군자의 나라"로 칭송했다. 이는 『양화소록』에 "단군이 개국할 때부터 무궁화가 나왔기에 중국은 우리나라를 무궁화의 나라로 근역(槿域)이라 말했으며, 우리나라 꽃으로 예로부터 장식했음이 분명하다"고 기록되어 있다.

광복 이후 무궁화가 애국가 노랫말에 포함되었고, 대통령 표장, 국회와 법원의 마크, 훈장, 열차 이름, 인공위성, 동전 등의 문양으로 채택되었다. 아울러 8월 8일을 '무궁화의 날'로 지정하는 등 무궁화는 국민의 사랑을 받는 나무가 되었다.

무궁화와 접시꽃

이렇게 민족의 사랑을 한몸에 받으며 국가의 운명과 삶을 같이해온 무궁화이기에 설화나 전설도 다른 나무들에 비해 꽤 많은 편이다. 그중 하나가 고려 예종과 관련되어 전해지는 이야기다. 예종이 매우 아끼고 사랑하는 구, 정, 박씨 성을 가진 세 명의 신하가 있었는데 예종은 모두에게 똑같이 참판 벼슬을 내리고 동등하게 대우했다. 그러나 서로 잘 보이려고 시기와 질투가 심했지만 구 참판만은 그러지 않았다. 정 참판과 박 참판이 흉계를 꾸미며 구 참판을 쫓아내기로 작정하고 예종에게 고하자 이를 모르는 예종이 구 참판을 유배시켰다. 귀양지에서도 구 참판은 예종이 있는 개경을 향해 참배하며 식음을 전폐하면서 충성스런 기도로 일관하다가 생명을 다했다. 보필하던 시종이 양지바른 곳에 장사를 지내 주자 이듬해 봄에 무덤에서 예쁜 꽃이 피어났는데 이 꽃이 바로 무궁화다. 임금에 대한 사랑이 너무 뜨거워 붉은 꽃잎이 생겼으며, 자신의 무고함을 알리기 위해 흰색과 보라색 꽃잎이 생겼다는 슬픈 전설을 전해주고 있지만, 예종이 고려를 근화(槿花)라 지칭한 사실을 보면 나중에 누군가가 임의로 지어낸 이야기가 아닌가 싶기도 하다.

『산해경』에는 "군자의 나라에 훈화초라는 꽃이 있는데 아침에 피고 저녁에 진다(君子國在其花 有薰花草 朝生暮死)"라며 훈화초(薰花草)로 소개되어 있고, 조선의 『규원사화』에도 훈화로 표현되어 있으며, 장원 급제하면 머리에 꽂아 주고, 혼례시 입는 활옷에도 무궁화 문양을 수놓아 다산과 풍요를 기원한 꽃이기도 하다. 현재의 이름인 무궁화로 불리게 된 것은 조선시대 이후이고 그 이전에는 목근(木槿), 근화(槿花), 순

(舜)으로 불렸다.

또 다른 슬픈 전설을 소개하면 이렇다. 옛날 어느 고을에 마음씨 착하고 미인이며 가무는 물론 시화에도 능한 처녀가 살았다. 동네 총각들 모두가 그녀를 사모했다. 하지만 그 처녀는 권력과 경제력이 있는 내로라하는 집안들을 마다하고 가난하고 보잘것없는 장님에게 시집을 갔다. 품팔이와 남정네 일까지 해가며 고생하면서도 장님 남편을 극진히 공양했다. 그녀의 착한 마음과 행동이 소문나 고을 원님의 귀에까지 들어가게 되었고, 이를 갸륵하게 여긴 고을 원님이 상을 주고자 여인을 관아로 불러들였다. 고을 원님은 그녀의 단아하고 조신한 행동과 어여쁜 미모에 반해 마음을 빼앗겨 자기 아내가 되어 달라고 말했다. 여인이 앞을 못보는 지아비가 있다며 아니된다고 거절했고, 고을 원님은 청하는 모든 소원을 들어주겠다고 재청했지만 여인의 확고부동한 마음을 돌릴 수는 없었다. 이에 화가 난 고을 원님이 말을 듣지 않으면 죽여버리겠다고 으름장을 놓았지만, 여인은 차라리 죽여 달라고 간청했다. 고을 원님은 그녀를 죽이라고 명했고, 여인은 죽거든 자기를 자기 집 울타리 밑에다가 묻어 달라고 말했다. 말꼬리에 매달아 질질 끌려다니다가 마침내 여인이 죽음을 맞이하자 불쌍히 여긴 포졸들이 유언대로 그녀 집 울타리 밑에다가 묻어 주었다. 그 후 여인이 묻힌 울타리에서 한 그루의 꽃나무가 자라나서 금세 울타리 전체를 둘러싸며 예쁜 꽃을 피웠다. 사람들은 이 꽃을 무궁화라 불렀고 남편을 위해 죽은 아름다운 여인의 넋이라 여겼다.

전해지는 다른 이야기는 무궁화와 접시꽃에 대한 이야기인데 그 내용은 이렇다. 가난하지만 마음씨 착한 한 아이가 솜씨 좋은 어머니를 모시고 살았다. 어머니는 가난하지만 좋은 솜씨를 살려 삯바느질로 생계를 꾸렸다. 어느 날 부탁 받은 고급 비단 옷감을 바느질하다가 아이의 실수로 옷감에 얼룩을 묻히고 말았다. 변상해 줄 처지가 되지 못한 어머니가 걱정으로 몸져 눕자 아이는 어머니를 도울 생각에 백방으로 해결책을 찾아 동분서주했다. 아이는 무궁화 꽃잎으로 즙을 내 얼룩에 문지르면 제거된다는 이야기를 듣고 뛸 듯이 기뻐하며 무궁화로 울타리를 쳐놓은 옆집을 찾아가 자초지종을 설명하고 무궁화 꽃 한 송이만 달라고 부탁했다. 주인이 안 된다고 거절하자 낙담한 아이는 무궁화꽃을 훔치기로 마음먹고 밤에 몰래 찾아갔다가 주인에게 들켜 매를 맞았다. 지나가던 도승이 연유를 묻자 아이가 자초지종 설명을 하니 도승은 옆집 주인에게 부처님께 올리는 시주 대신 꽃을 주면 안 되겠느냐고 청했다. 심술궂은 주인은 이 꽃은 무궁화가 아니고 접시꽃이라고 거짓말로 둘러대었다. 도승이 어쩔 수 없어 아이를 달래서 집으로 돌려보냈고, 주인이 돌아보니 무궁화가 어느새 접시꽃으로 변해 있더라는 이야기이다.

무궁화와 같은 아욱과 식물로는 접시꽃을 비롯해 비슷한 부용, 히비스커스, 닥풀, 황근 등이 있는데 모두 무궁화속이지만, 접시꽃만은 접시꽃속에 속하는 유사하지만 다른 종이다. 아마 이 이야기는 무궁화와 접시꽃의 모양과 색상이 비슷한 점을 보고 누군가가 만들어 지어낸 이야기가 아닌가 싶다. 유사종 히비스커스는 꽃잎의 끝부분이 대부분 둥근 모양으로 끝부분이 울퉁불퉁한 무궁화와는 구별된다.

다양한 종의 무궁화

무궁화는 돌연변이종으로 키가 작고 꽃의 크기가 30cm 정도 되는 품종도 있긴 하지만, 꽃잎 모양으로 구별해 보면 지름 6~10cm 크기로 5개의 꽃잎에 완전한 형태의 암술과 수술을 갖추고 있는 홑꽃, 암술과 수술이 모두 속꽃잎으로 발달한 겹꽃, 수술이 속꽃잎으로 발달한 반겹꽃으로 나눌 수 있다. 하지만 보통 꽃의 크기는 7~12cm 정도로 5개의 꽃잎이 밑이 붙어 있는 퍼진 종 모양의 통꽃이다. 꽃 아래에 있는 꽃대 위에 꽃받침이 5개인 꽃잎이 있고, 꽃잎 위에 씨방이 있으며, 씨방에서 암술이 곧게 위로 뻗쳐 나와 암술머리 5개가 있고, 암술대 주위에 수술 20~40개가 돌아 암술대를 싸고 있는 모양을 하고 있다. 11월에 익는 긴 타원형의 열매는 5개의 씨방을 가지고 익으면 갈라져서 퍼지며, 사방으로 모양이 평편하고 긴 털을 가진 씨를 퍼트린다.

또 꽃의 색깔은 붉은색, 분홍색, 연분홍색, 보라색, 자주색, 파란색, 흰색 등 다양하며, 꽃잎 아랫부분에 단심이라는 진한 색상을 띤 부분에서 바깥 방향으로 단심과 같은 색상의 선을 뻗치고 있다. 꽃 색상에 따라 크게 3가지로 안심계, 배달계, 아사달계로 분류한다. 분홍꽃으로는 홍단심계, 자단심계가 있고, 흰 꽃은 백단심계, 배달계가 있으며, 흰분홍빛을 띤 청단심계, 아사달계 등으로 국내에 1백여 종이 존재하는 것으로 알려져 있지만, 국가에서는 꽃잎 중앙에 붉은 꽃심이 있는 단심계 홑꽃을 보급 품종으로 장려하고 있다. 또 꽃의 중심부에 붉은색이 있는 꽃인 단심계, 백색 계통의 꽃잎에 붉은색의 단심이 있는 백단심계, 청색과 보라색 계통의 꽃잎에 단심이 있는 청단심계, 자색과 적색계통의 붉은 꽃잎에 단심이 있는 자단심계, 적단심계,

홍단심계로 구분한다. 꽃의 중심부에 단심인 붉은색 무늬가 없는 순백색의 꽃을 가진 배달계, 흰색이나 연한 분홍색 꽃잎 가장자리에 붉은색 무늬가 있는 꽃인 아사달계가 있다. 이외에 개량종으로 배달, 화랑, 평화, 아사달, 사임당, 한빛, 옥토끼, 한서, 눈뫼, 사임당, 꽃뫼, 새한, 눈보라, 일편단심, 새빛, 한얼단심, 한누리, 한얼, 설악, 설단심, 수줍어, 영광, 춘향, 에밀레, 한사랑, 불꽃, 새아씨, 홍화랑, 님보라, 계월향, 첫사랑, 늘사랑, 루시, 폼 폰로즈, 바이칼라 등 1백여 종이 있다. 또 꽃이 피는 시기에 따라 조생종, 조중생종, 중생종, 만중생종, 만생종으로 나누기도 하고, 자라는 습성에 따라 직립고성, 직립중성, 직립왜성, 수양고성, 수양중성, 수양왜성으로 구분하기도 한다.

꽃은 7월부터 10월까지 100여 일 동안 1그루에 2~3천여 송이가 매일 연속으로 이어서 핀다. 새로운 1년생 가지 잎겨드랑이에서 1개씩 달려 피며, 홑꽃은 양성화로 완전한 5개의 꽃잎이 붙은 통꽃이고, 반겹꽃이나 겹꽃은 2~3일간 개화해 있기도 한다. 잎은 어긋나기로 달걀 모양 혹은 마름모꼴 모양으로 가장자리에 고르지 않은 톱니가 있거나 세 갈래로 가라진 모양을 하고 있으며, 잎자루는 짧다.

불멸의 나무

한여름 더위가 기승을 부려 가만히 서 있어도 숨이 턱에 차오르는 날씨에 방학을 맞아 고향집을 찾았다. 삽작 문설주 옆엔 하얀 무궁화가 달궈진 시멘트 바닥에 뒹굴며 자신을 불태우고 있었다. 가지에는 하얀 꽃이 풍성히 피어 자신을 뽐내며 어서 오라고 손짓했다. 겨울방학 때는 볼품없는 앙상한 가지로 존재조차 익히지 못했는데 반년 만에 환한 자신을 내보이고 있었다. 마루에 가방을 내던지고 뒤꼍 수돗가에 목을 축이러 돌아가니 거무튀튀한 모습으로 자리를 지키고 서 있는 무궁화나무가 을씨년스러웠다. 해마다 연분홍빛 자태로 자신을 내비추던 기세는 간데없고 새로 심어 왕성히 꽃을 피워낸 흰 무궁화나무 옆에 엉거주춤 서 있었다.

"아? 이거 이 큰 무궁화가 왜 이래요? 죽었어요?"

작년까지도 멀쩡하게 잘 자라던 나무였기에 이상하다는 생각이 들어 엄마한테 물었다.

"배가 떨어지미 장독이 깨진는데 짜가운 장물이 흘러 그리됐는 갑다."

"……"

"너거 아부지가 혹시 깨날지 모른다꼬 카디마는 고마 영 주겄능갑다. 아직까징도 이피 안 나능 거 봉께."

"주겄으마 짤랐뿌리지. 엄청 오래된 나문데 아깝네."

방학이 끝나 갈 무렵 며칠째 흩뿌리던 비가 그치고 나니 폭염이 기승을 부렸다. 등목이나 해야겠다며 다시 수돗가를 찾았더니 뿌리 근처에 새싹이 빼꼼히 돋아나 있었다. 가지를 꺾어 보니 이미 빗물에 젖어 썩어가는 중이었다. 시꺼먼 부패의 흔적이 뭉텅거리며 손에 닿았다. 톱으로 새싹 부위를 남겨 두고 죽은 부분을 잘라냈다. 속히 잘 자라 다시금 옛 영광을 되찾길 기도하면서.

50여 년 반세기를 넘긴 세월에 이제 그 새움은 성목이 되었다. 곁에 자라는 흰 무궁화나무와 견주어도 손색없다. 역시 이름값 하는 나무다. 짠 소금물도 이겨내고 푸른 잎을 피워낸 불멸의 나무다. 은근과 끈기로 일제의 고난을 이겨낸 민족의 나무답게 질긴 생명을 키워 냈다. 묵묵히 침묵을 지키며 시련의 시간을 견뎌 내고 뿌리에서 작은 생명을 잉태해 낸 나무에게 큰 박수를 보낸다. 세상살이 어디 쉬운 일만 있겠는가. 새 생명을 토해 내고 반세기를 넘겨 다시 자란 무궁화를 바라보며 어떻게 살아야 하는지를 되새김질해 본다. 오늘따라 내리쬐는 햇살이 더욱 따갑다.

09

참빗살나무

Euonymus hamiltonianus wall

고통 없는 삶은 없다

헛고생

"쑥 말고 훑잎이나 좀 따 오너라. 저기 새청 밑 대목골 가는 길 옆에 가면 마이 있을 끼다."

아지랑이가 양지쪽에서 하늘하늘 피어오르는 봄날 원추리와 쑥이 고개를 내밀자 누나가 종다래끼를 들고 쑥 뜯는다며 칼을 챙겨 나서자 엄마가 누나에게 한마디 내던진다. 쑥이야 뒷집 할머니가 어제 한 소쿠리 가져다 준 게 있으니까 쑥 말고 다른 나물을 뜯어 오는 것이 좋겠다며 하는 말이다.

"나도 갈래!"

"너는 빠져! 괜히 걸거치기만 항께!"

마당에서 자치기 놀이나 할까 생각하다가 내가 고무신을 챙겨 신으며 따라나서자 누나는 귀찮다는 듯이 매몰차게 거절하며 대문을 나섰다. 나는 어찌할 바를 몰라 잠시 엉거주춤했다. 누나가 집을 나선 후 조금 있다가 혼자 하는 자치기가 재미도 없고 나물 뜯는 누나에게 살살 구미가 당겨 슈퍼맨처럼 보자기를 어깨에 걸쳐 매고 쌩하니 달려갔다.

"여기 마안네. 이기 싹도 크고 엄청 좋은데?"

"그건 아일낀데. 다른 나무 아이가?"

"똑같은데? 이기 훨씬 더 크고 좋구마."

"그래. 그거또 마낀 맞는 갑다."

내가 쭉쭉 뻗어난 새싹이 반 뼘만큼 자라난 나무를 가리키며 말하자 누나가 고개를 갸우뚱하며 나무를 살펴보더니 수긍하는 몸짓을 했다.

"이거 여서 뜯능 거보담 꺾어서 집에 가서 따듬능 기 훨씬 낫겠다."

같은 나무라는 착각이 현실이 되자 둘은 가지를 꺾어 목에 두른 보자기를 풀어 한 아름 묶어 어깨에 걸쳤다. 흡족한 수확에 콧노래를 부르며 집으로 돌아왔다.

"엄마! 훑잎 나물이 엄청 크고 좋아서 그냥 나무를 몽땅 꺾어 가꼬 왔뿟디."

"아이고! 이기 머꼬? 광대싸리 아이가?"

신이나 들뜬 목소리로 자랑하는 말에 엄마가 난색을 표했다.

"광대싸리? 이거 훑잎 아이가?"

"허어 참! 그건 풀어가 여어다 두고 같이 가 보자. 훑잎이 뭔지 알려 주꾸마."

보자기를 풀어 헤치던 엄마가 누나가 먼저 채취한 다래끼의 나물을 보더니 다시 말했다.

"그래! 이기 훑잎이다. 같이 갈 것도 없구마. 언능 가서 이걸로 다시 뜯어 온나."

낭떠러지 끝에 선 나무를 휘어잡아 위험을 무릅쓰고 힘들여 꺾어 온 노력이 허사가 되었다. 누나가 발끝으로 곧추서서 미끄러지지 않으려고 아등바등 한 손으로 가지를 잡고 나머지 손으로 새순을 잡아 뜯듯이 꺾으면 내가 받아 보자기에 담아 싸기 좋게 정리하며 신이 났던 기분 좋은 고생은 헛고생이 되었다. 발끝에 힘을 준 탓에 고무신이 발등에 뒤집혀 오를 만큼 용을 쓰며 딴 나물인데 허사가 되고 보니 누나 눈에 눈물이 그렁그렁했다. 고통의 노력 끝에 힘에 부칠 만큼 많은

양을 얻었기에 신이 나서 무거운 줄도 모르고 한걸음에 달음박질쳐 왔는데 먹을 수 없는 나물이라니……

엄마의 말에 누나를 따라 다시 길을 나서면서도 뭐가 뭔지 알쏭달쏭한 물음표는 쉽게 풀리지 않았다. 잎 모양이 서로 비슷하고, 그게 그 나무 같아 구별이 쉽지 않았다. 나이가 어리고 경험이 적었던 탓에 헷갈렸던 것이다.

고향에서 일명 훑잎나무로 불리는 참빗살나무는 노박덩굴목, 노박덩굴과, 화살나무속이지만, 광대나무는 말피기목, 여우주머니과, 광대싸리속에 속하는 완전히 나른 종이다. 참빗살나무는 가는 잔가지에 촘촘히 싹이 삐져 나와 5~6월경에 옅은 녹색꽃이 피고, 광대나무는 새싹이 쭉쭉 뻗어 자라 초여름 즈음에 좁쌀 같은 노란 꽃이 달린다.

참빗으로 훑듯한다

참빗살나무는 우리나라가 원산지로 하천 옆이나 산비탈의 수분이 적당한 사질 양토를 좋아하지만 토질을 가리지 않으며, 양지든 음지든 구분 없이 전국 어디에서나 잘 자라는 나무다. 내한성과 내습성,

내공해성, 내염성과 병충해에 강하고, 전정과 이식이 용이하며, 관수와 시비를 하지 않아도 생장이 빠르고 자연적으로 자라는 수형이 아름다워 관리가 쉽다. 특히 열매와 단풍이 곱고 예뻐서 관상 가치가 높은 나무다.

세계적으로는 중국, 일본, 러시아, 히말라야, 인도, 만주 지방에까지 널리 분포하고 있으며, 국내에서도 영월의 동강 강변, 정선의 두문동재, 독도에 이르기까지 서식하고 있는 것이 확인될 정도로 강한 생명력을 보여주는 나무이기도 하다.

키가 보통 1m 정도이지만, 3~9m까지 자라는 낙엽활엽관목으로 다른 이름으로 홀잎나무, 물을 좋아한다고 물뿌리나무, 금은류(金銀柳), 백두(白杜), 챔빗나무, 석씨위모(席氏偉矛), 도엽위모(桃葉偉矛) 등으로 부른다. 종류로는 참빗살, 좀참빗살, 좁은잎참빗살, 둥근잎참빗살 등이 있고, 4촌쯤 되는 유사종인 화살나무속으로는 화살나무, 사철나무, 회나무, 나래회나무, 참회나무, 회목나무 등이 있다.

'참빗살'이란 이름은 화살나무 종류로 참빗의 몸통을 만들기에 참빗나무라고 부르기도 한다. 참빗나무가 이와 유사한 나무이기에 화살나무에 견주어 붙여진 이름이라는 설이 있지만, 머리를 빗는 '참빗'을 만들 때 그 '살'을 만드는 나무라고 붙여졌다는 것이 통설이다. 또 일부 지방에서는 '홑잎'이라고 부르기도 한다. 이는 속담에 머릿니를 잡는 표현으로 "참빗으로 훑듯한다"라는 말이 있는데 여기에서 파생된 '훑잎'이 변해 '홑잎'이 되었다고도 한다.

고향 사투리로 '씨가리'라 불리는 '서캐'나 '머릿니'를 잡을 때 쓰던 '참빗'은 '진짜 얼레빗'이라고 일명 '진소(眞梳)'라 부르기도 했는데 이제는 구경조차 하기 어렵다. 참빗은 크기에 따라 대소(大梳), 중소(中梳), 어중소(於中梳), 밀소(密梳)로 구분하며, 살 가운데를 양쪽에서 눌러 잡아 매어 주는 몸통과 살 가장자리 양쪽을 막아주는 마구리와 살로 구성되어 있다. 몸통과 마구리를 대나무로 만든 것은 대중소, 소뼈인 우골(牛骨)로 만든 것을 골중소, 나무로 만든 것을 목중소라 일컫는다. 바로 이 목중소의 재료로 참빗살나무가 쓰였기에 '참빗'이라는 이름이 되었다는 이야기다.

참빗살나무는 목질이 단단하여 주로 가구재, 신탄재, 세공재, 도장과 지팡이 재료, 바구니 재료 등으로 사용되며, 열매와 단풍이 아름다워 관상용, 조경용수나 울타리용으로 많이 식재되고 있다. 어린잎은 식용으로뿐 아니라 알카로이드와 에보닌이 함유되어 있어 약용으로도 쓰인다.

약용으로는 주로 가지와 열매, 껍질을 말려서 사용하며, 한방명으로 '사면목(絲綿木)'이라 부르고, 나무껍질을 햇볕에 말린 것을 '사면피(絲綿皮)'라 한다. 운동계 통증과 마비증세 치료에 효과가 좋으며, 혈액을 삭혀 주어 혈전증, 정맥에 생기는 혹, 생리통, 치질, 혈액순환 장애에 효험이 큰 것으로 알려져 있다. 또한 풍을 없애 주고, 옻오른 데, 피부염, 소종, 기침, 진해 치료에 좋으며, 구충, 진통, 요통, 풍습성 관절염에 효과가 있고, 민간요법으로 암을 치료하기도 한다. 하지만 잎은 독성이 있어 설사를 유발할 우려가 있으므로 정량을 지켜 복용해야 한다. 삶아 우려서 섭취하는 것이 좋고, 나무는 키가 크지 않고 잔가지가 많이 발달해 잎과 열매가 밀실하게 열리므로 식용이나 약용으로 채취하기가 수월한 편이다.

새똥의 역할

원가지에는 털이 없고 어린 가지는 초록색이지만 성목이 되면 수피가 회갈색으로 변하고 흰줄무늬가 생기는 것이 많으며 나무가 늙으면 세로로 갈라진다. 잎은 마주나기로 난상 원형 또는 바소꼴 긴 타원형으로 길이 5~15cm, 너비 2~8cm이고, 가장자리가 불규칙하고 둔하며 자잘한 톱니 모양으로 끝이 뾰족하게 생겼으며 양면은 매끈하게 털이 없다. 잎자루 길이는 8~15cm인데, 잎이 붉은색이나 노란색으로 단풍이 들면 무척 아름답다. 겨울눈은 난형으로 끝이 뾰족하게 생겼으며, 번식은 주로 실생이나 삽목으로 하는데 삽목은 1년생 가지를 이용하고, 실생의 경우 발아율이 낮아 발아에 2~3년 정도가 소요된다.

꽃은 5~6월에 3~12개씩 옅은 녹색으로 약 15일간 피며, 암수딴그루의 자웅이주로 잎겨드랑이에 작은 바람개비가 여러 개 뭉쳐 매달린 모습으로 취산꽃차례로 핀다. 꽃받침 조각이 4개, 꽃잎도 4개, 수술도 4개지만 암술은 1개이다. 수술은 홍색으로 꽃잎보다 짧다. 암술이 꽃잎보다 짧은 것을 단주화, 긴 것을 장주화라 부르는데, 참빗살 꽃은 장주화이며, 백록색 꽃잎은 꽃받침 조각보다 3배 정도 길고 꽃밥은 검자주색을 띤다.

수십에서 수백 개로 옅은 황색을 띠고 자잘하게 달리는 열매는 삭과로 10월에 익으며 보통 11월 중순까지 매달려 있다. 약간 향기가 있으며, 둥그스름한 심장형 삼각형 모양으로 가로 세로 각각 4~8mm로 4개가 연한 붉은색으로 모가 져서 결실한다. 4개의 씨방과 4개의 날개를 가졌으며 익으면 4쪽으로 갈라져 쪼개지며 붉은색의 씨가 나온다. 조매화(鳥媒花)의 씨앗은 새들이 좋아하는 먹이로 조류가 먹고 날아가 멀리 퍼트린다. 껍질이 딱딱하고 야물어 제대로 소화되지 못한 씨앗은 새똥에 섞여 떨어지고 분변이 묻힌 씨앗은 변의 화학작용으로 껍질이 산화되어 발아율이 높아지며 새똥을 거름 삼아 왕성한 성장이 이루어지게 된다.

우리의 삶도 마찬가지다. 모자라고 부족한 점이 있다면 서로 채워주고 북돋아주며, 남는 것이 있다면 나누고 살아가는 것이 최선의 삶을 사는 방법이다. 하지만 삶은 많은 고통을 동반한다. 사람은 고통을 겪으면서 삶의 가치를 되짚어 보게 된다. 고통은 갇힌 자신을 깨부수고 쓸데없는 욕심을 버리게 해 배려와 겸손을 배우게 한다. 고통은 살아 있음을 알게 해주는 척도이자 저울 같은 존재다. 니체는 "삶이라는 것은 심연 위에 걸쳐진 밧줄과 같다. 건너는 것도 힘들고 돌아서는 것도 힘들고 멈춰 서는 것도 힘들다"고 했다. 세상에 고통 없는 쉬운 삶은 없다. 보잘것없는 새똥도 씨앗이 움트고 자라는 데 큰 역할을 한다. 하물며 만물의 영장인 사람은 어쩌랴. 서로 사랑하고 보듬어 서로에게 온기를 전해주고 따뜻하게 살아가자.

석돌이네 양지쪽 논둑 아래 홑잎이 몽실몽실 피는 아지랑이 속에서 손을 흔든다. 누나가 한 다래끼 가득 찬 나물을 머리에 이고 엄마에게 칭찬받을 생각에 줄달음치다 돌부리에 걸려 넘어져 무릎이 깨졌다. 내 작은 고사리손이 흩어진 나물을 주워 담는다. 누나의 얼굴이 고통과 기쁨으로 얼룩져 붉으락푸르락 무지개 같다. 누나의 얼굴에서 인생을 본다.

나무는
오늘도
사랑을
꿈꾼다

10

측백나무

Platycladus orientalis

개가 다니는 길

교장선생님의 훈시

조회 때마다 쉬는 시간이나 점심시간을 이용해 구내매점을 이용하지 않고 옆 가게를 이용하는 것은 교칙 위반이니 금지한다는 선생님의 훈시나 지시에도 학생들은 끊임없이 드나들었다. 목책을 설치하기도 하고, 철조망을 치기도 하고, 나무를 심기도 했지만 소용없었다. 둘러 쳐진 울타리가 측백나무였기에 닿아도 부드럽고 상처를 입지 않으니 나무가 성글게 심긴 곳에 작은 구멍이 생기고 시간이 지나면서 그 구멍은 점점 커져만 갔다. 측백나무 울타리는 학생 키의 두 배나 돼서 운동장에서는 바깥 풍경이 보이지 않을 만큼 빽빽하게 우거져 있었기에 구멍이 생기기 전까지는 울타리 역할을 톡톡히 했다.

학교가 교외 언저리에 자리한 덕에 주변이 황량한 논밭이나 과수원으로 둘러싸여 아침에 등교한 후 오후 하교할 때까지는 학교 경계를 벗어날 일이 거의 없었다. 거의 모든 학습 재료나 주전부리 간식은 미리 집에서 준비해 오거나 구내매점을 이용했다. 후문은 자전거 통학생의 출입이 불편하다고 좁은 출입문을 떼어내 문주만 있고 문이 달려 있지 않았다. 후문을 나서면 몇 기의 묘소가 올망졸망 양지바른 잔디밭에 자리해 있어, 간혹 친구끼리 힘겨루기를 하거나 근처 밭에 고구마 서리를 하러 나가지 않으면 학교 울타리를 벗어나 봐야 별일도 없는 한적한 곳이었다.

그런데 어느 날부터 학교 운동장 건너 앞 도로가에 논을 흙으로 메꾸더니 가게가 들어섰다. 문구를 비롯해 소소한 주전부리가 다양하게 비치된 구멍가게였는데, 특히 타원형으로 넙적하게 생긴 따끈따끈한 찐빵이 인기였다. 막걸리를 발효재로 삼아 노랗게 부푼 찐빵에는 콩이 듬성듬성 박혀 있고 먹음직스럽게 김이 모락모락 피어올라 왕성한 식욕을 누르지 못하는 사춘기 소년들에게 금세 인기 있는 간식거리로 자리잡았다.

입소문이 퍼지자 너도나도 짬만 나면 개구멍으로 드나들게 되었고, 거들먹거리며 어깨에 힘깨나 들어간 친구들이 아지트로 삼아 동전으로 짤짤이를 하거나 담배를 피우는 장소가 되어 훈육 주임 선생님의 관심 장소로 변했다. 그래서 학교에서는 학생들의 출입을 막고자 안간힘을 쓰게 되었다.

그렇게 학생과 선생님 사이에 눈치와 기싸움이 치열하게 전개되며 조회나 종례 시간마다 교내를 벗어나지 말라는 경고가 되풀이되고 있는 와중에 새 교장 선생님이 부임해 왔다. 한 달 여쯤 지나 학교 상황을 파악한 교장 선생님은 종래에 해오던 방식과는 다른 방법을 선택해 학생들을 지도하기 시작했다.

어느 날부터 그 구멍 입구에 이런 팻말이 생겼다.

〈개가 다니는 길〉

교장 선생님은 아침조회 때 "지금껏 인간적 대우를 해주며 스스로 올바른 판단으로 행동해 주기를 바랐는데 이제 그러지 않기로 했다. 오늘부로 개구멍이라고 써 붙였으니 저 구멍을 통해 드나드는 놈들은 개 취급하겠다. 다만 개가 되고 싶은 사람은 드나들어도 좋다"며 선전포고를 했다. 그리고 측백나무 묘목을 심어서 구멍을 막았다.

신선이 되는 나무

측백나무과 식물로는 거삼나무속, 나한백속, 낙우송속, 넓은잎삼나무속, 누트카황백속, 눈측백속, 메타세쿼이아속, 삼나무속, 세쿼이아속, 시베리아눈측백속, 측백나무속, 쿠프레수스속, 편백속, 향나무속, 향백속, 황백속 등등 많은 류의 나무들이 속해 있지만, 보통 일반적으로 측백나무속의 측백나무와 눈측백속의 서양측백나무, 편백속의 편백나무와 화백나무 정도가 측백나무와 비슷한 종으로 많이 접하는 나무들이고 또 일반인들이 헷갈려 하는 것들이다.

측백나무는 암수한그루로 구과목, 측백나무과, 측백나무속의 상록교목인데, 다른 이름으로 'Thuja orentalis'로 눈측백속(Thuja)에 포함해서 생긴 이름이지만 유전적으로는 볼 때는 서로 거리가 멀다. 서양측백은 구과목, 측백나무과, 눈측백속에 속하는 상록 교목으로 일명 '미측백' 또는 '미국측백나무'로도 부른다.

측백나무는 측백나무속의 유일종으로 중국 북부가 원산지이다. 한국, 일본, 인도, 이란 등 아시아 지역에 자생하며 세계적으로 6종이 분포하고 있으며, 우리나라에는 2종의 변종이 자생하고 있다. 유사속으로 향나무속, 실측백나무속이 있으며 측백나무와는 접목이 가능한 종들이다.

측백나무는 납작한 잎이 한쪽 측면으로 자란다고 '측백'이라 부르게 되었는데, 예로부터 송백(松伯)은 소나무를 백수(百樹)의 으뜸으로 삼아 '공(公)'이고 측백나무는 '백(伯)'이라 하여 소나무 다음으로 가는 작위로 비유했다. 중국 주나라 때에는 군주 묘에는 소나무를 심고 왕족 묘에는 측백을 심었다. 이는 무덤 속 시신에 생기는 벌레를 퇴치하는 목적도 있었던 것으로 전해지고 있으며, '신선이 되는 나무', '절개를 지키는 나무'라고 '측백'이라는 명칭을 얻게 되었다는 설도 있다. 또한 생명력이 강하여 천연기념물로 지정된 안동과 구리의 측백나무 숲은 척박한 석회암 토양의 절벽에 자리잡아 키 10m, 밑둥 둘레 2m를 넘을 만큼 성목으로 자라 그 위용을 뽐내고 있다.

측백나무 껍질은 적갈색이었다가 자라면서 점차 회백색으로 변하며, 수피가 세로로 깊이 갈라진다. 잎은 비늘처럼 나란히 포개져 손바닥을 펼친 것 같은 모양을 하고 있으며, 앞뒷면 구별 없이 같은 녹색을 띠고 흰색 점이 조금 있다.

또한 눈측백 속에는 눈측백, 둥근측백, 서양측백나무를 포함해 5종이 있는데, 특히 눈측백은 태백산맥에서 자생하는 우리나라 특산종이다. 북아메리카가 원산인 서양측백은 주로 미국과 캐나다에 분포하지

만, 내한성과 병충해, 맹아력이 강하고 이식이 쉬운 구과(毬果)식물 속
성수로 우리나라에서도 전국적으로 식재가 가능한 재배식물이다. 주
로 조경수, 관상수로 울타리용 경계수나 작은 방풍용수림에 식재되지
만, 키 20m, 지름 30~100cm 굵기로 자라고, 목질이 좋아 건축용재,
기구재, 토목용재로도 쓰이며, 품종으로는 녹색, 황금색, 연두색 등이
있다.

양지쪽의 통풍이 좋고 수분이 많지만 배수가 잘 되는 곳에서 잘 자
라며, 수형은 밑에서부터 가지가 많이 나와 수평으로 뻗어 좁은 원뿔
모양으로 자란다. 특히 수형이 아름다운 골든투펫 품종은 영국 왕립
원예협회 우수 정원식물 'Award of Garden Merit' 상을 수상한 식
물이기도 하다.

양수이긴 하지만 볕이 강하고 건조한 곳은 피하는 게 좋으며, 울타
리 용으로 심을 때는 그늘로 인한 피해를 입히므로 남쪽보다는 북쪽
에 심는 것이 유리한 나무다. 나무껍질은 검은빛이 도는 갈색이고, 잎
은 약용으로 쓰이며, 비늘 모양 난형으로 끝이 갑자기 뾰족해지고 엇
갈려 마주나기로 잎 표면은 연록색, 뒷면은 황록색을 띤다. 앞뒷면의
차이가 없는 측백나무에 비해 잎 뒷면 중앙 부분에 구형 또는 타원형
의 위로 곧추서 달리는 돌기가 있다. 이를 샘점이라고도 하는데 줄기

잎에는 3mm 정도의 크기로 달리지만 가지 잎에는 샘점이 없는 것도 있다.

번식은 종자와 꺾꽂이로 하며, 암수한그루로 3~4월에 개화하는 꽃은 '기도, 견고한 우정'이라는 꽃말을 가졌다. 5월에 가지 끝에 달리는 구화수는 난형의 암구화수와 황색 난형의 숫구화수로 구별되며, 난형의 구과(球果)는 긴 타원형으로 길이 8~12mm로 10~11월에 2쌍의 열매 조각이 들어 있는 것으로 성숙되어 익는다. 종자 길이는 3mm의 크기로 긴 타원형 모양을 하고 있으며 갈색으로 양쪽에 좁은 날개를 달고 있다. 측백나무에 비해 인편이 크고 열매는 더욱 길쭉한 타원형으로 종자에 넓은 날개가 달려 있어 구별된다.

수명을 늘여주는 나무

꽃은 가지 끝에 황갈색으로 3~4월에 피고, 수꽃은 10개의 비늘 조각으로 2~4개의 꽃밥을 가지며, 연한 갈색의 암꽃은 둥근 모양을 하고 있다. 열매는 구과(球果)로 8개의 솔방울 조각을 가진 별사탕 모양을 하고 있으며, 어릴 땐 초록색 색상에 옅은 흰색으로 회녹색을 띠지만 익으면 갈색으로 변한다. 정유, 플로보노이드, 타닌, 수지 성분을 함유해 맛은 쓰고 떫으며, 성질은 차갑다. 한약에서는 측백 기름을 백유(柏油)라 부르며 고약을 만들 때 쓰인다. 가지는 백지절, 뿌리껍질은 백조, 백미, 백피, 백백피, 잎은 측백엽으로 불리는데 봄이나 가을에 어린 가지 잎을 잘라 그늘에 말려서 사용한다. 열매는 백자인(柏子仁), 측백자, 백설, 백자, 백인으로도 부르며, 가을에 채취해 말린 다음 씨앗을 털어 굳은 껍질을 벗겨 볶거나 달여, 가루를 내어 환으로 만들어 복용한다. 또 잎을 술에 담가 음용하면 결핵균, 폐염구균, 카타르구균을 억제하는 효과가 있다. 특히 열매는 맛이 달고 성질이 평이해 큰 독성은 없으나 한꺼번에 많이 복용하면 위장 장애나 설사를 유발할 수도 있으므로 주의를 요한다. 또 머리카락이 빠지거나 흰머리를 예방하는 데 효과가 있어 '려'라는 샴푸의 원료로 쓰인다. 피톤치드 성분을 함유하고 있어 항균, 항바이러스 작용과 혈관을 좁히거나 혈액 응고를 도와 지혈 작용을 한다. 진해, 거담, 소염, 산후 출혈, 고혈압, 화상, 신경쇠약, 호흡기 염증, 경기, 가슴 두근거림, 변비, 관절통, 불면증, 성기능 강화에 효과가 있다.

측백나무는 이처럼 다양한 약효만큼이나 측백엽, 백엽, 총백엽, 측백, 편백, 대백, 황백, 편성, 우편백소반, 희박 등 다양한 이름을 갖고 있다. 이름이 다양하고 많다는 것은 그만큼 우리의 일상에 깊이 뿌리 내리고 사싸이에서 함께 어우러져 생활해 왔다는 증거이기도 하다. 『동의보감』에도 "측백나무 잎과 씨앗을 오래 복용하면 모든 병이 없어지고 수명이 늘어난다"고 기록되어 있다.

측백나무에 대한 글을 쓰다 보니 옛 추억이 소환되고 사랑의 매를 들지 않고 가슴에서 우러나는 양심으로 올바른 길을 인도해 준 교장 선생님이 생각난다. 지식은 사람을 교만하게 만들기 쉽지만 사랑은 감화시킨다고 했다. 지식은 행동을 동반할 때 가치가 있는 것이지 알고도 행하지 않으면 일고의 가치도 없다. 세상에는 수많은 나름의 규칙이 있다. 규칙을 소홀히 하거나 지키지 않으면 혼란이 온다. 서로 지키고 존중하는 배려가 없으면 세상을 즐겁게 살아가기가 어렵다.

우리를 개가 되지 않도록 만들어 준 스승이 그립다. 지금 그 개구멍은 어떻게 되었을까? 마음속에 피는 그리움에 종이 땡땡 울리자 운동장 끝 측백나무 울타리로 마음이 달려간다.

<u>11</u>

물푸레나무

Fraxinus chinensis subsp. rhynchophylla (Hance) A.E.Murray

책무를 잊지 않는 마음

농기구 나무

〈세계테마기행〉이라는 교육방송 프로그램의 네팔 편을 시청하던 중 사람 사는 곳의 생활도구는 똑같다는 생각이 들었다. 콩타작을 하는데 여성이 도리깨질을 열심히 하고 있었다. 여행자가 직접 체험해 보였지만 손에 익지 않은 일인지 서툴러 엉성해 보였다. 도리깨질은 어릴 때 마당에서 벌어지는 보리타작, 콩타작 등 수없이 보아왔지만, 요즘은 밭에서 기계로 한꺼번에 수확과 타작 및 포장을 하기 때문에 못 본지가 한참 되어 반갑기도 하고 한편으론 추억이 소환되어 즐겁게 시청했다.

도리깨는 긴 막대 끝에 구멍을 뚫어 되리깨채라 부르는 도리깨 나뭇가지 4~5개를 평평하게 펴서 엮은 것을 비녀목으로 막대기 구멍에 꽂아 매달아 돌아가게 만든 곡식털이 농기구다. 고향에선 보통 손잡이용 긴 막대는 노간주나무를 근원 쪽에 구멍을 뚫어 사용하고, 도리깨채는 손가락 굵기의 곧은 도리깨나무를 손잡이 막대의 절반에서 3분의 2 정도 길이로 엮어, 위쪽 굵기가 가는 쪽 끝을 구부려 비녀목을 감싸 묶어서 손잡이 막대 구멍에 끼워 비녀가 구멍에서 돌아가게 만들어 쓰는 타작용 도구다. 막대 흔들림의 상하 움직임이 회전운동으로 바뀌는 작용을 이용해 탈곡할 농작물을 때려서 알곡을 털게 제작된 농기구인데 간단한 모양을 한 도구치고는 성능이 대단히 좋은 기구다.

농촌에서는 농한기인 겨울철은 이듬해 농사를 위한 도구나 기구들을 정비하고 준비하는 계절이다. 농사철에 쓸 땔감도 준비하고, 농작물 수확에 쓸 가마니를 짜고 새끼를 꼬고 멍석이나 소쿠리를 만들기도 했다. 하지만 농사일에 필요한 괭이나 호미, 낫 등 쇠붙이 기구들은 대장간에다 맡겨 벼르고, 그 자루나 손잡이들은 산에서 채취해서 다듬고 정비했기에 대부분을 자급자족으로 해결했다.

농기구 자루로 쓸 나무들은 설날 전 나무에 물이 오르기 전 채취해

껍질을 벗기지 않고 가공해 건조시켜 사용하도록 준비했다. 껍질의 탄성을 이용해 도구의 효용성을 높이고 작업할 때 땀이 난 손에서 도구가 미끄러져 빠짐을 방지하는 효과를 갖는 지혜를 담았다.

"도시락 준비 됐으마 주소."

아버지가 엄마에게 산에 갈 준비를 하며 말하자 엄마가 보자기에 둘둘 말아서 싼 밥과 다른 보자기에 싼 물병과 반찬통을 건넨다.

"김밥이가? 아이마 반찬통에 싸주지 밥을 이래 그냥 싸주마 우짜노?"

"반찬통은 지게 목에 매달아 걸고 밥을 싼 보자기는 겉옷을 걸고 배에다 대고 허리춤에 둘러매소. 그라마 잡술 때 밥이 뜨뜻할 거구마."

농사일은 머슴에게 맡기고 평소 밖으로 나돌며 몸소 농사일을 많이 하지 않는 아버지는 몸으로 직접 하는 모든 일에는 반푼이 소리를 들을 정도로 어설프고 서툴렀다. 머슴이 집안일로 며칠 휴가를 간 사이에 사람들이 연장 자루 만들 나무를 채취하러 간다니까 어쩔 수 없이 따라나선 것이다.

"도장골까지 간다 카던데 조심하소. 거긴 아직 눈밭일 낀데."

"별일 있겐나. 혼자 가는 것도 아이고."

"평소 산에도 안 가던 사람잉께 그라제. 아무튼 조심해서 댕기오소. 밥은 콩고물로 무쳐서 비닐로 쌌응께 목 안 메키게 잘 잡숫고."

지게를 메고 삽작문을 나서는 등 뒤에다 대고 엄마는 부뚜막에 앉혀 놓은 아이 보듯 평소와 달리 살갑게 챙긴다.

도장골은 단지봉에서 뻗어 내린 능선 너머 수도 계곡과의 사이에 있다. 마을에서 3km 정도 떨어진 깊은 골짜기로 사람들의 발길이 뜸해 물푸레나무나 도리깨나무를 비롯해 일명 도장나무라 불리는 회양목이 많이 서식해 도장골로 이름 붙여진 곳이다.

물푸레 공문

물푸레나무는 꿀풀목, 물푸레나무과, 물푸레나무속에 속하는 이팝나무와 꽃이 유사한 낙엽활엽교목으로 키 15m, 직경 60cm 정도로 자라는 나무다. 중국 만주, 일본 혼슈, 한반도의 산지에 서식하는 나무로 목질이 단단하고 탄성이 좋아 예부터 창 자루, 괭이, 도끼 등 농기구와 공구 자루, 기구재, 일렉트릭 기타 몸체나 곤장, 회초리, 야구 방망이, 도리깨 등에 쓰이고 식탁이나 의자 제작에 많이 이용되었다.

또, 물푸레나무 회초리를 맞고 생긴 상처는 깊이가 깊고 살갖이 찢어져 잘 낫지 않아 나중에 자작나무 회초리로 대체되었다는 기록이 있다. 교육 현장에서 회초리가 사라진 지 오래되어 격세지감이 느껴지는 이야기다. 물푸레나무는 질긴 목질로 인해 과거에는 야구 방망이로도 많이 쓰였는데 잘 부러지지 않아 선수 보호 차원에서 요즘은 잘 부러지는 단풍나무로 대체되었다.

『고려사』에 보면 '물푸레 공문'이라는 말이 등장하는데, 고려말 부패한 관리들이 좋은 토지를 소유한 사람들을 공문서 한 장으로 관가로 불러들여 땅을 내놓으라며 물푸레나무로 만든 곤장을 쳐서 생긴 말로 "물푸레나무 몽둥이로 곤장을 쳐서 재산을 강탈한 것"을 빗대어 생겨난 말이다.

물푸레나무는 특히 신화 속에도 많이 등장하는데, 그리스 신화 속의 헤라클레스가 사용하던 몽둥이가 물푸레나무다. 신이 흙으로 인간을 만들 때 사용한 방망이와 오딘의 창, 아킬레스의 창이나 아서왕의 무기 제작에도 쓰였다고 적혀 있다.

이외에도 물을 빨아들이면 팽창성이 좋아 쐐기로 사용했다. 껍질을 우리면 물이 파란색으로 변해서 물푸레나무로 이름 붙여졌지만 정작 나무껍질에서 물이 나와 물이 파랗게 변하는 것이 아니라 나무 속껍질의 푸른색이 물에 비쳐서 물이 파랗게 보이는 현상이라고 한다. 물을 좋아해 물이 많은 산기슭이 생육 적지이고, 불에 탈 때 화력이 좋아 장작으로도 좋은 나무다.

친척종에는 구골나무와 구주물푸레나무가 있고, 유사종으로는 물푸레나무, 광릉물푸레나무, 민물푸레나무, 들메나무, 물들메나무, 쇠물푸레나무, 쇠나무, 계룡쇠물푸레나무, 백운쇠물푸레나무 등이 있으며, 우리나라에서는 9종이, 세계적으로는 70여 종이 분포되어 자라고 있다.

중국에서는 백사수, 일본에서는 츠키, 토네리코, 영어명은 'Ash'이고, 한자어로는 심목, 『한국민속식물』에는 청피목(靑皮木), 수청목(水靑木)으로 표기하고 강원도에서 부르는 이름으로 기록되어 있다. 이명으로는 당초 학명으로 쓰였던 'Fraxinus rhynchophylla'를 비롯해 진피, 잠피, 침피, 석단, 침목, 진목, 칭성수, 고수, 분계, 건계목, 고력목, 번계목, 거류, 화곡류, 진령대납수, 백심목피 등 여러 이름으로 부른다.

별명으로 소의 코를 꿰는 코뚜레를 만들었다고 코뚜레나무라 부르기도 하고, 지방에 따라서는 풍나무, 쉬청나무 등으로 불리는 곳도 있다. 이는 통풍에 효험이 있어 약재나무에 기반하여 풍나무로, 쇠나무의 사투리 발음에 의해 쉬청나무로 불리게 된 것으로 유추된다.

나무껍질은 회백색으로 하얀 반점이 있고 어린 가지는 회갈색으로 털이 없으며, 나이가 들어 자라면서 겁이 터진다. 주로 껍질을 약재로 쓰는데, 요산을 배출하고 만성기관지염과 항암 효과가 있다고 알려져 있다. 『동의보감』에는 "나무를 우려서 눈을 씻으면 정기를 보호하고 눈을 맑게 한다"고 나온다. 눈 다래끼, 안구 충혈, 진통, 소염, 해열, 통풍, 천식, 피부질환에 효험이 있으며, 독성은 없다. 다만 성질이 차서 설사를 자주하는 사람이나 몸이 찬 사람, 맥이 약한 사람은 복용을 주의해야 한다. 한방에서는 껍질을 '진피'라 하는데, 'Aesculin', 'Aesculetin', 'Cumarin' 및 타닌 성분을 함유하고 있다.

잎은 4~8개가 마주나기로 새털 모양이고, 길이 15cm, 너비 4~6cm로 잎꼭지 연장부 좌우 양쪽에 2개 이상의 작은 잎이 배열된 복엽이다. 잎줄기는 매끄러우며 앞 표면에는 털이 없고, 뒷면은 회녹색을 띠고 털이 있으며, 잎끝은 길고 뾰족하게 생겼다. 잎에는 선점이 없으며, 4~5월 봄에 꽃은 잎과 같이 피거나 잎보다 조금 늦게 새로 자란 가지 끝에 원추 꽃차례로 자잘하게 핀다. 암수딴그루이지만 간간이 암수한그루로 암술과 수술이 하나의 꽃에서 나오기도 한다. 수꽃은 수북하게 뭉쳐서 피고 암꽃은 엉성하게 뭉쳐서 피며, 꽃받침은 있지만 꽃잎은 없는 특징을 가지고 있으며, 꽃에서는 원두향이 난다.

꽃말은 '겸손, 열심'이다. 늦여름 9월에 길이 2~4cm의 바소 모양 또는 긴바소 모양을 한 열매는 갈색으로 결실하며, 주걱 모양의 날개를 가진 시과(翅果)로 씨앗은 동그란 모양을 하고 열매 안에 있다. 물을 좋아하는 나무인 만큼 가뭄에는 결실이 나쁘고 겨울을 날 때까지 열매를 매달고 있다.

중국에서는 톈진시, 빈저우시, 샤오간시, 형수이시 등에서 시목(市木)으로 지정할 정도로 인기와 사랑을 한몸에 받는 나무이다. 우리나라의 용인시에도 물푸레마을이 있다.

이렇게 실생활에 밀착되어 쓰이며 도움을 준 물푸레나무와 도리깨나무지만 어린 시절에는 헷갈렸다. 마을에서 멀리 떨어진 깊은 산중에서 자라는 나무이기에 살아있는 나무를 직접 보지 못했기 때문이다.

소박한 말 한마디의 행복

해가 새벽양지 뒷산을 뉘엇뉘엇 넘어가며 어스름이 짙어갈 때 연장 자루와 도리깨를 만들 나무들을 한 짐 지고 아버지가 돌아왔다.

"아따! 오랜만에 산에 갔더니 힘들구마. 산이 짚어서 댕기기도 어찌나 힘들던지. 응달엔 눈도 천지고……."

"고생 마이 했구마요. 어디 다친 데는 없소?"

"다치지야 안 했제."

짊어진 지게를 벗어 짐을 부리니 구수하고 향긋한 풀내음이 나무에서 풍겨 나온다.

"이게 도르깨열나무라예?"

내가 코를 킁킁거리며 다가서며 묻자 아버지가 설명했다.

"이기 도르깨열나무고 이건 물푸레나무다. 이건 노간주나무고, 이건 도장나무고."

"노간주나무야 알지예. 도장나무는 처음 보고예. 그런데 도르깨열나무하고 물푸레나무하고 같은 나무 아이라예?"

"아이다. 도르깨열나무는 도르깨채 만드는 데 쓰고 물푸레나무는 연장 자루로 쓸 거다. 이기 농창농창해가꼬 연장 자루 하마 뽈라지지도 않고 일할 때 힘도 마이 안 든다."

자세히 보니 나무껍질 색깔이 달랐다. 회색에 흰 무늬가 얼룩덜룩한 물푸레나무와는 다르게 고향에서 도르깨열나무로 부르는 도리깨나무는 껍질 색깔이 진한 갈색이다.

"살아 있는 이파리가 없응께 잘 모르겠네예."

아버지는 겉옷을 걷어 올리더니 허리춤에서 보자기를 풀어내어 주며 말했다.

"크면 차차 알게 되겠지. 이거나 엄마 갔다 주거라."

"와? 점심식사 다 안했어예?"

"묵긴 했는데 목도 메키고 양도 너무 많고⋯⋯. 묵을 시간도 엄꼬."

"엄마! 아부지가 밥 남가 왔는데예?"

부엌으로 남은 밥이 싸인 보자기를 들고 가서 내밀며 말했더니 보자기를 받아 들고 부엌문을 나서며 엄마가 아버지를 향해 한마디 한다.

"와? 맛이 없덩교? 뜨뜻하이 괜찮았을 낀데."

"아이다. 콩가루에 무쳐노이 고소하고 마싯더라. 배에다 차고 있응께 식지도 않고 뜨뜻하이 희안하더만. 연장 자루 한 개라도 더 한다꼬 돌아댕기다 봉께 배고픈 줄도 모르겠더라. 마이무따. 양이 너무 많아서 있다가 묵는다꼬 냄기놨다가 댕기다 봉께 고마 묵을 시간도 없더라."

"아이고! 배고푸겠구마. 내 일찍 저녁해 놨응께 소죽 퍼주고 어서 밥 묵읍시다."

평소에 일 안 하고 뺀질이처럼 밖으로만 나돈다고 목청을 높이던 때와는 달리 모처럼 한몫을 한 아버지를 향해 엄마는 유난히도 다정한 말투로 살갑게 대했다. 반문이 아버지가 일을 하지 않다가 모처럼 날 집아 하루를 일히니끼 엄마의 대접이 달라졌다.

사람이 대접받으려면 자기 할 일을 충실히 해야 한다. 갈등을 해소하기 위해서는 남에게 기대거나 미루지 말고 스스로 자신이 먼저 노력해야 한다. 공자는 어떤 일이 잘못되었을 때 남 탓을 하지 않고 자기 자신에게서 원인을 찾아 고쳐야 한다고 했다. 퇴계도 「동재감사(東齋感事)」라는 시에서 남을 공격하기보다는 자신의 책무를 잃지 말라고 했다. 사람이 살아가면서 유념해야 하는 것들이다.

힘든 세상을 이겨내게 하는 것은 다정한 성품과 소박한 말 한마디를 건네어 얻는 작은 행복이다. 선한 마음가짐으로 행동을 실천함으로써 얻는 행복이 얼마나 큰 것인지 다시금 깨닫는다. 성격은 얼굴에서, 감정은 음성에서, 본심은 태도에서 드러난다. 얼굴은 신체를 대표하는 곳이다. 인간의 얼굴에는 오감을 체득하는 4개의 감각기관이 있고 표정을 감출 수 있는 털이 없다. 그러므로 얼굴은 서로 생각을 알아채고 마음을 나누고 헤아리는 시발점이자 종착점이다. 그래서 늘 환하고 밝은 표정으로 상대를 대하는 자세가 필요하다. 오늘은 엄마가 아버지에게 그걸 보여준 기분 좋은 날이다. 엄마가 저녁상을 차리자 구수한 된장찌개 냄새가 온 집안을 감돈다.

12

개나리

Forsythia koreana

봄을 부르는 소리

봄의 전령사

기차가 신동역을 지나 연화역 구내로 들어서자 진한 꿀향이 바람에 실려와 화아 하며 코끝을 자극한다. 열린 창문으로 들어온 따사로운 봄볕에 비스듬히 몸을 뉘인 채 달리는 열차 안으로 다가오는 익숙한 교정의 라일락 향기를 콧속으로 불러들인다.

며칠 전까지만 해도 툭툭 노란 눈을 터트리며 오가는 손님을 곁눈질로 바라보더니 오늘은 하굣길 통학 열차 안으로 향내가 밀려든다. 새벽이슬을 머금어 무겁게 내려앉은 개나리는 곧 이른 아침의 분주함을 저 신동 쪽 산 귀퉁이 골짜기로 밀어내며 성큼 차창 안으로 향을 밀어넣는다.

"와아! 향기도 향기지만 정말 장관이네."

나는 향기를 쫓아 코를 벌렁거리며 눈을 굴리다가 차창 밖 양쪽으로 노란 꽃무덤이 길게 늘어진 개나리를 보며 소리쳤다.

"아침에는 덜 피었더니 하루 새 만개했네. 정말 개나리는 봄의 전령사라는 말이 맞긴 맞는 것 같아."

앞자리에 마주앉은 친구가 입을 뾰족이 내밀어 개나리꽃 모양을 만들며 거들더니 다시 쫑긋 입을 오물거리고 병아리 흉내를 내었다.

"나리 나리 개나리 입에 따다 물고요 병아리떼 쫑쫑쫑 봄 나들이 갑니다."

친구가 뾰족이 내민 입으로 병아리 흉내를 내며 동요를 흥얼거리자 모두가 신들린 듯 따라 불렀다. 열차가 플랫폼에 끼이익 소리를 내며 멈춰서자 향내가 더욱 진하게 차 안으로 밀고 들어왔다.

"학교가 온통 꽃 천진데 여기 개나리도 만만찮네."

"그래. 개나리는 딱 한 철이야. 지금이 최고로 이쁠 때지."

"개나리, 진달래, 벚꽃은 봄을 상징하는 3대 꽃나무지."

"봄에 일찍 피는 꽃들은 노란색이 많은 것 같아. 복수초, 개나리, 민들레, 유채꽃……."

"분홍색도 많지 않나? 진달래, 벚꽃, 살구꽃, 복숭아꽃, 금낭화……."

"흰 꽃도 많아. 배꽃, 자두꽃, 조팝꽃, 목련……."

"봄에 피는 꽃나무 이름을 잘들 아네? 촌놈들이라……. 하하!"

"보고 자란 게 그런 것들이니까."

"근데 왜 이름이 개나리야? '개' 자는 어디에 붙여도 품위가 떨어져. 개놈, 개새끼……. 뼈다귀 중에서도 개뼈다귀가 제일 못 쓰는 뼈다귀? 흐흐흐!"

"진달래는 참꽃, 산철쭉은 개꽃, 참두릅, 개두릅, 참가죽, 개가죽, 참옻, 개옻……?"

그렇게 농담 반 진담 반으로 키득대며 통학 열차에서 나누던 대화들은 시간이 흘러 조경 일을 하게 되면서 알고 보니 터무니없는 이야기가 아니었다.

황금새장에서 피어난 개나리

개나리에서 '나리'는 오늘날 백합을 일컫는 참나리를 말한다. 개나리의 '개'는 '참'과 '개'가 서로 대립되어 쓰이는 어휘에서 그 어원이 왔기에 '야생 상태의~' 또는 '질이 떨어지는'이라는 의미를 나타내어 '질이 떨어지는 나리'를 의미한다. 개나리는 나리와 꽃 모양이 비슷하여 개나리의 '개'는 한자로 '개(開)' 즉, '열 개' 자를 쓰므로 '봄을 열다'라는 의미로 나리 앞에 접두사로 붙어 생긴 이름이라는 설도 있다. 뭣 모르고 우스개로 나누던 농담 속에 뼈가 있었던 셈이다. 하지만 나리는 외떡잎식물강에 속하고 개나리는 쌍떡잎식물강에 속하는 식물이므로 서로 강이 다른 식물이다.

개나리는 우리나라가 원산으로 세계적으로 11종이 분포하고 있다. 이 중 한국 원산이 5종, 일본 원산이 2종, 중국 원산이 3종, 유럽 원산이 1종 정도로 알려져 있다. 영명이 'Forsythia'이고 학명에 'Koreana'가 붙어 한반도 특산종이긴 하나 자생종은 찾기 어렵다. 함경북도를 제외한 한반도 전역에 분포하고 울타리나 길섶에 주로 모아 심으며 주로 양지바른 산기슭에서 자생한다. 비슷한 종으로 만리화와 산개나리가 있으며, 약재용으로 재배하는 의성개나리가 있다. 만리화는 우리나라 특산종으로 가지가 아래로 휘어 처지지 않게 자라는 특징이 개나리와 다른 점이다. 북한산개나리라고도 불리는 산개나리는 키가 작고 어린 가지에 자줏빛이 돌며 주로 경기도의 산기슭에서 자란다.

꿀풀목, 물푸레나무과, 개나리속에 속하는 개나리는 키가 3m 정도로 자라는 암수딴그루의 낙엽활엽관목으로 이명은 'Forsythia viridissima var Koreana Rehder'이다. 한자어로 금종화(金種花), 연교(連翹), 영춘(迎春)으로 불린다. 지역에 따라서는 신리화, 어리자, 어아리 등으로 부르는 곳도 있다. 연교라는 이름은 개나리의 열매가 연꽃열매처럼 생겨서 연꽃밥의 '연'에서 생겼다는 설이 있으나 '연'의 한자가 '연꽃 연(蓮)'이 아닌 '잇닿을 연(連)'을 쓰는 것을 보면 고개가 갸우뚱거려진다. 꽃이 달린 가지가 새 꼬리처럼 길게 늘어진 모양으로 생겨서 '연교'라 부르게 되었다는 설은 인도 공주 이야기에서 전래된 것이 아닐까 추측해 본다.

전설에 의하면 인도에 한 욕심 많은 공주가 새를 무척이나 좋아해 궁궐을 온통 황금으로 만든 새장으로 가득 채우고 새를 키웠는데 백성이나 신하들은 공주의 비위를 맞추기 위해 생업을 팽개치고 아름답고 울음소리가 좋은 새를 잡아 바쳐야 했다. 어느 날 한 노인이 깃털이 찬란하고 아름다우며 은방울 같은 울음소리를 내는 예쁜 새를 바치며 말했다.

"이 새를 받아 주시고 다른 새들은 모두 풀어 주십시오."

노인이 바친 새에 반한 공주는 모든 새를 풀어 주고 그 새만 애지중지했는데, 시간이 차츰 흐르자 새의 깃털은 빛이 바래지며 볼품이 없어지고 깍깍 귀에 거슬리는 울음소리를 내었다. 공주는 새를 씻기면 아름다운 깃털이 되살아날까 생각하고 새를 목욕시켰는데, 씻기고 보니 깃털에 아름다운 색칠을 하고 깃털 속에 은방울을 숨겨 매단 까마귀였다. 울화통이 터진 공주는 노인을 잡아들여 사형에 처하라 이르고 화병으로 세상을 등졌다. 그 뒤 황금새장 자리에서 나무가 자라나 황금을 닮은 노란색 개나리가 꽃을 활짝 피웠다는 이야기다.

새내기들의 희망꽃

꽃은 종 모양으로 끝이 네 갈래로 갈라진 통꽃이고, 암술이 수술보다 위로 길게 솟아오른 장주화와 암술이 수술보다 길이가 짧아 낮은 단주화가 있다. 4월경에 노란색 꽃이 잎겨드랑이에서 1~3개씩 달리며, 꽃자루 길이는 5~6mm이고, 녹색의 꽃받침은 4개로 갈라지고 털이 없다.

보통 남녘으로부터 전해지는 봄소식을 알리는 전령사로 제주도의

3월 15일 무렵을 기점으로 4월 25일경 개마고원에 이르기까지 그 역할을 톡톡히 담당하고 있다. 특히 서울 성동구 한강변에 위치한 응봉산은 바위산으로 나무의 서식이 어려워 민둥산으로 방치되어 있었으나 박정희 대통령 시절 산림녹화와 자연보호 정책에 힘입어 염보현 서울시장이 아름다운 서울 가꾸기 일환으로 양재동 시민의 숲 등을 조성할 당시 녹화사업으로 개나리를 심었다. 그 후 척박하고 얕은 토심에 잘 적응해 자라는 개나리를 보식하다 보니 산 전체가 개나리 동산으로 변했다. 개나리 축제가 열릴 때 올림픽도로나 강북 강변로를 달리면 탄성이 저절로 터져 나온다.

개나리는 입학 시기에 활짝 피는 꽃이기에 신입생을 빗대 '개나리' 또는 '병아리'라 부르기도 하는데, 이는 어린 병아리와 개나리의 색이 노란색이어서 서로 닮아 파생된 말이라 여겨진다. 개나리의 꽃말은 '희망, 기대, 깊은 정, 이른 봄의 감격, 달성'이다. 만물이 생동하는 봄철, 새로 시작하는 새내기들이 희망과 기대를 가득 안고 새 출발의 감격을 만끽하며 미래의 목표를 달성하기 위해 내달리는 모습을 상상하면 잘 어울리는 꽃말이라 하겠다. 서양에서는 개나리가 꺾꽂이, 휘묻이, 포기나누기 등 왕성한 번식력과 생육이 강한 생명력을 상징하는 꽃으로 인식되어 강한 생명력에 대한 이미지가 희망과 기대, 감격, 달성 등 꽃말에 영향을 끼쳤다는 설도 있다.

　개나리꽃은 온도 변화를 감지하고 개화하므로 기온이 떨어졌다가 상승하게 되면 겨울에도 개화하기 때문에 가끔 뉴스로 한겨울에 꽃소식을 전해 듣기도 하는 꽃이다. 또 봄철 산불이 빈번하게 발생할 때에 만개하는 꽃이라 산림 관계 일을 하는 사람들이 가장 싫어하는 꽃이라는 이야기도 있다. 반면 산림 관계자들이 가장 좋아하는 꽃은 산불의 발생이 현저하게 줄어들 때 활짝 피는 아까시꽃, 즉 우리가 흔히 아카시아꽃이라 부르는 꽃이라는 우스갯소리도 있다.

　개나리는 길가에서 흔히 만날 수 있는 흔한 꽃이지만 강한 생명력을 가진 나무임에도 불구하고 자생종은 희귀한 나무다. 햇볕이 잘 들고 물빠짐이 좋은 사질 양토에서 잘 자라지만 토질을 가리지 않는 편으로 과습하거나 비옥하면 웃자람으로 도장지가 생기고 꽃눈이 잘 형성되지 않는 특징을 가진 나무이다. 병충해에 강하여 탄저병이 발생하기도 하지만 크게 문제되지 않으며, 내한성이 강하다.

　개나리나무의 작은 가지는 어릴 때 녹색을 띠지만 점차 자라면서 회갈색으로 변하며 껍질눈이 선명하게 나타난다. 줄기는 여러 대가 모여나며 가지가 많이 갈라져 빽빽하게 자란다. 줄기의 속은 비어 있고 이른 봄에 노란 꽃이 잎보다 먼저 핀다. 중국, 일본 개나리꽃은 우리나라 개나리보다 드문드문 피고 꽃 색깔이 밝지 않은 특징을 가지고 있다.

잎은 마주나기 긴 타원형으로 끝이 뾰족하고 윗부분에 톱니가 있거나 밋밋하게 생겼다. 잎의 앞뒷면에는 모두 털이 없으며, 앞면은 윤기가 나고 뒷면은 흰색을 띤다. 잎의 길이는 3~12cm, 너비는 2~3.5cm이고 잎자루 길이는 1~2cm이다.

열매 결실률은 낮은 편으로 보통 열매를 보기가 어렵기에 대부분 열매를 맺지 않는 나무라고 알고 있다. 이는 꺾꽂이와 휘묻이로 번식시킬 때 주로 수나무 가지를 이용한 결과로 통상 수나무가 50%에 육박하기 때문에 그렇게 느껴지는 것이다.

열매는 삭과로 9월에 익으며, 길이 1.5~2cm로 달걀 모양이고 평평하게 생겼다. 종자의 크기는 길이 5~6mm로 갈색을 띠며 날개가 있다. 한약재로 쓰이는 열매는 연교라 부르고, 중국산 의성개나리나 당개나리 열매가 주로 이용되고 있으며, 술을 빚어 마시면 여성의 건강과 피부미용에 효과가 좋다. 열매껍질에서 추출한 물질은 항균작용이 탁월하고 생리불순, 귀먹음, 살충, 소염, 한열(寒熱), 발열, 화농성 질환, 림프선염, 소변불리, 종기, 신장염, 피부질환, 습진에 처방한다.

받는 것보다 주는 것이 행복

개나리의 탄생에 재미있는 이야기가 전해지고 있다. 어느 큰 부잣집에 스님이 시주를 청했더니 부자가 말하기를 "우리집에는 개똥도 없소"라며 문전박대를 했다. 하지만 옆집의 가난한 사람은 정성을 다해 적지만 성의 있는 시주를 했다. 그러자 스님이 곡식을 담는 그릇인 '멱둥구미'라 부르는 소쿠리를 볏짚으로 하나 만들어 주고 갔다. 스님이 홀연히 사라지자 소쿠리에서 쌀이 계속 쏟아져 나왔다. 가난한 사람은 부자가 되었다. 이 소식을 들은 옆집 사람은 땅을 치며 원통해하고 있었는데, 스님이 다시 시주 받으러 방문하자 버선발로 뛰어나가 넉넉하게 시주하고 그도 소쿠리를 받게 되었다. 하지만 스님이 떠나자 소쿠리 속에서는 개똥이 가득 쏟아져 나왔다. 화가 치민 부자는 개똥을 울타리 밑에다가 묻었고, 여기에서 나무가 자라나 노란 꽃을 피웠다. 그 후 사람들은 개똥에서 나고 자란 나리를 닮은 꽃을 보고 개나리로 부르게 되었다고 한다.

착하고 고운 마음으로 나누고 살라는 교훈을 주는 따스한 봄볕에 화사하게 피는 개나리같이 따스한 이야기다. 옛 이야기들이 권선징악의 결말을 가진 이야기들이 많지만 개나리의 설화는 가만히 입가에 웃음을 번지게 하는 매력을 가지고 있다. 예나 지금이나 가난한 사람은 착하고 부자는 욕심 많고 되먹지 못한 성질을 가진 사람으로 표현되는 경우가 허다하다. "가진 자가 더하다", "아흔아홉 냥 가진 사람이 한 냥 더 가지려고 떼쓴다"는 속담도 있다. 하지만 아름답고 추함은 보는 사람의 눈에 달렸다. 까마귀가 검다고 마음까지 검지는 않을 것이다. 베풀고 나눔은 물질로만 하는 것이 아니다. 얻으려거든 먼저 주라고 했다. 받는 것보다 주는 것이 행복이라는 말도 있다.

달리는 차창 밖으로 환하게 웃는 개나리가 희망의 향내를 가득 품고 날아든다. 앞자리에 앉은 친구가 슬며시 가방을 열더니 꾸깃꾸깃 봉투를 열고 꽈배기 도넛을 건넨다. 열차 시간에 쫓겨 점심을 굶은 탓에 배에서 쪼르륵 봄을 부르는 소리가 난다. 도넛 하나의 포만감에 게슴츠레 눈이 감긴다. 눈앞에 아른대는 아지랑이가 봄노래를 부른다. 눈도 귀도 코도 모두 행복한 하루다. 배에서는 둥둥 북소리가 난다. 철커덩 철커덩 기차 바퀴 구르는 소리가 자장가가 된다. 등 따숩고 배부르고 달디단 꿀향에 스르르 눈을 감으며 겨울을 털어 낸다.

13

맹종죽

Phyllostachys

대나무 숲의 공포

작은댁에서의 하룻밤

"울지 마라. 울마 저 뒤 대밭에서 호래이 나온대이."

어릴 적 숙부댁 뒤켠 대나무 숲은 공포의 대상이었다. 초등학교 입학 전 놀러 간 작은댁에서 처음 엄마와 떨어져 지내는 밤은 이유 없이 무섭고 슬퍼서 울음을 터뜨리게 했다. 훌쩍이며 잠 못 들어 하는 나를 달래느라 숙모는 계속 울면 대밭에서 무서운 호랑이가 나온다며 겁을 주기도 했다. 그러면 나는 그치기는커녕 울음보를 풀며 더 크게 울음을 터뜨렸다. 바람에 댓잎이 부딪혀 서걱이는 소리가 창호지를 뚫고 어둠을 타고 내려오면 나는 소스라치게 놀라 잠시 울음을 멈췄다가 이내 또 엄마를 부르며 숙모의 속을 타들어 가게 했다.

사촌들이 줄줄이 다섯이나 있어 종일 그 뒷바라지에도 힘들고 짜증스러웠을 터인데 큰집 조카까지 덤으로 힘든 밤을 지새게 했다. 엄마 따라 장에 갔다가 사촌들과 어울려 놀기가 좋아 기세 좋게 자고 가겠다고 큰소리치면서 엄마 혼자 집에 가라고 했던 낮의 일은 까맣게 잊어버리고 어둠이 내리고 잠자리에 들어서야 엄마가 생각나서 울음을 터트린 것이다.

우는 나를 달래기 위해 했던 숙모의 말 때문에 낮에 봤던 대나무 숲이 더욱 나를 공포스럽게 했다. 겁을 주면 그치리라 여겼던 숙모는 참으로 난감했을 것이다. 태어난 동네 이름이 대나무가 들어가는 '대목'으로 한자 표기로 '죽항(竹項)'이었다. 하지만 조릿대와 이대를 제외하고는 대나무가 없어 직접 보고 자라지는 못했기에 처음 본 대나무밭은 신기하기도 했고 한편으론 경외스럽기도 했다.

매년 초가을이면 타작용 대비자루와 감 따는 장대를 만들어 삼촌은 오토바이에 몇 자루를 묶어 싣고 집으로 가져오곤 했기에 잘려 가공된 대나무는 보았지만 싱싱하게 숲을 이룬 푸른 대밭은 처음 접했던 것이다. 뒤켠 비탈이 가팔라 안전 차원에서 대밭을 일궜다는 것은 어른이 되고 나서야 알게 되었다. 그때는 대나무는 비탈에서만 자라는 줄 알았다. 좀 더 커서 5학년 때 전학 가서 본 외가댁 옆의 대밭은 평지에 있었다. 그제서야 대나무는 평지에서도 자라는 나무라는 걸 알았다. 마루에 앉았다가 일어서면 앞산에 이마를 찧을 만큼 산골에서 나고 자라 경험이 부족했던 아이의 눈에는 변화되어 나타나는 일상의 모든 것이 새로움 그 자체였다.

뿌리가 연결된 대나무

그렇게 눈에 익혀졌던 대나무는 통상 나무가 들어가 목본식물로 알고 있지만 초본식물이다. 나무로 분류되는 기준은 첫째, 단단한 목질부가 있어야 하고, 둘째, 나이테처럼 성장하며 생기는 형성층이 있어 부피가 성장해야 한다. 대나무는 여러해살이 식물이지만 속이 비어 있고 일 년 만에 성장을 이루고 그 후부터는 거의 성장을 멈추고 야물어지기만 하기에 풀로 분류된다.

대나무는 중국이 원산지로 종류에는 111속 1,575종의 대나무과가 있어 많은 편이지만 주로 크게 나누어 맹종죽이라 불리는 죽순대, 왕대, 솜대, 이대, 조릿대, 섬조릿대, 제주조릿대, 해장죽, 오죽, 구갑죽

등이 있다. 자생지는 아프리카, 아시아, 남아메리카, 북아메리카, 오세아니아 주에 걸쳐 분포하고 있지만 유럽과 남극 대륙에는 존재하고 있지 않다. 이는 다이아몬드도 마찬가지의 분포를 보이고 있는데 밝혀진 바에 따르면 서로 연관성은 없다고 한다.

오죽은 강릉 오죽헌이 널리 알려져 있고 줄기가 검은색을 띠고 있어 '까마귀 오(烏)'를 써 '오죽이'라고 부르게 되었다. 다른 이름으로는 검정대, 흑죽, 분죽이라고도 부르며 솜대의 일종이다. 중국이 원산지로 키는 10m, 줄기 지름은 2~5cm이고, 잎은 피침형으로 1~5개씩 달린다. 잎에는 작은 톱니가 있고 뒷면 주맥에 잔털이 있는 것도 있으며 견모는 5개 내외로 점차 떨어지며, 잎이 처음 나올 때에 연한 털이 있다. 4~5월 죽순이 나온 첫해에는 녹색이었다가 점차 검은색으로 변한다. 주로 관상용, 방풍용, 차폐용으로 식재하며, 뿌리는 자죽근(紫竹根)이라 부르며 약용으로 쓴다.

귀갑죽(龜甲竹) 또는 일명 구갑죽은 맹종죽의 일종인데 변이로 인해 마디가 촘촘하고 키가 작아 죽순을 싸고 있는 껍질 모양이 거북이 등 껍질을 닮았다고 붙여진 이름으로 주로 분재용으로 많이 기른다. 부산 기장 아홉산 구갑죽과 철마면 웅천리 미동마을의 400년 역사를 가진 구갑죽이 대표적인 귀갑죽 군락지로 유명하다.

솜대는 줄기에 처음에는 하얀 가루가 덮여 있으나 점차 황록색으로 변하며 표면에 윤기가 난다. 키는 10m 정도로 자라고 줄기 지경은 5~8cm로 식용하는 죽순이 올라올 때 표피에 붙은 흰털이 솜처럼 보인다고 솜대라 부르며 다른 이름으로 분죽, 담죽, 분점정대로 불리는 우리나라 자생종이다. 태안반도에서 추풍령을 거쳐 대관령을 잇는 선이 생존 한계선으로 해안선을 따라 강원도 남부에서 충청남도 이남 지방에 분포하고 있다. 잎은 피침형이고 1~5개가 달리지만 보통 2~3개씩 달린다. 잎의 길이는 6~10cm, 폭은 1~1.5cm 점첨두로 잔톱니가 있으며 뒷면 주맥에 잔털이 있는 것이 있고 견모는 5개 정도로 점차 떨어져 나간다. 죽순은 4~5월에 연한 적갈색으로 솟아나오고 마디가 있으며 단통으로 내부가 비어 있다. 뿌리는 옆으로 길게 뻗으며 관상용, 조경용, 약용으로 쓰인다. 열매는 둥근 장과로 남색을 띠고 있으며 지름 5~7mm로 붉게 익는다.

꽃은 넓은 피침형 또는 꽃차례형으로 2~5개의 양성꽃과 단성꽃이 들어 있다. 꽃은 대략 60년 주기로 개화하며 꽃이 피고 나면 하나의 뿌리로 연결된 대나무는 같이 고사하게 된다. 이는 다시 열매가 떨어져 세대교체를 이루게 되는 과정을 거쳐 대나무 숲이 유지되는 자연의 순환법칙을 따르게 된다. 대나무는 뿌리가 서로 연결되어 있어서 큰 대나무밭도 몇 개의 개체만으로 군락을 이루는 경우가 많다.

씨방은 5개 내외로 긴 달걀 모양을 하고 있으며 암술머리는 3개이다. 꽃은 양성 또는 단성이고 2~5개가 꽃차례를 둘러 싼 피침형 포에 들어 있다. 벼목, 벼과, 왕대속에 속하는 4속 14종의 분포를 가진 일명 맹종죽으로 널리 불리는 죽순대는 중국이 원산지로 중국에서는 주로 양쯔강 이남 지방에서 많이 자란다고 강남죽이라고 부르는 대나무다. 다른 이름으로 죽순(竹筍), 죽신대, 귀갑죽이라고도 부르며 키는 10~20m, 직경은 20cm까지 크는 것도 있다. 주로 죽순 재배로 식용으로 가꾸지만 원예용, 조경용, 약용으로도 쓰인다. 주로 남부지방에 분포하고 있으며 온·냉대 기후의 기준점인 섭씨 영하 3도가 생육 북방한계선으로 알려져 있다.

죽순은 5월에 돋아나오며 줄기는 녹색에서 차츰 황록색으로 변한다. 어린 가지에는 털이 있고 마디 고리는 원래 2개이지만 아랫마디가 윗마디를 덮고 있어서 1개로 보인다. 가지는 2~3개씩 나오고 단환상으로 마디가 솟아나며 표피에 광택이 있다. 목질은 활열 가공이 부적당하고 변색이 쉽고 충해의 피해를 입기 쉽다.

잎은 작은 가지 끝에서 3~8개로 보통 5~6개씩 달리고, 길이는 7~10cm, 넓이는 10~12mm이며, 피침형 바소꼴로 가장자리에 잔톱니가 있으나 곧 없어진다. 꽃은 동시에 주변이 한꺼번에 7~10월에 개화하는데 원뿔꽃차례로 작은 이삭에 1개의 양성화와 2개의 단성화가 들어 있다. 꽃턱잎은 적갈색으로 흑갈색 반점이 있으며 촘촘히 나 있다. 열매는 영과로 11월에 익으며 발아율이 80% 정도로 좋은 편이다.

꿋꿋한 지조와 절개

맹종죽이라는 이름은 삼국시대에 맹종(孟宗)이라는 사람이 한겨울에 어머니의 병환을 돌보던 중에 죽순이 먹고 싶다는 어머니의 말씀을 듣고 대밭에 엎드려 눈물로 갈구하던 중 눈물이 떨어진 자리에서 죽순이 돋아나 어머니께 드려 병을 낫게 했다는 '맹종읍죽(孟宗泣竹)', '맹종설순(孟宗雪筍)'의 효자 이야기 고사에서 연유되었다고 한다.

또 다른 설화로 경북 상주의 홍도문이라는 사람의 부친이 병환에 누워 있었는데 엄동설한에 순계탕(筍鷄湯)이 먹고 싶다고 하여 대밭의 낙엽 속에서 죽순 3개를 구해다가 순계탕을 끓여 아버지 병구완을 했다는 효자 이야기가 있다. 또 전북 완주와 경기 강화에도 엄동설한에 죽순을 구해 부모를 봉양했다는 효행이 구전으로 전해져 내려오고 있다.

초본류 중 가장 크고 성공적인 산림종으로 살아남은 대나무는 4~5년 동안 땅속뿌리와 줄기에서 인고의 시간을 보낸 뒤 죽순을 틔워 은근함과 끈기의 상징이다. 일본 히로시마 원자폭탄 투하 지역에서 유일하게 살아남은 수종으로 그 줄기가 히로시마 박물관에 보존되어 있다. 대나무는 월남전의 고엽제 살포에도 살아남아 끈질긴 생명력을 가진 나무의 대명사가 되었다. 하지만 중부 이북 지방에는 숲이 존재하지 않을 만큼 기후에 민감한 수종이라 우리나라 대나무 숲의 면적은 전체 산림 면적의 0.11%밖에 차지하지 못하고 있다. 그중 84% 정도가 경남과 전남 지역에 분포하고 있고, 나머지는 충남, 경북, 전북 지역에 퍼져 있다.

특히 대나무는 이산화탄소 흡수가 뛰어난 식물로 1ha당 약 30t의 이산화탄소를 흡수하므로 일반 나무들에 비해 약 4배의 높은 성과가 있는 것으로 연구 결과 밝혀졌다. 기후 변화에 대응하는 수종으로 기대가 큰 수종 중의 하나이기도 하다. 대나무는 사람들의 삶에도 친근하고 깊숙하게 파고들어 함께 생활을 영위하는 데 이바지해 왔다. 곧고 바른 성장과 쪼개짐, 탄성, 휨 성능이 우수해 꿋꿋한 지조와 절개를 상징하여 사군자 중 하나가 되었다.

『삼국사기』 신라 편에는 죽죽(竹竹)이라는 장수 이야기가 나오는데 대야성 전투에서 정세가 불리해지자 주변에서 항복을 권유했다. 하지만 죽죽은 "그대의 말이 옳다. 하지만 내 아버지가 죽죽이라는 이름을 지어 준 것은 차가운 날씨에도 서두르지 말며, 꺾일지언정 굽히지 말라는 뜻이다. 어찌 죽음이 두려워 항복하겠는가?"라고 말하고 결사 항전하다가 전사했다. "대쪽같이 산다"는 속담처럼 죽죽 장군의 기개는 다소 무모함이 있긴 하지만 여운이 남는 이야기다.

또한 한국 군대의 영관급 장교의 계급장이 통상 무궁화로 불리고 있지만 이는 무궁화가 아니라 위관급 장교의 다이아몬드에 대나무 잎 9장을 둥글게 붙여 배치한 모양으로 대나무처럼 올곧은 장교가 되라는 의미를 담고 있다고 한다. 국세청 마스코트인 '세우리'와 '세누리'도 대나무처럼 올곧게 국세 행정을 세우겠다는 뜻으로 선정되었다고 한다. 이렇게 대나무는 우리에게 정신적인 지주 역할을 했을 뿐만 아니라 생활상에서도 고락을 함께해 온 친근하고 살가운 존재다.

우후죽순

대나무 이야기 중 누구나 알고 있는 '우후죽순(雨後竹筍)'이라는 고사성어도 있다. 살인마가 살인을 저지른 후 대밭에 시신을 묻었는데 한 달 뒤에 가서 보니 죽순이 자라며 시체를 꿰어 밀어 올려 대나무 중간에 시신이 걸려 있었다는 이야기다. 장마철 비 온 뒤에 자라는 죽순은 하루에 무려 30cm 이상 자라기도 하여 크는 것이 눈으로 보인다는 말까지 있을 정도로 전체가 대숲을 이루는 데 그리 오랜 시간이 필요치 않는다.

또 교과서에 나오는 '임금님 귀는 당나귀 귀'라는 세상에 비밀은 없다는 교훈을 주는 이야기도 대나무밭을 소재로 삼고 있다. 밀양의 전설 '아랑 낭자' 이야기의 무대도 대나무밭이다. 중국 남부 지역에서는 구석기시대 유물로 주먹도끼가 출토되지 않는데 이는 대나무로 만든 무기가 발달하여 석기의 사용이 크게 필요하지 않은 데서 연유된 것이라는 설이 있다. 대나무는 인간의 문화 발달에도 지대한 영향을 미친 나무임을 알 수 있다.

또 사냥꾼이 밤에 산속에서 야영하며 대나무로 모닥불을 피우는데 이때 대나무 마디가 열에 의해 터지며 내는 소리로 짐승들의 접근을 막기도 했다. 또한 대나무를 물에 불려서 세워 두었다가 검술 훈련과 기교를 보이는 데 쓰이기도 했다.

대나무의 어원으로는 '대 죽(竹)' 자가 '풀 초(艸)' 자를 거꾸로 쓴 글자 또는 대나무 가지에 잎이 달린 모양에서 유래되었다는 설이 있다. 우리말 '대'는 '닫'이 변형되어 '대'가 되었다는 설이 유력하다. 영문 이름 'Bamboo'는 말레이시아어 'Mambu'가 서양으로 유입될 때 'Bamboo'로 바뀌게 된 것이라고도 한다. 말레이어 중에 'Bambu' 란 말이 있는데 이는 대나무가 불에 탈 때 마디가 터지며 나는 소리 'Bam boom'에서 유래했다는 설이 있다.

특이하게도 인도 동북부 지방에서는 대나무를 재앙의 상징으로 여긴다는데, 그것은 대나무 숲이 열매를 맺으면 쥐가 득세하기 때문이다. 국가에서 특별히 국가 재난지역으로 선포할 정도로 그 폐해가 심각하다고 한다. 먹이 부족으로 쥐들이 서로를 잡아먹어 그 개체수가 줄어들 때까지 재난지역 선포는 유지된다고 한다. 이 지역 사람들은 대나무꽃이 필 때 쥐가 득세하는 것에 착안하여 대나무를 강장제로 개발하기도 했다.

죽순은 쌀뜨물에 우려 떫은맛을 제거하고 먹으면 아삭하면서도 고소한 맛이 난다. 죽녹원이라는 대나무 박물관이 있는 대나무의 고장 담양은 대통밥으로 유명하다. 대나무는 시원하고 차가운 대나무 특유의 성질을 이용해 만든 한여름의 애장품 죽부인, 부채로도 쓰인다. 대나무발, 대자리와 지네가 많은 대밭을 이용해서 닭을 방목하기도 한다. 곡식을 담고 나르고 보관하는 대소쿠리, 요리하며 찌고 삶고 익히고 말리는 데 쓰는 대나무 채반, 식기, 땔감, 집을 짓고 가리는 건물 뼈대, 비계목, 칸막이, 울타리, 강을 건너고 물건을 나르는 뗏목, 무기류인 죽창, 죽도, 악기인 피리 등 대나무가 쓰이는 곳은 무궁무진하다. 종이가 발명되기 전에는 죽간에 글을 써두어 책으로 엮었다.

만파식적과 댓잎의 잔털에는 독성이 있지만, 이를 이용해 갈비, 대게, 생선, 조개 등 해산물 찜과 대통찜, 냉콩국수, 물냉면, 보리밥, 율무밥, 차, 죽통주, 죽엽주, 진액으로 담근 술로 죽력고, 엿, 향수, 향초, 한약재, 죽염 등을 만든다.

또 멧돼지가 죽순을 특히 좋아하며 판다, 아시아 코끼리, 마운틴 고릴라의 주식이 대나무이기도 한 것을 보면 비타민C, B1, K, 칼륨, 철분, 리놀렌산, 규산, 다당류, 아스파라긴산, 셀린 등 아미노산, 플라보노이드, 폴리페놀, 베타클루칸, 펩타이드 성분을 풍부하게 함유한 대나무를 약용과 식용은 물론 실생활의 도구뿐만 아니라 정신문화에까지 이용한 선조들의 지혜가 돋보인다.

세종대왕이 감기를 앓은 후 죽염 습포탕으로 후유증을 다스렸다는 기록도 있고, 『신농본초경』에는 "대나무 잎은 열을 내려주고 갈증을 해소한다"고 기록되어 있다. 『동의보감』과 『본초강목』에도 "대나무를 잘라 똥통에 넣어 두고 즙이 걸러져 스며들면 윗마디에 감초를 넣고 아랫마디를 똥통에 담가두어 한 달 뒤 감초를 꺼내 말려서 타박상에 사용한다. 이를 인중황(人中黃)이라 부르는데 독, 부스럼, 균독을 치료하고 어혈을 풀어 준다"고 기록되어 있다. 이것이 "장 독에는 똥물이 특효"라는 속담을 탄생시킨 근거이기도 하다.

이밖에도 구취, 구내염, 열성두통, 열성불면증, 소변이 붉은 오줌소태, 아이들 경기에 대나무 삶은 물이 좋다. 고혈압, 심장병을 유발하는 활성산소를 제거해 면역력을 높이고, NK세포 활성화로 암세포를 제거하며, 소염 작용으로 여드름, 만성 간염을 치료하고, 섬유질 섭취로 변비, 치질에도 효과가 있다. 산성 체질을 알카리성 체질로 개선, 기관지 천식, 가래를 삭히고 신경쇠약에 효과가 있다. 5~6월에 채취한 수액에는 아미노산을 함유하고 있어 화장품으로 만들어 기미, 주근깨, 검버섯 치료와 잎으로 만든 차는 몸속 노폐물 정화 효과가 있다.

대나무로 만든 죽탄(竹炭)은 바비큐용으로 최상이며 고기의 잡내를 제거하며 원적외선을 방출하고, 공기 정화 효과가 탁월하며 혈액순환 촉진, 신진대사 활성화로 스트레스를 해소하는 효과가 있다.

따라서 이러한 좋은 효능을 배가하기 위해 선조들은 여러 방법을 고안해 이용했다. 솜대의 어린 눈과 조릿대 잎을 이용한 죽엽, 목부의 녹색 껍질을 벗겨내고 중간층을 긁어모아 만든 죽여, 대나무를 잘라 쪼개어 불에 구우면서 나오는 액을 모아 채취한 죽력, 대통 속에 소금을 넣어 불에 구워 만든 죽염 등이 대표적이다.

맹종죽 식재 사건

스산한 가을 밤바람에 부스스 떠는 댓잎 부딪치는 소리에 소스라치게 놀라 울음을 터트리며 엄마를 찾던 대밭의 추억이 조경 회사로 이직 후 맹종죽이라는 이름으로 나를 찾아왔다. 종각사거리 썬큰가든에 식재하도록 설계된 맹종죽이라는 이름을 대하고 어떤 대나무가 맹종죽일까 무척 궁금했다.

"맹종죽이 어떤 겁니까?"

다짜고짜 궁금증을 해소하고자 던진 질문에 사장이 말했다.

"대나무 중 큰 종류입니다. 담양 등지에서 자라는 대나무가 맹종죽이에요."

"대나무는 뿌리를 이식해서 4~5년이 지나야 죽순이 나고 대밭이 된다고 들었는데 맹종죽은 분을 떠서 옮겨도 삽니까?"

"살지요. 기후 때문에 실내에 심는 거니까 정성스레 심고 물이나 잘 주세요."

막중한 책임감에 머리가 띵했다. 질석으로 만든 인공 토양에 정성을 다해 심고 관리해 보았지만 공사기간 중에도 몇 그루씩 고사목이 발생해 수시로 갈아 심기를 해야 했다. 식재 당시 먼저 이식해 심어진 현장을 답사하고 자문을 구했지만 뾰족한 수단이나 방법이 없었다. 이후 관리자의 말을 들어보니 최대한 보살피고 관리하다가 고사되면 베어 내고 다시 교체하는 악순환을 반복하고 있다고 했다. 돌이켜 생각해 보면 참으로 대나무에게 몹쓸 짓을 했구나 싶다.

가끔 고향길에 찾는 숙부댁 뒤켠의 대밭을 쳐다보면 어릴 적 숙모 애를 태우며 훌쩍이던 생각과 도시에서 겪은 맹종죽 식재 사건이 겹쳐 부르르 으스스 온몸을 털곤 한다. 대나무는 나에게는 아직도 두려움이고 아픔으로 남은 나무다. 귀한 생명을 잃게 했다는 저림이 바람에 댓잎 떨 듯 가슴을 후비며 후덜덜 나를 떨게 한다.

14

보리수나무

Elaeagnus umbellata

보리수 인연

달콤한 보리똥 열매

들배기 안산 자락엔 보리수나무가 골짜기를 비켜서 비탈 초입에 띄엄띄엄 서 있었다. 학교를 마치고 감자 씨알 몇 개 담은 종다래끼 걸쳐 매고 고삐를 끌고 소 먹이러 나갈 때면 노랗고 하얀 꽃에 얹힌 꿀 향기 풍기는 보리수를 만나곤 했다. 여름방학이 끝나고 가을이 시작될 쯤이면 푸른 은백색빛을 띠던 열매는 붉게 익어 눈과 혀를 즐겁게 했다. 고향에서는 보리수나무를 '보리똥나무'라 불렀고 열매는 '보리똥'이라 불렀다. 과실이 보리쌀알만큼이나 작고 열매 크기에 비해 씨앗이 차지하는 비중이 커 과육이라 해도 별반 먹을 게 없긴 했지만 간식이 귀해 군것질거리가 부족했던 시절이라 친구들과 어울려 소가 풀을 뜯는 시간 동안 '감자삶곳' 놀이가 끝나면 껵껵거리며 감자 먹은 목구멍을 조금 떠름하지만 달콤한 보리똥으로 가셔 냈다.

어른이 되어 다시 만난 보리수나무는 운길산 아래 사는 지인의 마당에서였다. 봄이 한창 무르익을 때였는데 집 대문을 들어서자 달콤한 꿀 향이 코끝을 자극했다. 코를 킁킁거리며 둘러보니 마당 한켠 채전 밭둑 언저리에 풍성한 가지를 펼친 채 은빛 감도는 잎을 햇빛에 반짝이며 낯익은 나무가 서 있어 반가움에 너스레를 떨었다.

"와! 오랜만에 보리똥나무를 보네요. 향기가 너무 좋은데요? 향기도 좋고 열매가 익으면 보기도 좋겠는데요? 정원수로 심은 건 첨 보네요."

"왕보리수나무라 카던데 익으면 알도 굵고 묵을 만해요. 달리기도 엄청 많이 달려서 우리가 다 묵지도 몬 해요. 가을에 다시 와요. 필요하면 와서 몽땅 따가도 돼요."

"왕보리수 나무라고요? 나는 보리똥나문 줄 알았어요. 나무는 똑같이 생겼는데 왕보리수라고 하니 개량종이지 싶은데 알이 엄청 굵겠네요?"

"그르믄요. 작은 대추알 만해요. 달기도 엄청 달고요."

"네에!"

"근데 지금처럼 꽃필 때는 벌이 너무 많이 와서 겁나요. 쏘일까봐. 허허!"

가만히 보니 꽃송이마다 벌들이 윙윙대며 날갯짓을 하거나 앉아 코를 박고 꿀과 화분 채취에 여념이 없었다.

"벌들이 꿀 채취하느라 사람에게는 관심도 없겠는데요 뭘. 하하!"

"그런가요? 허허허!"

그 후 가을 어느 날 팔당역에서 예봉산을 올라 적갑산과 운길산 능선을 종주 산행 후 수종사를 거쳐 운길산역 쪽으로 하산하는 길에 봄에 봤던 보리수나무 생각에 안부 전화를 걸었다.

"저 요 앞 운길산 등산 왔다가 생각나서 연락드렸습니다. 댁에 계시면 오랜만에 잠깐 얼굴이라도 뵙고 인사 드리고 갔으면 해서요."

"그래요? 오신다면 대환영이죠. 어서 오세요. 봄에 봤던 보리수나무 열매도 익었으니 따 가시고요. 올해 따라 더 풍년이 든 것 같네요. 최 사장 주라고 그런 건지. 허허허."

넉넉한 인심에 절로 고개가 숙여졌다. 심장병 어린이 수술 지원 등 그늘지고 어두운 곳에서 어려움을 겪는 이웃들에게 늘 베풀고 봉사하고 배려하는 삶을 사는 분이라 평소에도 존경하는 마음을 가지고 있

었지만 보리수나무로 인해 더욱 친근하고 격의 없이 정을 나누면서
더욱 우러러보는 사이가 되었다.

보리수 서 말이면 오래된 천식도 떨어진다

일명 보리똥나무로도 부르는 보리수나무는 동아시아 원산으로 히
말라야에서 일본까지 분포하고 있는 장미목, 보리수나무과, 보리수나
무속의 낙엽활엽관목이다. 고대 인도말로 "모든 법을 깨우쳐 득도했
다"는 말을 'Bodhi(보히)'라 하는데 이를 한자어로 번역해 '보제(菩提)'
로 쓰고 '보리'로 발음한 '보리'에 '나무 수(樹)' 자가 붙어 '보리수(菩提
樹)'가 된 불교 설화에 나오는 뽕나무과 뽕나무속의 '인도보리수'와는
전혀 다른 나무다. 통상 헷갈리지 않기 위해 보리수나무는 보리똥나
무로, 염주 만드는 열매가 달리는 인도보리수는 보리수 또는 보리수
나무로 구분해서 쓴다.

또 많은 사람들이 슈베르트 가곡 린텐바움에 등장하는 "성문 앞 샘
물 곁에 서 있는 보리수"라는 노랫말의 보리수가 같은 나무인 줄 혼동
하고 있는 경우가 많다. 여기서의 보리수는 유럽피나무를 말하는데

위에서 언급한 보리수나무나 보리수와는 전혀 상관이 없는 다른 피나무아과, 피니무속에 속히는 종으로, 번역 과정에서 생긴 오류로 보여진다.

보리수나무의 변종으로 왕보리수, 긴보리수, 민보리수, 올보리수나무 등이 있는데 운길산 아래 지인 마당에 있는 나무가 바로 이 변종 중의 하나인 일본에서 개량된 뜰보리수나무로도 불리는 왕보리수나무다. 보리수는 지방에 따라 사투리로 볼레, 풋볼레, 팟볼레, 보리뚝, 떡보리, 버리똥, 불똥, 뿔똥, 보릿둑, 뻘뚝, 뻘똥 등으로 부르기도 한다. 잔가지와 열매에는 호랑이처럼 얼룩점무늬가 있어 호랑이를 물리치는 나무라는 이야기도 전해지고 있다. 한자어로는 호퇴목(胡頹木)이라 하며, 이에 따라 한방명으로 잎은 호퇴자엽(胡頹子葉), 나무껍질은 호퇴자피(胡頹子皮)로 부른다.

왕보리수나무는 열매 크기가 20~25mm로 과육이 풍부하고 과즙이 많다. 하지만 경기도, 강원도 이남의 제주도를 포함한 전국의 산기슭에 자생하는 보리수나무의 열매는 6~8mm 크기다. 생김새는 긴 공 모양으로 10~11월에 붉게 익으며 단단한 씨앗을 과육이 둘러싸고 있다. 열매는 여러 개가 다발로 뭉쳐 줄지어 달리며, 겉면은 풋과일일 때 갈색 또는 은색 잔털로 덮여 있다. 익으면 은색이나 갈색 점이 박힌 빨간색으로 변한다. 맛은 신맛과 떫은맛에 단맛이 더해진 맛이지만 덜 익은 열매는 몹시 텁텁한 떫은맛이다. 생으로 먹기도 하지만 주로 술이나 잼, 청, 차나 음료로 만들어 먹는다. 특히 새들이 좋아하는 열매다.

함유된 성분은 타닌, 리코펜, 세로토닌, 아스파라긴산, 니아신, 비타민C를 비롯해 섬유질과 단백질이 풍부하다. 음용시 특별한 부작용은 없으나 과다복용시 변비를 유발할 수 있어 주의가 요구된다. "보리수 서 말이면 오래된 천식도 떨어진다"는 속담처럼 만성 기관지염이나 기관지 천식에 효과가 좋으며, 잎과 뿌리에는 지혈 작용과 혈액순환 개선 효과가 있고, 뿌리 달인 물은 요통 치료에 좋다. 이외에도 벌에 쏘인 데, 타박상, 소염, 치질, 설사, 위염, 위궤양, 인후통, 술 해독, 간 해독, 피로회복, 각혈, 자궁출혈, 생리불순 등에 효험이 있으며, 활성산소를 제거해 면역력을 향상시키는 효과가 있다.

보리수라는 이름은 보리가 패서 익을 때쯤 꽃이 피고 열매 생김새가 보리알을 닮아 보리수가 되었다고 한다. 키는 높이 3~4m로 자라고, 가지는 은백색 또는 갈색을 띠며, 나무줄기는 어릴 때 황백색이었다가 다 자라면 흑황갈색으로 변하며 세로로 갈라지는 특징이 있다. 나무줄기는 다간이 많고 수형은 자유롭게 자라지만 독립수는 보통 둥근 원통형으로 성장한다. 줄기가 변한 가시가 가지에 돋아나 있으므로 열매를 딸 때나 주변에 근접할 때에 찔리지 않게 주의해야 한다.

잎은 어긋나기로 돋아나고, 길이 3~7cm, 너비 1~1.5cm의 긴 타원형으로 가장자리가 밋밋하다. 가지와 꽃받침, 꽃자루는 물론 잎자루와 잎의 뒷면에 회백색 비늘 조각이 빽빽하게 나 있다. 이른 봄 작은 은색 비늘이 잎을 덮지만 여름이면 떨어져 나가 잎이 연두색으로 변하고, 가을에 노랗게 단풍이 든다.

꽃은 황백색으로 5~6월에 개화하며 통꽃인데 은백색으로 피었다가 점차 노랗게 변하며 끝이 4갈래로 갈라져 벌어진 작은 나팔꽃 모양으로 잎겨드랑이에 1~7송이가 뭉쳐서 피며, 꽃말은 '결혼, 부부의 사랑'이다. 꽃은 지름 1.2cm 크기로 암수한그루다. 수술은 4개, 암술은 1개로 암술대에도 비늘털이 있다. 수술 길이는 1mm, 암술 길이는 6~7mm로 수술에 비해 길고, 꽃은 진한 꿀을 품어 꿀 향이 진하고 밀원 식물 및 정원수나 생울타리 용수로 식재한다. 내한성, 내공해성, 내건성이 강한 나무로, 콩과 식물이 아님에도 뿌리에 뿌리혹박테리아가 공생하므로 척박한 땅에서도 생육이 왕성한 나무다.

대장장이를 살린 나무

천식 해소에 효험 있는 아름다운 이야기가 담긴 전설이 전해져 내려오고 있다. 어느 한 마을에 대장장이가 살았는데 워낙 쇠를 다루는 솜씨가 뛰어나 그가 만든 농기구를 써 본 사람들의 입소문으로 날마다 손님의 발길이 끊이지 않았다. 농번기를 앞두고 농기구를 만들거나 구매하는 사람들로 북적이던 어느 날 대장장이가 보이지 않자 농사일을 할 농기구를 구해야 하는 걱정이 컸던 사람들이 집으로 찾아갔더니 방 안에서 기침 소리가 크게 들렸다. 건강이 궁금했던 사람들이 아픈 이유를 묻자 대장간에서 숯불을 피우며 나는 연기 때문에 늘 고뿔 걸린 듯 기침과 열이 심해 이런 저런 약을 처방받아 복용해 봤으나 효험이 없고 오히려 병이 악화되고 있다고 했다.

사람들이 마을 당산나무 그늘에 모여 앉아 대장장이의 병을 낫게 하는 방안을 논의하던 중 백발의 노인이 그곳을 지나가다가 그 이야기를 듣고 주변 언덕에 서 있는 은빛 나는 나무를 가리키며 저 나뭇잎을 따서 달여 먹이라고 이른 뒤 홀연히 사라졌다. 마을 사람들이 노인이 일러준 나뭇잎을 따다가 정성껏 달여서 대장장이에게 먹였더니 기침이 그치고 열이 내린 것은 물론 그동안 소변도 잘 누지 못해 고생하던 것까지 나아 건강을 회복하게 되었다. 그 후 대장장이는 동네 사람들에게 감사하는 마음으로 더 좋고 튼튼하고 사용하기 편한 농기구를 만들어 보답하며 행복하게 살았다고 한다. 그때 백발노인이 알려준 은빛 나는 나무가 바로 보리수나무다.

참으로 훈훈한 인간미 넘치는 이야기가 아닐 수 없다. 나에게 아낌없이 나누어주고 성원을 보내주는 운길산 아래 사는 지인도 보리수나무를 닮았다. 그래서 보리수나무를 아니 왕보리수나무를 마당가에 심어 두고 살아온 것은 아니겠지만 주인도 나무를 닮았고 나무도 주인을 닮았다는 게 우연치곤 꽤나 재미난 우연이란 생각이 든다.

이젠 중앙선 고속전철화 공사 구역에 편입되어 이미 십수 년 전에 왕보리수나무도 마당도 지인의 집도 모두 흔적 없이 사라져 버렸지만 오가는 서종길에 북한강 건너 수종사 아래를 가늠하며 눈길을 주다 보면 지인과 보리수나무 생각이 새벽 물안개 피듯 솔솔 피어오른다. 내친김에 올가을 같이 운길산 오르며 보리수 인연을 한번 추렴해 보자고 지인에게 안부전화라도 해야겠다.

15

살구나무

Prunus armenica

고향의 봄

벼랑 끝에 선 나무

고향집 앞 도로 건너 바위 절벽 위에 아름드리 살구나무가 서 있다. 수십 년 전 손가락 굵기만 하던 나무가 바위 틈의 악조건을 극복하고 어느새 성목으로 자랐다. 어릴 때는 거의 눈에 띄지 않을 정도로 존재감이 미미했지만 크기가 손가락으로 겨우 감싸 쥘 정도의 손목 굵기가 되자 화사한 봄의 전령사가 되어 눈길을 사로잡았다. 혹여 누군가가 베어 버렸으면 어쩌나 하는 걱정스런 마음을 안고 고향에 갈 때마다 안절부절못했으나 다행히 바위 절벽 위 벼랑 끝에 위치하여 제거하기에도 위험이 따라선지 볼 때마다 꿋꿋이 자리를 지키고 있어 안도의 한숨을 내쉬곤 한다.

올봄에도 살구나무는 생명을 부지하고 살아남아 화사한 꽃을 피워냈다. 툇마루에 걸터앉아 분홍빛 봄볕을 쬔다. 그동안 노심초사 걱정했던 마음이 봄눈 녹듯 사라지자 내려놓은 마음에 졸음이 온다. 잃을 뻔한 것들, 잃은 것들, 두고 온 것들, 없어질 것들…… 무엇이 이 모든 것들을 놓아버리게 만들었을까? 강한 양수로 토심이 깊은 양질 사토를 좋아하는 나무임에도 용케 바위 틈에 뿌리를 박고 봄이면 묵묵히 자신을 화사하게 불태우는 나무를 보면 안쓰럽기도 하고 생경한 마음이 들어 졸면서도 경이로운 생각에 다시 한번 더 쳐다보게 된다. 척박한 낭떠러지 벼랑 끝 바위틈에 뿌리를 박고 묵묵히 세월을 견뎌온 살구나무의 끈질긴 생명의 힘을 느낀다. 좋은 토질, 좋은 환경에서 태어났다면 더 크고 우람하게 자랐을 수도 있겠지만 일찍 사람의 손을 타 생명을 부지하지 못했을 가능성이 훨씬 컸을 것이라는 게 솔직한 마음이다. 역경 속에서 고난을 극복하며 힘들게 자랐지만 오래 생명을 유지하며 환한 꽃과 달콤한 열매로 행복을 주는 전도사가 되었으니 함께 오래도록 건사하기를 바라며 잘 보살펴야겠다는 다짐을 한다.

아래채를 헐어 마당이 훤히 열리자 살구나무는 고향집 담장에 기대선 듯 정원수가 되었다. 열매야 야생으로 자란 거라 작고 볼품없이 자잘하지만 7월경 농익어 가는 여름과 함께 익어 떨어진 열매는 달고 뭉근한 과육의 식감이 일품이다. 이른 봄 4월 초면 주변의 벚나무와 함께 어우러져 피는 꽃은 장관을 이루어 감탄을 멈출 수가 없다.

어진 의사의 대명사

복사꽃, 아기진달래와 함께 고향을 상징하는 꽃나무 뒤에는 살구라는 이름을 갖게 된 끔찍한 유래가 있다. 옛날 동이족이 개를 잡을 때 개의 목을 매달아 죽인 나무라고 살구목(殺狗木)이라 부른 데에서 살구라는 말이 사용되기 시작되었다고 한다. 우리나라 말에 개가 들어가는 말이 많다. '개' 자가 들어간 말들은 대체로 부정적이거나 좋지 않은 의미로 쓰이는 것들이 많은데 "빛 좋은 개살구"라는 속담의 '개살구'도 이에 해당하는 말이다. 한여름 노랗게 잔잔한 솜털을 몸에 두르고 익은 야생 살구는 보기에 먹음직스레 군침이 돌지만 막상 먹어 보면 시고 쓰고 떨떠름한 맛에 얼굴을 찡그리고 퉤퉤 뱉어 버릴 수밖에 없다. 그래서 앞에 개 자를 붙여 '개살구'라 부르게 되었지만 살구라는 말에 이미 개를 의미하는 구(狗)라는 글자가 들어가 있고, 그 앞에 또 개 자가 붙은 것도 모자라 죽인다는 의미의 살(殺) 자까지 겹친 이름이다. 화사한 꽃을 피워 작고 앙증맞은 노란 과실을 맺는 나무치곤 너무 가혹하고 섬뜩한 이름이라는 생각이 든다.

하지만 당나라에서는 눈복숭아라 불리는 살구는 인간과 밀접한 관계를 유지해왔다. 살구씨의 한약 명인 '행인(杏仁)'은 '약방의 감초'와 같이 '약방의 살구'라 불리며 만병통치의 약효를 지닌 약재로 쓰였고, 어진 의사를 일컬어 '행림(杏林)'이라 부르기도 했다.

'행림'이라는 말은 '동선행림(董仙杏林)'이라는 말에서 유래 되었는데, 여기에는 다음과 같은 이야기가 전해지고 있다. 중국 명나라에 동봉(董奉)이라는 의사가 있었다. 그는 환자들을 치료해 주고 병이 나으면 중증 환자에게는 5그루, 경증 환자에게는 1그루씩 살구나무 묘목을 나누어 주어 완치 기념으로 심게 했다. 10여 년 뒤 10만여 그루로 살구나무가 온 고을에 숲을 이루자 그는 곡식 창고를 짓게 했다. 그리고 살구가 필요한 사람은 곡식 한 그릇과 살구 한 그릇의 동일한 양으로 바꾸어 가게 했다. 간혹 곡식을 적게 놓고 살구를 많이 가져가는 사람이 있으면 어디선가 호랑이 3~4마리가 포효하며 달려들었다. 놀란 사람이 살구를 흘리면 호랑이는 그 살구를 주워 갔다. 놀란 사람이 집에 와서 남은 살구를 세어 보면 가져갔던 곡식과 양이 동일했다. 간혹 살구를 더 많이 가져간 사람은 집에까지 호랑이가 따라가 물어뜯어 거의 죽음에 이르게 되었다. 이를 본 식구들이 살구를 더 많이 훔쳐서 그런 줄 알고 살구를 돌려주며 사과하면 초죽음이 되었던 사람이 기적적으로 회생했다. 이렇게 하여 창고에 쌓인 곡식을 동봉은 춘궁기에 어려운 이웃들에게 무료로 나누어 주었다. 사람들은 이 동봉이 나누어준 살구나무 묘목을 심어 만들어진 숲을 '동봉이라는 의사의 살구나무 숲'이라고 '동림행선'이라 불렀고, 이를 줄여서 '행림'이라 했다.

그 후 '진정한 의술을 펼치는 의사'를 '행림'이라 부르게 되었고, 의사를 일컫는 대명사가 되어 의사를 칭할 때 높여 부르는 호칭으로 사용되고 있으며, 한때는 의사협회를 상징하는 문양이 살구꽃 무늬이기도 했다.

장수 비결의 핵심

살구나무는 대륙성 기후를 가진 중국의 서북부가 원산으로, 동아계(東亞系)는 중국, 한반도와 일본에서, 유럽계는 미국과 유럽 전 지역에서 널리 재배되고 튀르키예, 미국, 몰타, 이란, 아르메니아 등이 주요 생산국이다.

살구나무는 낙엽활엽소교목으로 장미목, 장미과, 벚나무속으로 세계적으로 400여 종 이상 분류되는 다양한 품종을 가지고 있으며, 주로 과수와 조경수로 재배되지만 과일 생산과 시장성이 좋지 않아 조경용수 겸용 과수로 제격인 나무로, 키 5~12m, 수관 굵기 직경 40cm 정도로 자란다. 나무껍질은 흑갈색으로 붉은빛이 돌며 어린 가지는 갈색을 띤 자주색으로, 내건조성과 내한성이 강해 영하 30도까지도 견딘다.

재배에는 뿌리가 침수에 취약하므로 배수가 양호한 사질 양토가 적합하고 이식이 쉽다. 이식 적기는 낙엽이 떨어진 가을부터 새싹이 돋기 전의 봄까지이고, 번식은 파종이나 접목으로 한다. 과수 재배 시에는 실생묘나 복숭아, 자두에 접목한 묘목을 주로 쓰며, 전세계에 널리 분포되어 오랜 기간 동안 재배되어 왔지만 야생화가 된 경우는 드물다. 그래서 소교목으로 굵고 큰 나무가 적고 재배목이 많으므로 목재로 이용하는 경우는 드물지만 목질이 단단하여 오랫동안 물에 담가 두었다가 가공하여 목탁, 다듬이 방망이, 가구재 등으로 쓰인다.

종류로는 크게 동아시아계와 유럽계로 나누는데, 동아시아계로는 우리나라 토종으로 과실이 직으니 단맛이 강하고 토질을 가리지 않아 재배가 용이한 떡살구를 비롯해 신사대실, 산형3호를 포함한 병충해에 강하고 가공용으로 적합한 광도대실 등이 대표종이다. 유럽계로는 하코트, 빅헝가리아, 어일오렌지 등이 주요 종으로 동아시아계에 비해 대체적으로 과일 크기가 크고 당도가 높으며 병충해에 강해 생산이 용이한 품종들이 많다.

재배목의 경우 시비할 때 웃자람을 방지하기 위해 가급적 질소질 비료를 피하는 것이 좋다. 열매와 성숙에는 당해년도에 한 시비보다 전년도에 한 시비의 영향을 더 크게 받으므로 거름을 가을에 주는 것보다는 봄에 주는 것이 더 효과적인 나무다.

병충해는 수확기에 회색 곰팡이가 발병하는 회성병, 잎에 작은 병반이 생기며 구멍이 뚫리는 세균성 구멍병, 잎과 가지, 과실 등에 발병하지만 과실에 피해를 더 많이 주는 흑성병 등과 진딧물이 있으므로 방제가 필요한 나무다. 잎은 어긋나기이고, 넓은 타원 모양 혹은 넓은 달걀 모양으로, 표면에 털이 없고 가장자리에 불규칙한 톱니가 있으며 기부와 끝은 뾰족하다. 잎 길이는 5~9cm, 너비는 4~8cm다.

새순의 겨드랑이에 꽃눈이 붙어 겹눈 상태로 2~3개의 꽃눈과 잎눈이 함께 위치하고 있어 해마다 잎눈이 조금씩 자라 나오면서 단과지가 되며, 2년생 결과지에 잎보다 꽃을 먼저 피우고 핵과의 열매를 맺는다.

꽃은 서리에 잘 견디기 때문에 4월 이른 봄에 개화하며, 자가수정을 하므로 한 그루만 심어도 결실을 맺고, 꽃색은 흰색을 띤 분홍색이다. 꽃은 꽃자루가 거의 없고, 크기는 지름 25~35mm이고, 꽃받침은 5개로 뒤로 젖혀져 있으며, 꽃잎은 둥근 모양으로 5개, 수술은 숫자가 많지만 암술은 1개로 개화 기간은 3일 정도로 짧다.

열매는 둥글고 털이 많으며 지름 3cm 정도의 크기로 익기 전에는 녹색이지만 7월경 과육과 씨앗인 핵이 잘 분리되는 황색 또는 황색을 띤 붉은색으로 익는다. 열매에는 비타민A가 다른 과일에 비해 20~30배가 많고 천연 당류가 풍부해 통조림, 잼, 건살구, 넥타 등으로 가공하여 섭취하는데, 특히 건살구의 경우 철분이 풍부해 빈혈과 골다공증 예방에 효과가 좋다.

씨앗은 말려서 가루를 내어 분말을 만들거나 기름을 짜고, 시안화배당체가 많이 함유되어 있어 암 예방 효과가 뛰어나다. 종양 치료제, 강장제, 폐질환, 기관지 천식, 야맹증, 노약자 해수병, 어린이 발육 증진 등에 효과적이다.

예부터 살구나무를 심는 이유는 구황식품으로써 대용하기 위함이었기에 대추, 자두, 복숭아, 밤과 함께 5과(果)에 들었으며, 신석기 시대 유물에서 살구씨가 발견된 것을 보면 사람들과 오래 함께해 온 역사적 과일이지만 대량 소비되는 과일이 아니기에 자가 소비에 딱 맞는 과수종이다.

살구는 예부터 열매 분말로 만든 한방 외용제는 종기, 부스럼 치료는 물론 기미, 주근깨, 피부 색소 침착에 좋고 피부를 윤기 있고 하얗게 한다 하여 화장품 대용으로 궁중 여인들의 피부 가꾸기에 이용되었다. 기록에 의하면 『의방유취』, 『향약집성방』, 『동의보감』, 『본초강목』 등에 200여 종의 한방효과가 전해지고 있는 중요한 치료제였으며, 현대의학에서도 살구에는 아미노산과 불포화지방산이 풍부하고, 레몬산을 함유하고 있어 독성 물질을 제거하며 골다공증을 예방하고, 비타민A, C, E, B가 많아 콜레스트롤 함량을 낮춰 피를 맑게 하고 동맥경화 치료 효과가 탁월하다. 또한 칼슘, 인, 철 등 무기물질 함량이 높아 뼈를 튼튼하게 하고 빈혈 예방, 백내장, 눈 조직 손상 방지 효과가 크고 섬유질이 많아 변비 예방에 좋다고 알려져 있다.

네팔, 티베트의 장수마을에서는 살구 열매 분말로 전을 부쳐 먹고, 평균 수명이 120세로 세계적인 장수마을인 훈자마을과 피지, 라다크의 장수 비결의 핵심에 이 살구 식품이 원인이라는 게 연구로 밝혀지기도 했다.

미인나무

일본에서는 나가노현이 살구 재배지로 잘 알려져 있는데, 집단 재배지가 된 데에는 다음과 같은 이야기가 전해지고 있다. 공주가 나가노현으로 시집을 오면서 고향의 그리움을 달래기 위해 어릴 때부터 좋아했던 고향에서 많이 자라고 꽃이 피는 살구나무 씨앗을 가져와 심었다. 그 후 천식에 걸려 고생하다가 살구씨를 먹고 완치되어 죽을 고비를 넘겼다. 이때 살구의 효능이 알려지면서 너도나도 살구나무를 심기 시작하여 고을 전체로 살구나무가 퍼져나가 나가노현이 살구나무 재배지가 되었다는 이야기다.

중국에서도 조조의 살구나무에 얽힌 이야기가 전해 오고 있다. 조조가 마당에 살구나무 한 그루를 심어 놓고 소중히 가꾸었다. 살구가 열리자 날마다 조금씩 열매가 몇 알씩 줄어들었다. 조조는 살구가 줄어드는 연유를 밝히고자 하인들을 불러 모은 뒤 "수년간 애지중지 가꾸었지만 별로 쓸모가 없는 것 같으니 나무를 베어버리라"고 명했다. 이에 한 하인이 "이 살구나무 열매가 맛이 참으로 있는데 아깝다"고 아뢰자 그 하인을 범인으로 잡게 되었다는 이야기다.

또 살구나무는 과거가 열리는 시점에 개화하기 때문에 '급제화(及第花)'로 불리기도 했다. 하지만 일반인에게는 "큰 살구나무가 있는 집에는 반드시 미인이 있다"는 속담을 가지고 있는 장수나무, 미인나무로 알려졌다. 꽃말이 '아가씨의 수줍음, 처녀의 부끄러움'으로, 분홍색 꽃이 미인과 수줍음을 잘 나타내고 있다.

천연기념물로 지정된 북한 함경도 두만강변 회령의 백살구나무는 '회령 3미(美)'에 해당하는데 백살구의 미(美)인 '행미(杏美)', 회령 자기의 미(美)인 '토미(土美)', 회령 여성의 미(美)인 '여미(女美)'를 일컫는다.

왔다 싶으면 가는 것이 봄이고 피었다 싶으면 지는 것이 꽃이지만 살구꽃은 개화 기간이 특히 짧은 꽃에 속한다. 툇마루에 걸터앉아 바람에 날리는 살구꽃잎을 보며 상상의 나래를 편다. 아지랑이 피듯 몽송몽송 피어나는 나래 속에 북한땅 회령에도 살구꽃 피고 지는 짧은 기간에 따뜻한 봄이 오듯 통일의 훈풍이 하루속히 불었으면 좋겠다. 달려가 귀하디 귀한 백살구나무를 영접하고 빛나는 자기에 비친 아름다운 미인을 만나 보았으면 하는 작은 바람을 살구나무에 덧대어 염원하다 나도 모르게 오는 졸음에 고개를 끄덕인다.

"형님! 아래채 허니 뷰가 완전히 달라졌지요? 우리집에서 봐도 좋지만 저 살구나무가 완전 형님 집을 살려놨당께요."

대구에서 막 도착한 집안 동생이 대문을 들어서며 떠는 너스레에 깜짝 놀라 잠 깬 몸을 추스린다. 환한 살구나무가 한 걸음 성큼 눈앞에 다가와 선다.

나무는
오늘도
사랑을
꿈꾼다

제 2 부

나무답게
사람답게

16

이팝나무

Chionanthus retusus Lindl & paxton

배고픈 영혼들에게

불법 열매 씨앗

"앵 애에에 앵!"

"거기 앞에 가로수 열매 채취하는 분! 지금 즉시 하고 계시는 일 멈추시기 바랍니다. 가로수 불법 열매 채취는 절도에 해당되는 범죄 행위로 국가 재산에 손해를 끼쳐 고발될 수 있습니다."

"앵 앵 애에에 앵!"

"다시 한번 경고합니다. 다시 한번 경고합니다. 가로수 열매 불법 채취는 국가 재산에 대한 절도 행위로 법으로 금지된 범죄이오니 즉시 작업을 중단하시기 바랍니다."

10월이 막바지를 넘어 숨을 헐떡이며 오는 11월을 맞을 준비에 한창일 무렵, 집 앞 큰 도로 이팝나무 열매를 대나무 장대로 두드려 따고 있을 때 구청 단속반이 들이닥쳤다. 도심의 매연과 먼지로 오염된 열매와는 달리 너른 반달형 공원을 끼고도는 한적한 단독 주택지의 굽은 도로에 심어진 나무라 크게 오염이 되지 않았을 거라는 기대로 하얀 꽃이 만발한 5월부터 눈여겨 봐왔던 나무였다. 올 가을엔 열매를 채취해서 술도 담그고 말려서 차도 끓여 먹고 묘판에 뿌려 싹을 틔워 양평 농가주택 진입로에 묘목을 심겠다고 수확할 기회를 노려왔던 터였다. 전날 아침 출근길에 떨어진 진감청색 열매를 보고 오늘이 주말이라 한 손엔 단단히 비닐봉투를 움켜쥐고 나머지 손에는 장대를 들고 작정하고 나섰던 참이다. 신나게 채취하고 있는데 담당 구청 관리 공무원이 스피커를 장착한 더블캡 봉고 트럭을 몰고 나타난 것이다.

"따신 열매는 구청에서 수거하겠습니다. 열매를 구청에서 채취해 묘포장에서 키울 건데 협조해 주시지요."

"네. 알겠습니다. 근데 한 주먹만 갖고 가면 안 될까요? 모종해서 심을 곳이 있어서요."

"……?"

"조금만 주세요. 한 주먹만……예?"

"따신 노고를 생각해서 조금 드릴게요. 필요한 만큼만 챙기시고 모두 반납하세요."

방귀 뀐 놈이 성낸다고 죄를 저질러 놓고도 천연덕스럽고 당당하게 한 줌을 갖겠다고 떼 아닌 떼를 쓰니 고맙게도 그렇게 하란다. 벌을 받지 않는 것만으로도 감사한 일이니 저절로 고개가 숙여졌다.

"감사합니다."

검은 비닐봉투에서 크게 한 움큼을 쥐어 새 봉투로 옮기고는 장대를 질질 끌며 맥 빠진 모습으로 집으로 향했다.

그렇게 얻은 씨앗을 이듬해 봄 화단 언저리에 묻어 50여 그루의 묘목으로 키워 냈고, 10여 년을 넘긴 지금 농가주택 주변으로 여러 그루가 봄이면 흰 꽃무덤을 이루며 황홀한 자태를 뽐내고 있다.

꽃이 많이 피면 풍년이 든다

이팝나무는 나무에 피는 흰 꽃이 쌀밥의 다른 말인 '이밥'을 닮았다고 '이밥나무'라고 불렀다. 전북 지역에서는 24절기 중 여름에 접어드는 입하 절기 즈음에 꽃이 핀다고 입하목(立夏木)이라 불러 '입하나무'

가 변해 '이팝나무'가 되었다고 하는 주장은 전해오는 이야기들을 종합해 볼 때 조금 설득력이 떨어져 보인다.

조선조에는 집권 세력을 중심으로 주로 이(李)씨 성을 가진 부류가 양반들이었다. 하여 양반인 '이씨들이 먹는 쌀밥같이 생긴 꽃이 피는 나무'라고 일반 서민들이 '이(李)밥나무'라 이름 지어 불렀다고도 한다. 이를 보면 이팝나무는 분명 양반들의 나무가 아니라 서민들의 나무라 여겨진다.

성목은 회갈색 껍질이 세로로 갈라지고 어린 가지는 황갈색으로 벗겨지며 잔털이 있는 이팝나무는 용담목, 물푸레나무과, 이팝나무속의 국내에서 자생하는 5대 낙엽활엽교목으로 대륙계 식물이다. 한국, 중국, 태국, 일본 등에 분포하며 지역에 따라 이암나무, 니암나무, 니팝나무, 뻣나무라고도 부르며, 중국어로는 류소수(流蘇樹)라고 부른다. 주로 정원수, 가로수, 풍치수로 학교, 공원, 도로 등에 식재되고 있다. 목재는 땔감용이나 가구재로 쓰이고 목질에서 염료를 추출하기도 한다.

속명 치오난투스(Chionanathus)는 눈(雪)이라는 뜻의 '치온(Chion)'과 꽃이라는 뜻의 '안토스(Antos)'를 합친 말로 '꽃이 흰 눈 같다'는 데에서 유래했다고 한다. 따라서 서양에서는 '꽃이 피면 눈이 내려 쌓인 모양의 나무'라고 '스노우 플라워(Snow flower)'라고 부른다.

꽃은 5~6월에 긴 모양의 흰 꽃이 새 가지의 끝에 달려 20일 정도 핀다. 꽃잎은 밑부분이 합쳐지고 원뿔 모양으로 생긴 취산꽃차례로 화관이 네 갈래로 깊게 갈라져 있고, 갈라진 4개의 꽃받침보다 길다. 한 개의 꽃잎이 여러 개로 갈라진 것을 꽃부리 또는 화관(花冠)이라고 하는데, 이팝나무꽃은 멀리서 보면 봉긋하게 고봉으로 담은 쌀밥 모양이지만 가까이 보면 화관이 바람개비처럼 네 갈래로 갈라져 있다. 수꽃은 수술 2개, 암꽃은 수술 2개에 암술 1개로 이루어진 암수딴그루로 숫나무는 열매를 맺지 않고 암나무만 쥐똥나무 열매보다 큰 타원형 감청색의 열매가 달리는 이가화이면서 양성화이기도 한 성(性)이 복잡하고 특이한 나무다.

이팝나무는 진한 향기를 가진 밀원식물로 잎, 줄기, 꽃, 열매 모두 식용이 가능하며, 특히 열매는 중국이나 일본에서는 차로 음용하지만 우리나라에서는 주로 약용으로 쓰인다.

남부 지방의 평야지대나 농경지가 발달한 곳에 많이 자라는데 "꽃이 많이 피면 풍년이 들고 그렇지 않으면 가뭄이 든다"고 했다. 예부터 농사일과 관련된 기상(氣象)을 점쳐 미리 알려 준다고 신목(神木)으로 여겼다. 지금은 조경수로 재배되어 가로수나 공원 등에서 기후 변화의 영향으로 중부 이북의 수도권에서도 흔히 볼 수 있는 나무가 되었다. 공해와 병충해에 강하고 습한 곳에서도 잘 자라기 때문에 꽃이 풍성하게 피는 나무 주변은 토질이 적윤하고 비옥하다.

하지만 이팝나무는 겉으로 보기에는 튼튼한 나무로 보이지만 특이하게도 풍수해에는 취약한 나무다. 따라서 태풍이나 강풍이 불거나 폭설이 내리면 나뭇결 방향으로 가지가 갈라지거나 부러져 피해를 입기 쉬우므로 주로 꽃이 개화하기 전인 4월 경에 전지 전정을 실시한다. 따라서 태풍이나 폭설에 대비해 가지치기가 필요한 손이 많이 가는 나무이므로 피해 방지를 위해 거주지 근처에서 떨어진 안전 거리가 확보된 곳에 크기를 고려하여 간격 3~4m 정도로 띄어 심는 것이 좋다.

보통 키는 20~30m로 곧게 자라며, 수명이 250~600년으로 알려져 장수목은 아니다. 이것은 인공으로 식재한 나무는 자연적으로 나고 자란 나무에 비해 큰 나무를 잘 볼 수 없기 때문이다.

하지만 꽃이 피는 나무로서는 드물게 천연기념물로 지정된 숫자는 많은 편이다. 다른 지정목에 비해서는 크기가 작은 편인 전북 고창 중산리의 이팝나무를 비롯해 순천 평중리, 김해 천곡리, 광양읍수와 이팝나무, 양산 신전리, 김해 신천리와 진안 마령리에 있는 이팝나무 등이 이에 해당한다. 또한 나주 용곡리, 함평 양재리, 장승포 덕포리의 이팝나무들은 도지정기념물로 이름을 올린 나무들이다.

아기를 살리는 나무

진안군 마령면 평지리 마령초등학교 정문 안에 양쪽으로 서 있는 7그루의 천연기념물로 지정된 이팝나무 군락에는 마을 사람들이 '아기사리'라고 부르게 된 슬픈 전설이 전해오고 있다.

지금으로부터 약 300여 년 전 마령 들판에 가뭄으로 인한 극심한 흉년이 들어 먹지를 못해 나오지 않는 엄마 젖을 빨다가 굶어 죽은 아이가 있었는데, 아버지가 지게로 지고 와서 이곳에 묻고는 굶어 죽은 아이가 불쌍해 꽃이 쌀밥처럼 보이는 이팝나무를 심어 주며 저승에서라도 실컷 배부르게 먹으라고 빌어 주었다. 그 후 마을 사람들은 '아기가 먹는 쌀' 같다고 '아기쌀'이라고 불렀는데 '아기쌀'이 변해 '아기사리'가 되었다는 설과 '아기를 살리는 나무'의 '아기살리'가 '아기사리'로 되었다는 이야기가 전해지고 있다. 세월이 흘러 초등학교가 설

립되면서 대부분의 나무가 잘려 나가고 지금은 7그루만이 지정 보호
수로 남아 있다.

이팝나무의 꽃말은 '사랑, 영원한 사랑, 자기 향상'이다. 10월에 결
실하는 열매에는 프리페놀 화합물이 함유되어 있어 항산화작용과 활
성산소 조절, 노화 방지, 강장 효과가 있고 위를 튼튼하게 하며 뇌 기
능 활성화에 효험이 크다.

한방명으로 '탄율수(炭栗樹)'라고 부르는 이팝나무의 열매는 가을에
채취하여 건조시켜 사용하는 열매에 중풍, 기력 저하, 치매, 기침, 말
라리아 치료와 가래를 줄여주는 약효가 있다. 『본초도감』에는 "기력
감퇴로 생기는 수족 마비에 효과가 있다"고 기록되어 있다. 또한 열매
를 말려 달여 마시거나 담금주로 만들어 음용하면 여성은 흥분제로,
남성은 성 증진제로 효과가 좋다고 알려져 있다. 비타민과 미네랄 성
분의 함량이 많아 심혈관 질환 개선, 기력 향상, 이뇨 작용, 지사, 해열
작용에 좋다.

다행히 이팝나무는 섭취시 특별한 부작용은 없는 것으로 알려져
있다. 자연에 있는 모든 식물들은 바로 알고 먹으면 약재가 되지만 무
분별한 사용은 독초가 되니 음용에 주의를 기울여야 할 것이다. 하지
만 어린잎은 나물로 데쳐 먹고 말린 잎은 차로 음용하기도 한다. 많이

섭취하면 설사를 유발하기 때문에 소화력이 약한 사람은 조심해서 섭취할 필요가 있다.

어린이 손바닥 크기 정도의 잎은 넓은 난형 또는 타원형으로 양쪽 끝이 뾰족하며 마주나기를 하는데 윗표면 주맥에 털이 있는 것이 많고 뒷면 주맥 아랫부분에 연한 갈색 털이 있으며 잎의 가장자리는 밋밋하거나 겹톱니 모양이다. 잎이 피침형이고 꽃잎의 너비가 1~1.5mm 정도인 것을 긴잎이팝나무라 부른다.

이팝나무는 농경사회에서 춘궁기의 배고픔이 내포된 가슴 저린 슬픔이 배어 있는 이름이다. 따라서 이름에 얽힌 이야기 대부분이 모두 꽃에 빗댄 흰쌀밥과 연관이 있다.

경상도의 한 마을에 가난한 집에서 태어나 16세에 부잣집으로 시집와서 시어머니의 모진 구박을 견뎌내고 순종하며 살던 착한 며느리가 있었다. 제삿날이 되어 시어머니가 내어준 쌀로 제삿밥을 짓게 되었는데 가난한 친정에서 쌀밥은 구경도 못 하고 자라 쌀로 멧밥을 짓는 일이 처음이었다. 시어머니에게 제삿밥을 잘못 지었다고 혼이 날까봐 뜸이 잘 들었는지 확인하려고 솥뚜껑을 열고 밥알 몇 알을 떼어서 맛을 보다가 문틈으로 행동을 감시하던 시어머니에게 들키게 되었다. 멧밥을 몰래 먹었다고 시어머니에게 심하게 닦달당하고 구박받았는데, 며칠을 참던 며느리는 모진 학대를 견디지 못하고 몰래 뒷동산에 올라가 목을 매어 죽었다. 이듬해 봄이 오자 한 많은 며느리가 잠든 산소에서 이름 모를 나무가 자라나 쌀밥을 닮은 흰 꽃을 가득 피웠다. 동네 사람들은 이후 한이 맺힌 며느리의 넋을 기리며 멧밥처럼 생긴 꽃을 피우는 나무를 '메밥나무'라 불렀는데 경상도 사투리로 '멧밥'을 '밋밥'이라 발음하므로 멧밥나무→밋밥나무→미빱나무→이빱나무→이팝나무로 변화하여 이팝나무로 부르게 되었다는 이야기다.

요즘이야 쌀이 남아도는 세상이 되었지만 불과 삼사십 년 전만 해도 부족한 주식인 쌀을 잡곡 등으로 대체하느라 혼식 장려 운동을 실시했다. 학교에서도 도시락 검사를 실시하여 위반하면 선생님에게 손바닥 매를 맞던 시절이 있었다. 비료 보급과 품종 개량으로 미곡의 소출이 증가하고 먹거리가 풍부해지고 다양해지면서 쌀 섭취량도 현격히 줄어 이제는 쌀이 자급자족을 넘어 오히려 쌀밥이 건강을 해치는 주범으로 낙인찍힌 세상이 되었으니 참으로 격세지감이 든다. 그래도 식욕은 타고난 3대 기본 욕구 중 하나라 맛난 것을 먹는 행복감은 배고프던 시절이나 배부른 시절이나 크게 달라지지 않은 것 같다.

불과 얼마 전만 해도 하얀 꽃이 흰쌀밥으로 보일 만큼 먹고사는 일이 최우선이던 험난한 시절이었다. 오늘은 먹기 위해 사는 놈처럼 오구오구 하얀 햇쌀밥을 목구멍 속으로 우겨 넣어 본다.

흰솜털 구름이 높은 하늘에 깔렸다. 이팝나무 그늘에 평상을 깔고 누우니 가지에 솜털 구름이 내려앉는다. 켜켜이 몽실몽실 내려앉은 구름이 환하게 핀 이팝꽃을 닮았다. 배를 두드리니 둥둥 북소리가 난다. 북소리를 타고 배곯은 영혼들이 하늘로 날아오른다. 거기에는 구박받은 며느리도 있고 배고파 울 힘도 없는 갓난아기도 있다.

<u>17</u>

두충나무

Eucommia uimoides

가보지 않은 길을 간다는 것

효심으로 자란 나무

앞산 밭에 나무를 심었다. 노쇠한 부모님께 농사일 좀 줄이고 쉬엄쉬엄 소일거리 삼아 운동하는 것처럼 일하라고 닦달한 지 5년 뒤의 일이다. 농토를 어찌 묵히냐며 고집을 피우길래 먼 산비탈에 붙어 산짐승 피해가 심한 굴배기와 학당 밭에 느티나무를 먼저 심었다. 한 해를 넘기고 부모님은 남이 묵힌 쪽밭까지 괭이와 호미로 일구어 터전을 넓혔다.

"제발 좀 그만하시라꼬! 소출도 안 나는 거 고생만 한다고요. 못 먹고 못사는 것도 아니고 자식들 욕 먹이는 일이니 제발 좀 접으세요."

"그래도 노는 땅에 파 뿌리라도 심응께 된장찌개라도 끌이 묵제. 촌에서 그렁 거 다 사 물라카마 돈이 썩어나도 몬 당한다."

"다 쓸데없는 욕심이라니까요. 뒷밭만 해도 이것저것 오만가지 다 심고도 남겠구마."

"촌에 살아 봐라. 그기 맘대로 되능가."

"정말 무슨 수를 내든지 해야지! 늙어 가꼬 고생을 와 사서 합니까?"

"알았다. 올해마 하고 고마하꾸마."

해를 넘겨 가장 가까이에 있는 가래진 밭 하나만 남기고 몽땅 나무를 심었다. 두어 뙤기는 느티나무를 심고 나머지는 회화나무를 심었다. 묘목을 구입하러 묘포 장에 갔더니 덤으로 두충나무 묘목 세 다발을 주었다. 요즘 핫한 인기종이라나 뭐라나. 수년이 지나면 소득이 쏠쏠할 거라며 여분 땅이 있으면 심어 보라며 나중에 술 사 들고 인사나 오란다.

"감사해요. 근데 약나무를 키우려면 손이 많이 가는 거 아닌가요? 직접 키우는 것도 아니고 시골 부모님 일 못하게 하려고 이 나무들도 심는 건데……."

"걱정 안 해도 됩니다. 심어 두기만 하면 손 볼 것도 없고 이만큼 굵게 되면 껍질 벗겨 말려서 팔기만 하면 돼요."

두 손의 엄지와 검지를 펼쳐 맞대 굵기를 가늠해 보이면서 묘목상이 너스레를 떨었다.

그렇게 느티와 회화나무 묘목에 덤으로 따라온 두충나무를 비탈진 밭둑에 숫자대로 촘촘히 열 지어 심었다. 따로 손질도 해주지 않고 던져두고는 30여 년이 훌쩍 넘었다. 굵기가 넉넉잡아 직경 30cm는 될 만큼 왕성하게 자라 있었다. 한 그루 묘목에서 곁가지가 너덧 개씩 나고 자라 다간목으로 서로 엉겨 몸을 비집고 들어갈 수도 없을 정도로 밀림을 이루었다.

자웅이가화

가리아목, 두충과, 두충속의 낙엽활엽교목인 두충나무는 세계적으로 1과 1속 1종의 귀한 나무다. 중국 중서 지방에서 자생하는 나무이지만 지금은 야생목이 멸종 상태로 약재용으로 두루 재배하고 있다. 요즘엔 풍치수, 조경수, 공원수로도 간간이 심는다. 병충해에 강하지만 갈색무늬병, 모잘록병, 탄저병과 선충에 피해를 입기도 한다.

약재로 쓰이는 나무껍질은 수령 10년 정도면 매년 수확이 가능하고, 갈색을 띠는 회백색으로 군데군데 둥근 흰색 무늬가 있으며, 줄기는 다간으로 곧게 자라며 초겨울까지 푸른 잎을 무성하게 유지하는 특징이 있다.

유사종으로 화두충사철나무, 대만두충나무 외에 20여 종이 있다. 잎과 열매, 나무껍질에는 2~7% 정도의 쿠타페르카(Gutta precha) 성분이 함유되어 있어서 자르면 끈적끈적한 점액질의 실이 나온다. 이것은 60도 이상에서는 연화되지만 상온에서 경화되는 경질 고무수지로 껌 만드는 원료로 사용되는 천연수지다. 온대 지방에서 자라는 나무 중 쿠타페르카가 나오는 나무는 두충나무가 유일한 수종으로 속명 'Eucommia'는 '진짜 고무질'이라는 뜻이다. 다른 이름으로는 사선목(思仙木), 석사선(石思仙), 사중(思仲), 귀선목, 들중나무, 목면(木棉)이라 부르기도 하는데, 여기에서 '목면'은 두충나무의 껍질을 채취하면 속껍질에서 목화실 같은 은실이 있다는 데에서 유래되었다고 한다.

한방에서는 4월 상순부터 6월 중순 사이에 껍질을 벗겨 건조시킨 것을 사면피(思棉皮), 두충(杜沖), 당두충(唐杜沖)이라 부른다. 중국에서는 두충(杜沖)으로, 한국에서는 두중(杜仲)으로 표기한다. 독성이 낮고 관절염, 류머티즘, 진통제 등에 효험이 있어 껍질은 물론 잎과 열매 씨앗,

뿌리 등을 모두 이용하므로 버릴 것이 없는 나무다.

두충나무라는 이름은 『의학입문』에 따르면 "성이 두(杜)이고 이름이 중(仲)인 사람이 허리가 아파 이것을 먹고 나았다고 붙여진 이름이 두충이다"라고 소개되어 있다. 『본초강목』에는 "옛날 성이 두(杜)이고 이름이 중(仲)인 사람이 이 나무의 껍질과 잎을 차로 다려 먹고 도(道)를 통했다고 하여 그 사람의 성과 이름을 따서 '두중(杜仲)'이라 부르게 되었으며 허리와 무릎 통증 치료, 정력제로 쓴다"고 기록되어 있다. 『동의보감』에는 이름에 대한 유래는 없고 약효만 기록되어 있는데 "소변에 문제가 있으면 두충나무를 쓴다"고 한다.

중국에서는 3,000년 전부터 귀한 약재로 쓰였으며, 특히 어린잎을 '면아'라고 부르며 당뇨병, 각기병, 허약 체질, 간경화, 간장염, 기관지 천식, 전신 마비, 척추 디스크, 독극물 중독, 두통, 고혈압, 골다공증, 하체 무력감, 생식 기능 감퇴, 어지럼증, 소변 자주 마려운 것을 치료하고 성장을 촉진하는 것 외에 항암 효과가 있어 불로장생의 귀한 약재로 대접받았다.

잎은 어긋나기로 타원형이며 끝이 좁아져 뾰족하다. 길이 5~16cm, 너비 2~7cm로 잎맥 위에 잔털이 있고 가장자리가 톱니 모양이다. 잎자루는 길이가 1cm 정도이고 잔털이 있다. 잎을 찢으면 진액이 나오므로 찢어서 진액으로 찢은 잎을 떨어뜨리지 않고 누가 더 오래 버티는지 겨루는 놀이를 하기도 한다. 영문명 'Hardy Rubber Tree'는 바로 이 고무나무 점액질인 쿠타페르카 성분이 있어서 붙여진 이름이다.

우리나라에는 1928년 중국으로부터 들여와 홍릉숲에 처음 식재했는데 환경에 잘 적응했으며, 1980년대에 약효가 알려지면서 전국적으로 확산 재배되어 지금은 성목이 많다. 우리나라에서는 강진 다산 초당 가는 길 주변과 원적산 공원, 고덕 수변 공원의 두충나무 숲이 대표적으로 알려져 있다. 북한의 평양 대성동 대성산에는 두 그루의 두충나무가 천연기념물로 지정 보호되고 있는데 이 나무는 1963년도에 5년생 묘목을 심은 것으로 수령은 얼마 되지 않았으나 한반도 가장 북쪽에 생육하는 나무다. 두 그루 모두 수나무라 번식이 되지 않는 것으로 알려져 있다.

두충나무는 수나무에서 꽃이 피고 암나무에서 열매를 맺는 자웅이가화(암수딴그루)이다. 꽃은 4~5월에 피고 열매는 날개가 달린 익과(翼果) 또는 시과(翅果)로 분류하며 10월에 익는다. 어린 열매는 연두색인데 익으면 갈색으로 변하고, 편평한 긴 타원형의 길이 3cm 정도의 날개 중앙에 1개의 씨앗을 품고 있다.

꽃은 뚜껑이 없고 새 가지 끝에 달려 피는데 수꽃은 꽃자루와 4~10개의 수술과 6~10개의 암술이 있고, 암꽃은 1개의 암술에 짧은 꽃자루가 있다. 수꽃은 차로 음용하며 녹차보다 비타민C 함유량이 많아 내장 지방을 분해하고 연소시켜 비만 방지에 효과가 있다고 알려져 있다.

두충나무는 키가 20m 정도, 직경 40cm 정도로 자라며, 가구재, 조각재, 완구재로 쓰이며 옛날에는 나막신을 만드는 재료로 쓰이기도 했다. 나무껍질의 맛은 달고 약간 매운맛이 느껴지며 성질은 따뜻하고, 꽃과 열매는 맛이 쌉쌀하고 떫다.

시간의 맛

30여 년 전 큰 경제 효과가 있는 나무라고 얻어다 심은 두충나무가 그동안 소득 증대에는 전혀 기여하지 못하고 앞산 밭둑을 온통 두충나무 숲으로 만들었다. 본밭에 심은 느티나무와 회화나무의 성장이 그늘과 가지를 늘어뜨려 방해했지만 성목을 보는 지금 마음은 뿌듯하다.

누군가는 길이 아닌 곳을 가며 새로운 길을 개척하지만 누군가는 잘 닦여진 길을 가면서도 불안해하며 길이 맞는지 묻는 사람도 있다. 두충나무를 심고 아무런 소득을 얻지 못한 채 강산이 세 번 바뀌고도 남을 세월인 30여 년을 허투루 보냈지만 연로한 부모님 편히 지내시게 했다는 생각에 위안을 받는다.

나야 들인 돈 없이 얻어다 심은 나무지만 당시엔 경제성을 생각해 투자로 심은 사람들이 많았을 터이다. 지금껏 두충나무를 심고 가꾸어 크게 성공했다는 이야기는 들어보지 못했지만 나름 어딘가엔 꿈을 이룬 사람이 분명 있을 것이다. 가보지 않은 길을 간다는 것이 얼마나 힘들고 불확실한 것인지를 새삼 깨닫는다. 하지만 새롭게 도전하고 부딪치지 않는다면 세상을 사는 삶이 너무 밋밋하지 않을까. 개척은 항상 힘들지만 이루고 나면 보람과 성취감은 큰 법이다.

다산 초당가의 길섶 두충나무도 심을 당시에는 원대한 꿈과 희망의 메시지를 가지고 첫 발걸음을 내디뎠을 것이다. 녹록지 않은 판로에 투자한 시간과 돈과 노력의 보상을 제대로 받지 못했다고 생각할지도 모르지만 대한민국 최고의 두충나무 숲이 되었으니 찾는 이들의 발걸음이 끊이지 않는 것만으로도 성공한 것 아닐까.

뿌리에서 잎까지 약재목으로서는 버릴 것 하나 없는 두충나무이지만, 죽어서 인간의 육체를 강건하게 만드는 것보다 생명을 부지하며 인간에게 정신적 풍요와 깨끗한 환경, 정서에 보탬을 주는 두충나무가 오히려 더 나은 것 같다.

조급하게 서두르면 될 일도 안 된다는 사실을 두충나무를 보며 새삼 생각해 본다. 아무도 거들떠보지 않는 것도 시간이 지나면 가치를 드러낸다.

18

가중나무

Ailanthus altissima swingle

쓸모없는 나무는 없다

가죽나물 무침

서울에 친척 혼사가 있어 들렀다가 고모를 만났다. 고모는 딸 집에 들른 후 내려갈 거라고 했다. 딸이 어디사냐고 물으니 마침 우리 집 근처였다. 고종사촌 여동생이 고향을 떠나 서울로 시집와서 새 터전을 잡은 곳이 내가 사는 동네였다. 동생은 결혼하기 전 대구에서 나고 자라 자주 만나지 못했고, 나이 차이도 많아 그리 진한 정을 나눈 사이도 아니었다. 서로 연락하거나 안부를 묻고 지내지 않았기에 연락처도 몰랐고, 같은 동네에 신혼집을 구해 사는 것도 알지 못했다.

이 일을 계기로 고종사촌 동생네와 다시 끈이 이어져 한동네에서 도란도란 지내게 되었다. 어느 주말 동생은 우리 내외를 저녁식사에 초대했다. 6시까지 오라는 걸 아내가 이왕 가는 거 좀 일찍 가자고 해서 5시 30분경에 출발해 도착했더니 아직 준비에 여념이 없었다. 이야기를 들어보니 아침부터 준비했다는데 차려놓은 것은 고작 가죽나물 무침 한 가지였다. 고모에게 내가 가죽나물을 좋아한다는 이야기를 듣고 준비한 특별 메뉴란다. 하지만 동생은 손님을 치른 경험도 없고 신혼이라 음식 만들기에도 서툴렀다. 뭐부터 해야 할지 모르고 마음만 붕 떠 있었던 것이다.

아내가 팔을 걷고 나서서 실력을 발휘했다. 8대 종손 며느리로 제사와 명절 음식은 물론 발이 넓은 남편 손님 접대로 이력이 나 있는 아내는 일사천리로 지지고 볶고 끓이고 삶고 튀기고 무쳐서 후딱 한 상이 차려졌다. 그 일 이후 동생은 가죽나물의 대명사가 되었고, 만나기만 하면 아직도 그 이야기로 웃음보가 터진다.

봄이면 참죽나무의 새순을 따서 무치거나 찹쌀풀을 끓이고 고춧가루를 섞어서 발라 말렸다가 튀겨서 부각으로 먹기도 한다. 우리 고향에서는 '참죽나물'을 보통 '가죽나물', '참가죽나물' 또는 '가죽'이라고 부른다. 우리집에는 참죽나무가 없어서 다른 집의 가죽나물을 얻어야 먹을 수 있는 귀한 나물이었다. 그래서 더 좋아하게 되었는지도 모른다. 정초가 되면 먼데에 있는 청암사나 수도사에 엄마를 따라 정초 발원 기도차 동행하곤 했는데 공양 때 내어 주는 가죽 부각을 먹기 위해 해가 바뀔 때면 기대로 부풀었다.

봄철 동창체육대회 시즌이면 고향에는 참죽 새순이 한창일 때다. 내가 워낙 가죽나물을 좋아하는 걸 아는 친구는 매년 참죽 새순 몇 다발을 택배로 보내주곤 해서 생으로 무쳐 먹고 일부는 장아찌로 담가 일년내내 밑반찬으로 먹는다. 고모 내외가 집에 들렀을 때 친구가 보내준 그 가죽나물로 담근 장아찌를 찬으로 내었는데 맛있게 잘 먹는 나를 보고 고모가 동생에게 내가 가죽나물을 좋아한다고 귀띔을 했다는 것이다. 그래서 동생은 마침 이른 봄이라 온 시장을 뒤져서 가죽나물을 찾아 오빠가 좋아하는 반찬을 하겠다고 애를 썼다. 일상에서 오간 대화를 잊지 않고 챙겨 주는 마음이 고마웠다. 고향 경상도에서야 흔한 나물이지만 수도권에서는 찾아보기 어려운 귀한 나물이기에 온 시장을 찾아 헤맸을 동생을 생각하니 그 정성이 기특하고 갸륵한 마음에 가슴 한구석이 따뜻해진다.

개가죽나무

　서울 생활을 시작하고 조경 회사로 이직한 뒤 견적서를 꾸미며 '가중나무'라는 이름을 처음으로 접했다. 고향에서 통상 '가죽나무'라 일컫는 나무를 가중나무로 잘못 표기한 것은 아닐까 생각했다. 처음 조경 쪽에 발을 디뎌 나무에 대해 거의 문외한이었던 초년 시절이다 보니 궁금한 것이 한두 가지가 아니었다. 나중에 알고 보니 가중나무는 고향에서 '개가죽나무'로 부르는 나무였다. 반포 지역 가로수로 심겨 있어서 신기하기도 했고, 조경용수 일람이나 가격 안내에 소개되어 있는 것을 접할 때면 이게 그 나무구나 싶어 내심 반갑기도 했다.

　가중나무는 키 25m, 직경 50cm로 속성으로 자라고, 양수지만 반음지에서도 어느 정도 잘 자라며 내한성이 강하다. 어린 가지는 회갈색 껍질의 줄기가 밋밋하지만, 나이 많은 나무에서는 세로로 얕은 갈라짐이 생긴다. 목재는 가구재, 기구재, 농기구재 등으로 쓰이기도 하지만 세상에서 쓸모없는 대표적인 목재 중의 하나라고 할 수 있다.

　수명은 50년 정도로 짧지만 '구름을 깨는 나무' 또는 '하늘 높은 줄 모르는 나무'라는 별칭이 있을 정도로 속성수이다. 양수이기에 반음지나 음지에서는 주변의 음수들 수세에 밀리며 자라 문제가 없지만 넓은 개활지에서는 왕성한 성장과 번식으로 서식지에서 환경문제를 일으키기도 한다. 염해와 곤충이나 질병에 강해 도시 지역이나 해변에서도 잘 자라며, 맹아력이 좋고, 특히 척박한 토양에서도 왕성한 성장력을 보여 건물 틈 사이에서 발아해 자란다. 구조물에 피해를 주기도 하지만 잎은 가죽나무 사료로 쓰인다. 공해와 대기오염에 강해 한때 가로수로 식재하기도 했으나 이식에 취약하고 수꽃에서 유발되는 악취로 인해 식재를 꺼리게 되었다. 다행히 암꽃에서는 악취가 나지 않으므로 도시의 가로수로 심으려면 암꽃만을 선택해서 심어야 할 것이다. 한방에서는 이질, 치질, 장풍(腸風)에 열매를 사용하며, 민간요법에서는 뿌리를 진하게 달여 이질, 혈변, 위궤양에 복용하면 효과가 있다고 전해진다.

가중나무와 비슷하게 생긴 참죽나무는 중국이 원산으로 신라시대에서 고려시대 말기 사이에 우리나라에 전래되었다고 알려져 있다. 전국의 해발 100~500m의 주로 절이나 집 주변 울타리에 식재되어 분포하는 쥐손이풀목, 멀구슬나무과, 참죽나무속에 속하는 나무다. 가중나무의 원산지도 중국으로 같으나 한국, 중국, 일본, 유럽 등지에 분포한다. 우리나라에는 고려 말부터 조선시대에 전래된 것으로 보이는데 무환자나무목, 소태나무과, 가죽나무속의 완전히 다른 종의 나무다. 하지만 두 나무 모두 낙엽활엽교목으로 번식은 실생으로 3~4월에 춘파하거나 10~11월에 추파하며, 꺾꽂이, 삽목으로도 번식이 가능하다. 겉보기엔 잎의 모양이나 형상이 서로 비슷해서 착각이 이는 나무지만 자세히 관찰해보면 분명 차이점을 구별할 수 있다. 참죽은 식용으로 섭취할 수 있지만 가중은 독성이 있어 식용이 불가능하다. 하지만 경상도 산골 지역 일부에서는 드물게 이 '개가죽'으로 불리는 가중나무 순을 따서 찌고 삶고 말리기를 수차례에 걸쳐 반복하는 이독제독(利毒制毒)의 이치로 독을 제거해 나물로 먹는 곳도 있다고 한다.

참죽나무는 극양수로 공해에 강하지만 내음성과 내한성이 약하고, 목질이 단단하고 붉어 악기 재료와 전기 기타의 본체를 만드는 데에 사용되며, 마호가니목 대체목으로 가구재, 건축재로 쓰인다. 관상용으로 정원수, 공원수는 물론 식용나물 채취를 위한 소득 작물로도 재배한다.

키 20~30m, 직경 70cm 정도로 자라는데, 토심이 깊은 적윤 비옥한 사질 양토에서 잘 자라는 속성수이며, 나무껍질은 갈색이다. 어린 가지의 표면은 황갈색 또는 적갈색으로 매끈하게 털이 없는 것도 있으며, 성목이 되면 표피가 비늘 모양으로 갈라진다. 국내에는 전주 한옥마을 경기전 돌담에 위치한 수령 약 400년생의 보호수로 지정되어 관리되고 있는 나무가 참죽나무로는 가장 큰 나무로 알려져 있다.

참죽나무의 영어명은 'Chinese Mahogany', 'Chinese Toon', 'Red Toon' 등으로 원산지인 중국과 목질의 색상이 관련된 어원이 보인다. 반면 가중나무의 영어명은 'Tree of heaven'으로 '천국의 나무'라는 뜻이다. 인도네시아 원주민인 'Ambonese' 족이 키가 커서 '하늘에 닿는 나무'라고 원어민 말로 '천국의 나무'라고 부르던 나무가 있었는데, 미국에 가중나무를 팔 때 식물 회사가 의도적으로 이 이름을 빌려와 붙였다고 알려져 있다.

무용지용

중국에서는 가중나무를 목재로 쓸모가 적고 가치가 없어 베어지지 않아 장수를 누리는 나무라고 '저수(樗樹)' 또는 '저(樗)'로 칭한다. 장자(莊子)와 혜자(惠子)가 나눈 대화에 "크기만 하고 쓸모없는 나무가 바로 저수"라는 말이 나온다. 그 이야기는 다음과 같다.

혜자가 장자에게 말했다.

"우리집에 큰 나무가 있는데 모두가 가중나무라 한다. 그런데 이나무는 밑동이 울퉁불퉁해서 먹줄을 치고 목재를 다듬기가 곤란하고 가지는 구불구불하게 굽어서 목수들이 자를 대지 못한다. 그래서 길섶에 서 있지만 목수들이 거들떠보지도 않는 나무다. 지금 장자 당신이 대단한 사람인 것처럼 말하지만 당신 말은 이 나무처럼 쓸모가 없다. 그래서 모든 사람들이 당신 말을 귀담아듣지 않고 버리고 있다"

그러자 장자가 이렇게 대답했다.

"지금 혜자 당신이 큰 나무를 가지고 있다고 했지만 그 나무를 어떤 넓은 곳에 심었다면 나무 아래에 사람들이 누워도 좋고, 잠을 자도 좋았을 것인데 왜 그렇게 하지 않았는가? 그렇게 했으면 세상 사람들의 간섭도 없고 대자연을 상대로 높은 정서와 교양을 기를 수 있었지 않았겠느냐?"

장자는 쓸모 있음과 쓸모 없음의 기준에 자신을 맞출 필요가 없다며 무용지용(無用之用)을 말했다.

이외에 참죽나무와 가죽나무의 생김새가 유사하여 여러 재미있는 이야기들이 전해진다.

참죽나무는 새순과 새잎을 죽순처럼 먹을 수 있다고 '대나무 죽(竹)' 자를 써서 '진짜 죽나무'라는 뜻이며, 가죽나무는 식용이 불가하여 참죽나무와 구별하기 위해 '가짜 죽나무'라는 뜻을 가지고 있다. 또 사찰에서 참죽나무 새순과 새잎을 스님들이 즐기는 음식 재료로 많이 썼다고 '중나무'로 불렀는데, 여기에서 참죽나무는 한자로 표기해 '진짜 중나무'라고 '진승목(眞僧木)', 가죽나무는 '가짜 중나무'라는 뜻의 '가승목(假僧木)'이라고 부르게 되었다는 설이다.

불교가 전래되면서 사찰에서 식용을 목적으로 중국으로부터 도입 식재되어 절에서 민가로 퍼진 것으로 추정되는 참죽나무는 중국어로 '향춘(香椿)'으로 통칭되지만 지역에 따라 '춘(椿)'이라고도 한다. 우리말로 읽으면 춘나무, 즉 옛말로 튱나모로 발음이 되므로 튱나모→튝나모→츅나모→축나무→죽나무로 변천된 것 같다. 또, 죽나무로 불리다가 앞에 진짜 죽나무라고 '참' 자가 붙어 참죽나무로 불리게 된 것은 늦게 도입된 죽나무와 구별하기 위해서라는 설도 있다. 늦게 도입된 죽나무 앞에는 가짜 죽나무라고 '거짓 가(假)' 자가 붙어 가죽나무(가죽나무)가 되었다.

『훈몽자회』에 참죽나무(椿)는 '튱나모 츈'으로, 가죽나무(樗)는 '개듕나모 뎌'로 표기되어 있으며, 조선조 『사성통해』에도 '椿'이 '튱나모'로 표기되어 있다.

전라도 지방에서는 참가죽나무를 '쭉나무', '쫑나무'로 부르는데, '쫑나무'는 '쭉나무'를 소리나는 대로 표기한 것으로 보이며, 충청도 지방에서는 나물로 먹는 참죽나무의 새순에 초점이 맞춰진 듯한 이름인 '죽순나무'로 불린다. 경상도 지방에서는 '까죽나무', '가죽나무'로 불리지만 '까죽나무'는 '가죽나무'의 경상도식 된발음에 연유된 것으로 보인다. 이외에도 지역에 따라 참중나무, 죽나무, 중나무 등으로 부르는 곳도 있다. 변종으로 붉은가죽나무가 있고, '참죽'을 '가죽'으로 부르는 곳이 많기 때문에 이 두 나무의 이름이 조금 혼돈스럽긴 하다.

참죽나무와 가중나무의 구별법

참죽나무와 가중나무의 구별법은 대개 다음과 같지만 모두가 이렇지는 않다. 참죽은 작은 겹잎의 수가 합이 짝수로 우수우상복엽이므로 잎자루에 붙은 작은 잎이 짝수이면 참죽나무이고, 홀수이면 가중나무다. 꽃과 열매도 참죽은 꽃대가 엉성하게 늘어지지만, 가중은 위쪽으로 방사선 형태로 뻗어난다.

참죽나무 잎은 어긋나기 깃꼴겹잎으로 끝이 뾰족하고 큰 잎과 작은 잎으로 구성되어 있다. 잎의 길이는 50~70cm, 너비는 30~40cm인 큰 잎 1개에 10~40개의 작은 잎이 달려 있다. 작은 잎은 피침 또는 긴 타원형으로 크기는 길이 9~15cm, 너비 2.5~4cm이며 가장자리에 약한 톱니 모양이 있다.

참죽나무는 4월 중순에서 5월 중순에 걸쳐 처음 나오는 새순으로 1차, 꺾은 후 다시 나오는 순으로 2차, 이렇게 두 차례로 나누어 채취가 가능한 나물로 자줏빛이 나는 것이 녹색빛 나는 것보다 맛이 좋다. 또한 휘발성 유기화합물을 함유하고 있어서 참기름같이 고소하면서도 역한 양파 냄새가 섞인 향이 강한 향신식물로 사람에 따라 호불호가 갈린다.

특히 참죽나물은 자체적으로 열이 많아 금세 시들고 마르므로 신선도 유지를 위해서는 반드시 냉장 보관하거나 얼음을 채운 보온통에 담아 두는 것이 좋다. 연엽채(軟葉菜), 춘엽채(椿葉菜)로도 불리는 참죽나물은 주로 무침, 튀김, 전, 쌈, 장아찌, 부각 등으로 요리해서 먹는다. 특히 자반 부각은 끓인 찹쌀풀에 고춧가루를 풀어 바른 후 건조시킨 다음 튀겨먹는데 매콤한 맛이 일품이다.

또한 참죽나무 잎은 플라보노이드 성분인 크웰시트린과 인, 철분, 비타민 등을 함유하고 있어 항산화, 항염증, 이뇨, 체중 조절에 효과가 있으며, 독성을 배출하고 신진대사를 촉진하는 고칼슘 건강식품이다. 『동의보감』에는 피를 맑게 하고 성인병 예방에 좋다고 기록되어 있다.

가중나무 잎은 어긋나기로 큰 잎은 길이 60~80cm로 홀수 1회 깃 꼴겹잎으로 이를 기수 1회 우상복엽이라 칭하기도 한다. 작은 잎은 13~25개의 피침 긴 타원형으로 길이 7~13cm, 넓이 5cm 정도이고 아래쪽 가장자리로 톱니 3~4개가 있다. 잎의 표면은 녹색이며 뒷면은 연녹색으로 털이 없다. 수나무는 잎의 아래쪽 큰 톱니 모양 2~3개 끝에 있는 딱딱한 알맹이를 선점(腺點)이라 하는데 여기서 고약한 냄새가 난다.

겨울에 잎이 떨어지고 난 잎자국 모양이 호랑이 눈을 닮았다고 하여 '호안수(虎眼樹)'라고 부르기도 하고, 다른 이름으로 산에서 야생으로 자라는 가죽나무라고 '산춘수(山椿樹)'라 칭하기도 한다. 가중나무의 뿌리는 쿠아짐 성분을 함유하고 있어 설사, 적리균, 아메바성 원충의 성장을 억제하는 효과가 있다. 봄, 가을에 뿌리껍질을 채취해 건조 시켜 약재로 사용하며 이를 한방에서는 저근백피(樗根白皮)라 한다.

가중나무는 꽃이 단성화로 암수딴그루의 자웅이가화로 가지 끝에 달려 6월에 백녹색의 꽃잎지름 7~8mm의 조그마한 꽃이 원추꽃차례로 피는 밀원식물로 꽃매미의 기주식물이기도 하다. 9월에 익는 열매는 적갈색으로 프로펠러처럼 생긴 얇은 날개가 있는 시과(翅果)로 1개의 씨앗을 담고 이듬해 봄까지 매달려 있다. 열매의 맛은 쓰지만 종자인 씨앗의 맛은 더욱 쓰며, 성질은 차갑다. 병충해에는 강한 편이지만 흰불나방, 흰가루병, 가중나무고치나방의 피해를 입기도 한다.

참죽나무 꽃은 6월경 여름에 암수한그루에서 암수딴꽃으로 가지 끝에 매달려 길이 30~60cm로 원추꽃차례로 핀다. 꽃은 지름 4~5mm로 작고 5개의 흰색 또는 옅은 분홍색의 꽃잎으로 개화하며 향기가 있다. 꽃대 길이는 30cm~1m로 크며, 황색의 꽃받침과 꽃잎은 각각 5개씩이고, 꽃잎은 삼각상 난형으로 실 모양의 헛수술이 1~5개이다. 개화 시기에 참죽나무 아래에 서면 똑똑 떨어지는 수꽃이 흩뿌리는 꽃비를 맞을 수 있다. 10월~11월에 익는 열매는 동그란 모양의 캡슐에 길이 2~3.5cm의 한쪽 끝에 날개가 달린 씨앗이 여러 개 들어 있는 삭과로 숙성하면 5갈래로 벌어져 종자를 퍼트리므로 종자는 캡슐이 벌어져 씨앗이 비산하기 전에 채취해야 한다.

죽어서도 생명을 살리는 나무

"소장님, 이게 뭐예요?"

"가죽나물인데 모르세요?"

"안 먹어 본 나물인데요. 두릅인 줄 알았는데 자세히 보니 아니네요. 이상한 냄새도 나고요. 이거 먹는 거 맞아요?"

"그럼요. 전라도 삭힌 홍어처럼 맛들여 놓으면 중독성이 있어요. 하하! 제가 고추장에다가 버무릴 테니까 점심때 한번 드셔 보셔요."

덕평 해월리 현장 사무실 뒤 논둑 언저리 공터에 우뚝 선 나무 한 그루가 잔가지도 별로 없어 외롭고 모양이 쓸쓸해 보였다. 올려다보니 진한 적갈색 새순이 한창 돋아나고 있어 무슨 나무인가 살펴보았더니 가중나무 같았다. 그런데 수피도 그렇고 새로 나오는 순도 이상하다 여겨져 확인차 장대로 새순 하나를 땄다. 집어 들자 확 하고 풍기는 향이 가죽 냄새였다. 여기에 이런 귀한 나무가 있다니 신통방통했다. 수도권에 진출한 지 10여 년을 훌쩍 넘기도록 단 한 번도 접해 보지 못한 나무라 기분이 좋아져 현장을 한 바퀴 휘이 돌고 나서 사다리를 놓고 올라 새순을 땄다. 한 소쿠리나 될 만한 양이어서 퇴근 때 들고 갈 요량으로 한 다발 묶어 두니 환하게 좋아하는 아내 얼굴이 스쳐 지나갔다. 나머지는 현장에서 맛보겠다고 회의 탁자 위에 올려 두었더니 청소하는 동네 아주머니가 처음 보는 나물이라고 신기해했다.

"이리 와서 드셔 보세요."

아주머니가 점심에 고추장에 버무린 가죽 순을 한 젓가락 집어 들고 입으로 가져가더니 얼굴을 찡그린다.

"향이 강하죠? 드셔 보세요. 처음이라 그렇지 괜찮을 겁니다."

"음……."

한 입 먹은 후 다시 젓가락이 나물을 집는다.

"괜찮죠? 맛이 어때요?"

"처음엔 냄새 땜에 거북했는데 씹을수록 맛이 구수하고 향긋하니 맛있는데요?"

아주머니는 식사를 마치고 사무실에 오더니 주섬주섬 탁자 위에 흩어져 남아 있는 나물을 비닐봉지에 담았다.

"저거 며칠 지나면 한 번 더 딸 수 있어요. 시골에서도 두 벌까지는 따서 먹었거든요. 순이 조금 쇠면 찹쌀풀 발라 부각 튀김으로 만들어 먹기도 해요. 제가 엄청 좋아하는 거예요. 새순 나면 따서 한번 만들어 보세요."

"저 나무는 이제 나만 알고 따다 먹어야겠네. 흐흐!"

그리고 벌써 이십여 년이 훌쩍 지났다. 아직도 그 나무가 쟁쟁히 서 있는지 궁금하여 지나는 길에 들러 보니 세월이 흘러도 너무 흘렀는지 그 자리는 스키 리조트 주차장으로 변해 있었다. 그 위치가 어디인

지조차 가늠하기 어렵게 주변에 건물들이 들어서서 격세지감이 느껴졌다. 어디로 옮겨다 심었는지, 아니면 잘라 버렸는지 궁금함과 함께 아쉬움, 그리움이 엄습해 왔다. 당시만 해도 수령이 수십 년은 족히 되어 보였었는데 귀하고 아까운 나무 한 그루가 흔적도 없이 사라져 버렸다 생각하니 가슴이 저려 왔다. 특히나 수도권에서 만난 흔치 않은 나무라 마음이 더욱 쏠렸는데 아쉬움을 넘어 그리워졌다.

나무는 인간이 살아가는 데 필요한 은신처이고 의지처이다. 사람뿐만 아니라 다른 생명체에게도 마찬가지다. 나무에 기대어 생을 부지하는 생명체가 수천 가지라는 조사결과도 있다. 어떤 동물학자가 수령 600년이 넘은 고목에 살충제를 살포해 죽은 생명들을 조사해 보니 257종 2,041마리였다고 한다. 죽은 나무에 의지해 서식하며 생명을 기대고 있는 종류만 6천여 종이 넘으며, 지구 생명체의 약 20% 정도가 죽은 나무를 매개로 살아간다고 한다. 나무는 죽어서도 생명을 키우고 살린다. 사람이 살아가는 데 있어서 나무는 벽장 속의 꿀단지 같은 것이다. 두고두고 아끼면서 달콤하고 맛난 행복을 누려야 한다. 우선 먹기 좋은 단맛에 쉽게 마구 퍼먹으면 결국 빈 단지만 남는다. 생명의 소중함을 알고 나무를 아끼고 가꾸어야 하는 이유다. 가죽나무 꽃말이 '누명'이란다. 시간이 지났다고 사람들이 저지른 잘못을 나무에게 뒤집어씌우는 우를 범하지는 말자.

가죽나무 한 그루가 세상에서 흔적도 알 수 없이 사라졌다. 그 나무에는 어릴 적 세세한 추억도 묻어 있고, 피를 나눈 형제의 끈끈한 정도 피어 있고, 고귀함을 나눈 새로운 도전도 달려 있다. 멍하니 덕평의 봄 들녘에 서서 사라진 가죽나무를 보며 헛헛한 마음을 다독인다. 코끝에서 진한 가죽 향이 바람에 일자 "깨똑!" 하며 손전화가 운다.

"퇴근길에 들려 가죽나물 가져가라. 엄마가 오늘 보냈네."

친구의 노란 창 문자에 눈물이 핑 돈다.

19

가래나무

Juglans mandshurica

함께 살아가는 지혜

줄다리기 훈련

"영차! 영차! 여어엉 차!"

아름드리 나무 둥치에 밧줄을 묶고 줄을 당긴다. 줄을 당길 때마다 그 큰 나무가 흔들리고 휘청인다. 움찔움찔 트림을 한다.

매년 5월이면 대대장기배 대대체육대회가 열렸다. 협동심을 보는 배점이 높은 완전무장 단체구보와 줄다리기, 사격만큼은 전통적으로 강세를 보여 선임들 말로는 대회 역사상 단 한 번도 타 중대에 승리를 내어준 적이 없다고 했다. 여기에는 우리 부대 나름의 노하우가 숨어 있었다. 아침 점호 시간이면 처녀고개까지 왕복 8km를 구보를 한 후,

줄다리기 연습을 연중 빠짐없이 실시하고 있었기에 가능한 일이었다. 1년 365일을 쉼 없이 갈고 닦은 결과이니 다른 중대에서 승리를 넘보기는 힘들 수밖에 없었다.

겨울 초입 더블백을 둘러메고 최종 근무할 부대에 배치받았다. 따지고 보면 겨울도 아니었는데 강원도 화천 산골짝의 바람은 시어미 잔소리처럼 날을 세우고 살갗을 매섭게 파고들었다. 10.26사태를 김해 공병학교에서 수료식 전날 맞는 바람에 수료식도 하지 못하고 영문도 모른 채 이튿날 새벽 군용열차를 타고 2일 만에 자대까지 일사천리 수송작전으로 옮기게 되었으니 숨 쉬고 뒤돌아볼 틈도 없었다.

배치를 받고 보니 행정반 앞 백엽상의 온도계는 더 내릴 곳이 없다는 듯 아침에 내려간 수은주가 좀체 오를 기미가 없었다. 치아가 부딪쳐 딱딱거릴 만큼 에이고 마음까지 시렸다. 찬바람이 콧구멍을 얼리게 하는 아침 구보는 고역 그 자체였지만, 구보 후에 줄다리기는 왜 또 하는지 시린 손을 더욱 시리게 했다.

수년을 하루도 거르지 않고 비가 오나 눈이 오나 빠짐없이 당겨온 줄다리기 덕분에 나무는 한쪽으로 약간 비스듬히 기울어져 자신을 일으켜 세울 엄두조차 내지 못하고 서 있었다. 바람이 부나 맑으나 아침마다 몸뚱이를 밧줄에 내맡겨 자신을 흔들던 그 나무는 생김새와 수피가 눈에 많이 익은 호두나무 같아 보였다. 내심 내년 늦여름이면 호두깨나 줍겠다고 생각했다. 북풍한설을 이겨내고 훈풍이 부는 봄이 오자 자신을 기꺼이 줄다리기 훈련용으로 내맡겼던 나무에도 연초록의 새잎이 돋아나기 시작했다. 그때까지도 호두나무이겠거니 하는 생각으로 큰 관심을 보이지 않았는데 잎이 무성해지자 호두나무가 아니라 가래나무인 것을 확실하게 알 수 있었다.

우리와 친근한 나무

가래나무는 키가 20~25m로 자라는 참나무목, 가래나무과, 가래나무속의 암수한그루 낙엽활엽교목으로 일명 가래토시나무, 갈토시나무, 추목(楸木), 추자수(楸子樹), 산핵도(山核桃), 핵도추(核桃楸), 호도추(胡桃楸), 산추자(山楸子), 추자(楸子), 추피(楸皮), 핵도추과(核桃楸果), 마핵과(馬核果), 추마핵과(楸馬核果) 등으로 부르고, 영명으로는 'Manchrian walnu'으로 부른다. 한자로는 추(楸) 자로 표시되는 나무로 개오동나무가 있으므로 헷갈릴 수도 있다.

원산지는 중국이지만 한반도의 속리산과 소백산 이북의 백두대간을 포함하여 만주 지방과 시베리아 일대까지 해발 500m 높이를 중심으로 하여 높이 100~1,500m 사이의 깊은 산속 양지쪽에 자생하는 호두나무와 유사한 나무다. 습기가 약간 있는 토심이 깊고 비옥한 땅에서 잘 자라지만 물기가 많은 땅에서는 생존이 어렵다.

번식은 씨앗을 심는 파종으로 하며 세계적으로 15종, 우리나라에서는 4종이 분포하고 있는데, 가래골이라는 지명이 전국에 수없이 많이 존재하는 것을 보면 자생하는 가래나무가 많았다는 증거이고, 우리의 삶과 밀접한 관계를 맺고 가까이에서 친근한 나무로 살아왔다고 하겠다.

꽃말이 '지성(知性)'인 가래나무의 '가래'라는 이름의 유래는 여러 설이 있다. 그중에서 나무 둥치가 '가래떡'이 연상될 만큼 둥근 기둥 모양으로 일정하게 굵고 곧으며, 열매를 두 쪽으로 나눈 모양이 농기구인 '가래'를 닮았다고 '가래'라 부르게 되었다는 설이 가장 많이 전해지는 이야기 중의 하나이다.

12세기에 쓰여진 『계림유사』에 기록되어 있는 '호도왈갈래(胡桃曰渴來)'가 가장 오래된 문헌 자료이고, 『훈몽자회』에도 '楸 가래 츄'로 기록되어 있다. 이것이 18세기에 '가래'로 변화되어 현재에 이르고 있다고 보는 것이 정설이다. 민간에 전래되는 이야기로는 열매 모양에서 농기구 가래를 닮았다고 하지만 『훈몽자회』에 나오는 농기구 가래는 '杴 가래 흠'으로 기록되어 있는 것을 보면 『훈몽자회』 집필 시기인 조선시대 초기에는 서로 발음이 달랐음을 알 수 있다.

잎은 깃꼴겹잎으로 길이 7~28cm의 작은 잎이 7~17개가 어긋나기로 우상복엽으로 달린다. 뒷면 액상에 선모가 있고, 작은 잎은 타원형으로 가장자리에 톱니가 있다. 잎을 찧어 상처나 종기에 붙이거나 달여서 피고름 상처에 바르면 효과가 좋다. 잎은 타닌 성분이 6.25~9.35% 함유되어 있어 맛은 떫고 텁텁하지만 음복 시 혈당 강하 효과가 있다.

열매를 '가래'라고 부르는데, 달걀 모양의 길이 4~8cm의 핵과(核果)로 9~10월에 익으며 약용이나 식용이 가능하고 겉껍질에는 솜털이 빽빽하게 많으며 황록색이다. 호두와 다르게 익으면 겉껍질이 갈라져 터지지 않으며, 겉껍질 속의 열매는 흑갈색으로 8개의 능각 사이가 울퉁불퉁하게 우둘투둘하고 양끝이 뾰족하게 생겼다. 껍질의 두께는 호두보다 2~3배 두껍고 알맹이는 반도 안 된다. 씨앗이 들어 있는 방이 호두는 4실로 되어 있지만 가래는 2실로 되어 있어 까먹는 데 많은 노력이 필요하다. 종자에는 지방 성분이 40~50%로 호두보다 높고, 단백질 15~20%, 당 1~1.5%, 비타민C가 함유되어 있다.

가래탕 놀이

8월에 행하는 민속놀이인 '가래탕'이라는 천렵 놀이가 있다. 가래나무의 덜 익은 열매와 잎, 뿌리, 껍질 등을 찧어 냇물에 풀어 사포닌 성분과 알카로이드 성분의 독성을 이용해 물고기를 잠깐 기절시켜 잡는 놀이다. 여뀌나 때죽나무, 초피나무 등의 잎과 뿌리, 열매를 이용해 물고기를 잡는 전통 방식과 비슷하다.

노리개나 염주, 손바닥 안에서 굴리는 지압용으로 만든 가래 열매는 복숭아씨를 닮아서 몸에서 귀신을 내쫓고 나쁜 기운을 몰아낸다는 미신적 성격이 있긴 하지만 요즘 의학적 관점에서 보더라도 울퉁불퉁한 표피로 지압 효과와 혈액 순환을 촉진시키는 방법과 일맥상통한다.

『향약집성방』에는 "맛이 쓰고 성질이 차며 독이 없다. 몸속과 피부의 온갖 벌레를 죽인다. 토사 구역질을 멎게 하고 종기, 치질, 옹종에 고약으로 만들어 붙이면 피고름이 빠지고 새살이 돋고 힘줄과 뼈가 튼튼해진다"고 기록되어 있다. 가래를 달여 차나 술로 담가 음복하면 좋고 그 물로 눈을 씻으면 눈을 맑게 하는 효능이 있으며 열매는 날것이나 요리 또는 기름을 짜서 섭취하며 어린잎은 삶아서 나물로도 먹을 수 있다.

한방에서는 수렴, 해열, 장염, 이질, 설사, 위염, 십이지장궤양, 위경련, 구내염, 맥립종, 구충약, 항염증 작용, 억균 작용, 눈이 붓는 것과 충혈에 효과가 있으며 폐를 튼튼히 하고 기침을 멎게 하며 기억력을 좋게 하고 머리를 맑게 하며 포도당 섭취력을 향상시키고 혈당 강하 작용, 피부염과 항암에 효과가 있다고 알려져 있다. 타닌 성분을 함유하고 있는 나무껍질은 봄과 가을에 채취하여 건조시켜 약용으로 사용하는데 핵추도피(核楸桃皮), 추목피(楸木皮), 추피(楸皮), 추수피(楸樹皮), 갈토시나무껍질, 가래나무껍질로 부른다.

목재는 질이 치밀하고 단단하며 질겨서 잘 뒤틀리지 않고 비교적 가벼워서 총의 개머리판, 비행기 등 기계재, 장롱 등 가구재, 조각재 등으로 쓰이고 근래에는 조경용수로 이용되기도 한다. 옛사람들은 효도를 하기 위해 가래나무를 무덤가에 심고 가꾸어 추목(楸木)으로 부르며 산소에 가는 일을 추행(楸行), 산소가 있는 곳을 추하(楸下)라고 했다.

5월에 만개하는 붉은 꽃은 4월부터 피기 시작한다. 곧게 선 꽃이삭에는 암꽃이 붉게 4~10개씩 모여 달려서 피고 그 바로 아래에 수꽃이 10~20cm 길이로 길게 늘어져 매달려 핀다.

승리의 함성

가래꽃이 만발하는 5월이면 남자들만의 힘겨루기 세상이 펼쳐지는 춘계 대대체육대회가 열리곤 했다. 1년 내내 합심해서 넘어뜨리려던 가래나무 덕분에 우리 중대는 전우애를 가르는 협동심의 중심인 줄다리기와 매일 단련한 처녀고개 왕복 조기 구보 훈련으로 완전무장 10km 구보만큼은 결코 타 부대에 내어주지 않았다. 단단해진 체력과 무장된 정신으로 사격 종목까지 우승의 깃발을 휘날리면 고래고래 소리 높여 승전가를 부르며 귀대한 중대에는 막걸리 파티가 기다리고 있었다. 돌아오면 1년 동안의 노고를 축하하며 마시고 뛰고 춤추고 노래 부르며 하루를 만끽했다.

무릎 관절로 절뚝이며 달리던 이 상병도, 약간의 비만으로 헐떡이며 철모를 품에 안고 뛰던 박 일병도, 후임과 동료의 배낭과 총기를 나누어메고 선임의 모범을 보이던 김 병장도, 게슴츠레 도끼눈으로 위협하며 독려하던 홍 중사도, "난 너희들을 사랑한다"면서도 끈을 늦추지 않고 당기기만 했던 중대장도 이때만큼은 한몸이 되었다. 자루 달린 플라스틱 바가지와 식판은 술잔이 되어 러브 샷이 난무했다. 승리에 도취된 중대장은 꺽꺽대며 플라스틱 바가지를 손에 들고 "나는 너희들을 사랑한다! 에…그리고, 또 사랑한다!"를 외칠 때면 모두가 세급도 나이도 초월한 채 한 덩이리가 되었다.

세상은 혼자 살아가는 게 아니다. 서로 부대끼며 힘을 합하고 마음을 결합할 때 그 시너지 효과는 극대화된다. 가래나무에 밧줄을 묶고 수없이 당기며 터득한 삶의 지혜. 계절의 여왕 5월이 되어 가래나무꽃이 활짝 필 때면 아련한 추억으로 남은 군 시절의 기억이 스멀스멀 기어나온다. 아직도 내무반 앞턱에 비스듬히 몸을 기댄 그 가래나무는 꼿꼿이 일어서지 못하고 있을 터다. 묵묵히 자리를 지키며 승리의 함성이 메아리치는 5월의 푸른 하늘을 향해 무뚝뚝한 떡가래 같은 가지를 벌린 채 만세를 부르고 있겠지. 힘을 합하면 세상에 아무것도 못할 게 없다는 것을 깨우쳐 주며 나 혼자만이 아닌 함께 살아가는 지혜를 일깨우면서 말이다.

20

은행나무

Ginkgo biloba

지나침은 모자람만 못하다

은행나무 기도

운길산 수종사에는 기도발이 잘 받는다는 영험한 은행나무 두 그루가 있다. 은행나무는 한국, 중국, 일본에 분포하는 동아시아 지역이 원산인 1문 1강 1과 1속 1종만 현존하는 화석 식물이다. 고생대 페름기까지 7종이 살았으나 수십 종으로 번성하다가 쥐라기 초기부터 점점 줄어들어 신생대에는 북반구에만 남았고, 현재는 동아시아 지역에 1종만 현존한다. 유서 깊은 역사를 가지고 있는 나무인 만큼 국내에는 영험한 기운을 간직한 수종사 은행나무보다 더 크고 이름난 나무들이 많다.

특히 느티나무, 팽나무와 함께 우리나라 3대 정자목으로 사랑받으며 보살핌을 받아왔고, 유교의 영향으로 향교나 교육기관, 사찰 등지에 심겨 관리되어 왔다. 학문을 닦는 곳을 뜻하는 행단(杏壇)이라는 말은 "행단목(杏壇木) 아래에서 단을 올려 제자들을 가르쳤다"고 하는 공자의 이야기에서 유래되었다. 이러한 역사를 살펴볼 때 수령이 오래되어 기념물이나 보호수로 지정되어 관리되는 나무가 많을 수밖에 없다. 중국에서는 '살구 행(杏)' 자를 쓴다고 살구나무로 알려졌지만, 우리나라에서는 은행나무로 해석해서 많이 심고 가꾸어 왔다. 따라서 천연기념물로 지정된 숫자만 해도 전국에 23건이나 분포되어 있고, 지방기념물로 지정되어 보호 관리되는 나무가 33건 정도다. 수종사 은행나무도 보호수로 지정되었으며 정성껏 기도하면 한 가지 소원은 들어준다고 하여 연일 기도객이 끊이질 않는다. 지정된 다른 은행나무들과는 또 다른 애력(愛力)을 지닌 나무다.

설을 쇠고 음력 정월초사흘 아침 일찍부터 눈발이 흩날리기에 갑자기 마음이 동하여 길을 나섰다. 운길산 역을 지나 마을 안길을 거쳐 절 입구에 들어서자 눈발이 더욱 거세져 금세 차창 앞 유리에 내려앉는 눈으로 와이퍼가 끽끽대며 힘들게 움직였다. 좁은 콘크리트 포장길은 쌓인 눈이 어디까지가 포장된 곳이고 어디가 아닌지를 분간하지 못할 만큼 덮였고 비탈길을 오르던 차바퀴가 헛돌기를 반복했다.

그냥 돌아실까 망실이다가 여기까지 왔는데 히는 생각과 사륜구동 차이니 가능할지도 모른다는 기대감에 무리수를 두었다. 비틀대며 한참을 혼신의 힘을 다해 올라가는 중에 내려오는 승용차를 만났다. 눈을 흠뻑 뒤집어쓴 차에 타고 있는 여자 운전자의 잔뜩 긴장한 얼굴이 보였다. 비켜 지나치기엔 좁고 비탈길인 데다가 눈까지 덮여 조심조심 운전을 하고 있었지만 엉겁결에 브레이크를 밟았는지 순간 차가 미끄러져 내려오기 시작했다. 피할 곳도 없고 피하기도 어려워 급히 후진을 시도했다. 왼쪽 뒷바퀴가 미끌미끌 비틀대다가 콘크리트 포장 부분을 벗어나 덜컹하고 기우뚱하자 놀란 마음에 브레이크를 콱 밟았다. 그러자 빙그르르 뒷바퀴를 중심으로 차 머리가 돌며 미끄러져 도로에 덜컹 하는 소리를 한 번 더 내더니 길 방향을 가로질러 직각으로 멈춰 섰다. 눈이 덮여 있는데다가 뒤는 낭떠러지요, 앞은 산을 깎아낸 비탈이라 꼼짝달싹도 못할 처지였다.

미끄러져 내려오던 차도 내 차 운전석 문을 열지도 못할 만큼 간격을 두고 기적적으로 멈춰 섰다. 놀란 가슴을 쓸어내렸다. 정초 기도 가던 길이니 기도발의 효험을 미리 입은 것이라 생각하기로 했다. 조심스레 차를 몰아 커브길 너른 부분에 주차했다. 푹푹 빠지는 걸음을 옮겨 절간에 도착해서 눈바람에 윙윙 소리를 내는 은행나무를 끌어 안고 무탈하게 지나쳐온 일에 감사 기도를 올렸다.

강한 생명력

은행나무는 예부터 주로 정자목, 풍치수로 심었지만 근래에 들어서는 은행잎에 함유된 플라보노이드와 터페노이드 성분 때문에 공해와 병충해에 강해 가로수로 많이 식재되고 있다. 강한 생명력을 가지고 있어 유지 관리가 쉬운 은행나무는 11월 초순경에 절정을 이루는 노란색 가을 단풍이 아름답다.

하지만 암수의 구별이 어려운 자웅이주(雌雄異株)의 암수딴그루로 암수 나무가 서로 마주보고 서 있어야 암나무에 은행 열매가 열린다. 한때는 암수 구별이 수령 15년은 넘어야 가능하여 성목으로 자란 가로수에 섞여 심긴 암나무에서 열리는 은행이 혈액순환 개선 효과로 혈액응고를 방해해 징코민과 기넥신 약품의 원료로 쓰인다고 알려져 인기가 높았다. 은행 열매를 채취하다가 구청이나 관계 기관에 발각되어 공공기물 파손죄나 절도죄로 취급되어 곤혹을 치른 사람들도 있었다.

하지만 매연과 중금속에 오염되어 오히려 건강에 나쁘다는 소문이 무성해지면서 그런 일늘은 줄어들었나. 그리고 은행은 다른 괴일들처럼 겉껍질의 과육을 식용으로 섭취하는 것이 아니기에 오염과는 무관하다고 밝혀졌다. 이제는 오히려 은행이 익으면서 나는 과육 구린내의 악취로 인해 식재를 기피하거나 민원 발생의 원인이 되어 암수를 구분하여 수나무만 가려서 심는 경우가 대부분이다. 2011년 산림청이 은행나무 성감별 DNA 분석법을 개발하여 이제는 손쉽게 암수를 구별하여 식재가 가능하게 되었다.

또한 잎이 불에 잘 타지 않을 뿐만 아니라 수피가 두껍고 코르크로 형성된 줄기에도 화재에 강한 성질을 가지고 있어 방화수로 심기도 하는 은행나무는 씨앗을 직접 심는 실생, 꺾꽂이 등으로 번식하지만 수명이 길고 적응력이 좋아 열대와 한대 지방을 제외한 어느 곳에서나 잘 자란다. 묘목은 특히 이식해도 잘 사는 편이다. 강한 맹아력으로 대변되는 생명력은 일본 히로시마 원자폭탄 투하 지점의 2km 근처 이내에서도 살아남아 끈질긴 생명력을 상징하는 나무이기도 하다.

하지만 이렇게 강한 생명력을 지녔음에도 불구하고 야생에서 자연적으로 번식하고 자생하는 군락이 없다는 이유로 멸종 위기에 처한 절멸종으로 알려져 있다. 중국 저장성 일대에 소수의 자생지가 있는 것으로 파악되고 있으나 정말 자생종인지에 대해서는 의문을 가지고 있다. 은행나무는 열매를 자손으로 퍼트리는 겉씨식물이지만 현재 인간만이 유일한 매개 동물이다. 이는 당초 매개 동물이 존재하고 있었으나 신생대에 멸종한 것으로 전해지고 있다. 열매 겉껍질이 가지고 있는 독성이 강해 인간 이외에는 은행 열매를 먹는 동물은 지구상에 없다. 그래서 새 종류를 비롯해 다람쥐나 청설모까지도 은행 열매는 거들떠보지도 않는다. 심지어 벌레나 미생물, 각종 세균과 곰팡이에 이르기까지 이를 거의 먹지 않는다는 것이 매개 동물이 없어진 이유로 추정되기도 한다. 그래서 인간이 멸종하면 함께 멸종할 가능성이 큰 생물 중 1순위 종이다. 은행나무목, 은행나무과, 은행나무속의 침엽수나 활엽수가 아닌 정자를 생산하는 특징 때문에 독자 계통군을 형성하는 구과식물문(Pinophyta) 식물로 분류된다.

일명 행자목(杏子木), 백과(白果)로 불리기도 하고 잎이 오리발을 닮았다고 압각자(鴨脚子), 압각수(鴨脚樹), 성장이 더뎌 손자대에 이르러 씨를 얻는 나무라고 공손수(公孫樹)라 부르기도 한다. 『훈몽자회』에는 속칭 행아(杏兒)라 부르며 백과, 압각으로 기록되어 있다.

재미있는 것은 학명 'Ginkgo'는 한자 '은행(銀杏)'의 일본음 독음을 잘못 읽는 데에서 유래되었다고 한다. 이는 1712년 독일의 엥겔

베르트 캠퍼(Engethert keamfer)가 쓴 책 『제국기담』이라는 저서에 'Ginkgo'로 기록한 데에서 비롯되었는데, 원레 그 시대의 로마자 표기로 'Ginkjo'가 옳았으나 카롤 폰린네가 학명 인용을 'Ginkgo'로 잘못하면서 두 번씩이나 와전되어 생기게 된 이름으로 알려져 있다.

보통 성목의 키는 15~40m이지만 큰 것은 60m 정도까지 자라는 것도 있다. 국내에서는 통상 수령 400년은 넘어야 노거수로 지정 보호되고 있으며 역사가 깊은 사찰, 향교 등에 많이 존재하고 있다. 이는 느티나무가 통상 수령 300년 정도면 지정 보호수가 되는 것을 감안할 때 수령 상한 기준이 상당히 높은 수종이라 볼 수 있다.

가을의 낭만

나무줄기는 곧게 자라며 껍질은 그물 모양으로 갈라져서 우둘투둘하고 가지가 잘 발달하며 긴 가지에 짧은 가지가 돋아 자란다. 목질은 표면을 누르면 눌린 흠집이 발생할 만큼 무르지만 1주일 정도 지나면 원상회복 될 정도로 탄력성과 복원력이 뛰어나 바둑판 제작에 쓰인다. 나뭇결과 나이테가 촘촘하고 아름다워 고급 가구재와 조각재로 사용되지만 성장이 느린 관계로 다량의 성목을 구하기가 어렵다. 목질은 잎과 마찬가지로 살균, 방부 성분이 함유되어 있어 잘 썩지 않는 특징을 가지고 있기 때문에 은행잎을 책갈피에 끼워 두면 책이 상하는 것을 방지해 준다. 수십 년이 지나도 잎은 그 모양이나 형태가 손상되지 않고 유지된다고 하니, 사춘기 소년의 감성으로 어느 책 속에 넣어 두고 잊고 있었던 노란 은행잎을 한번 찾아보고 싶은 충동이 일렁인다.

가을 하면 낭만이고, 낭만 하면 부채살 무늬의 중간 부위가 갈라져 노랗게 물든 채 떨어지는 은행잎을 비껴갈 수 없다. 긴 가지에 달리는 잎은 잎의 가운데가 깊게 갈라지지만 짧은 가지에 달리는 잎은 가장자리가 보통 밋밋하게 생겼다. 잎은 긴 가지에서는 어긋나게, 짧은 가지에서는 3~5개씩 조밀하면서도 어긋나게 뭉쳐 있어 한군데에서 자라난 것처럼 보인다.

한적한 공원의 은행나무 가로수에서 산들바람에 은행잎이 우수수 떨어지면 낭만에 취해 걷고 싶은 마음이 든다. 하지만 수북하게 떨어져 쌓이는 은행잎은 도시의 가을 풍경을 풍성하게 하지만 잘 썩지도 않고 그 양도 어마어마하게 많아 청소부 아저씨들의 골칫거리가 아닐 수 없다. 이 점에 착안하여 탄생한 남이섬 은행나무 단풍낙엽길은 서울 송파구에서 나오는 은행나무 낙엽을 모아 옮겨와 산책로에 깔아 방문객들이 낙엽을 밟으며 가을의 정취를 만끽할 수 있게 했다. 이 낙엽 산책길은 도시의 골칫거리도 해소하고 기품있는 관광지의 가을 낭만도 느끼는 일석이조의 효과를 거두었다. 겨울이 오면 밟았던 잎을 한데 모아 거름으로 사용하는 것은 덤이다. 자연에서 온 것을 다시 자연으로 돌려보내는 자연의 선순환을 살린 전략이다.

사랑의 확인

조선시대에는 경칩 절기에 서로 사랑을 확인하는 풍습이 있었다. 4~5월에 수분하여 9~10월에 결실을 맺는 은행 열매를 주워 간직했다가 사랑하는 사람과 봄이 오는 경칩이 되면 함께 까서 먹고 은행나무 주변에서 사랑을 확인했다고 한다. 이것은 요즘 유행하는 발렌타인데이나 화이트데이와 같이 유사한 풍습으로 은행나무가 암수가 달라 서로 마주 보고 있어야 열매가 열린다는 데서 유래되었다고 한다.

수꽃은 꽃잎이 없고 꽃가루에 꼬리가 달려 정충(精蟲)이라 부르는데 2~6개의 황록색 수술을 가지고 있으며 멀리까지 꽃가루가 날아가 퍼지는 특징을 가지고 있어 수나무가 많으면 꽃가루의 양이 많아져서 알러지 유발 확률이 높아진다.

『산림경제』에는 "둥근 종자를 심으면 암나무, 세모지게 끝이 뾰족한 씨앗을 뿌리면 수나무가 나서 자란다"고 하며, "수나무를 암나무로 만들려면 암나무 가지를 수나무 가지에 구멍을 뚫어 넣어주면 된다"고 기록되어 있다. 또 "우물가나 연못가에 심으면 물속에 비친 그림자와 정(精)받이를 하여 종자를 맺을 수 있다"고 하나 과학적 근거는 없다. 덧붙여 "열매를 과식하면 소화기를 해치고 중독성이 있다"고 쓰여 있다.

은행나무는 전국에 분포되어 자라며 민생의 희로애락을 함께 해왔다. 서울시, 서울 노원구, 대구 북구, 영주시, 광주광역시, 전라남도와 북도, 아산시, 양평군, 동해시, 성균관대학교 등에서 시목, 군목, 도목, 구목, 교목 등으로 지정할 정도로 친숙한 나무다.

성균관대학교 명륜당 앞에 자리하고 있는 은행나무 두 그루는 수나무로 알려져 있으며, 큰 나무는 천연기념물로 지정되었는데 여기에는 전해져 오는 전설이 있다. 조선조 성균관 유생들이 열매가 익어 떨어질 때면 악취 냄새가 심해 공부가 안 된다고 나무를 없애 달라고 항의했다. 임금이 행차하여 은행나무를 향해 "네 놈 때문에 나라의 기강이 흔들리게 생겼다"고 호통을 치고, 제사를 올리며 치성을 드리자 열매를 맺지 않게 되었다고 힌다.

대성전 앞에 서 있는 두 그루는 수령 약 450~500년으로 추측되는 나무로 서울시 지정 기념물로 지정되어 보호받고 있으며, 조선 중종 때 대사성 윤탁이 심었다는 설과 임진왜란 때 소실된 건물을 중수하며 식재했다는 설이 있다. 이외에도 시흥동 금천현 관아 터에 자라고 있는 수령 880~900여 년의 세 그루를 비롯해, 나라에 큰일이 있을 때마다 화재가 발생한다는 이야기가 전해지고 있는 방학동 연산군 묘소 옆에 자리하고 있는 수령 600여 년의 은행나무도 서울시 기념보호수로 지정 관리되고 있다. 이 나무는 1978년 화재 후에 10.26사건이 터졌다고 알려지면서 그 영험함으로 세간의 이목을 받았던 나무다.

이외에도 천연기념물로 지정되어 극진한 보살핌을 받고 있는 나무들이 많다. 인천 부평초등학교 교정의 수령 500~600년 은행나무 두 그루, 수양버들처럼 처진 가지로 유명한 인천대공원 뒤쪽의 수령 850년 은행나무, 구내식당 이름 'Gingko tree'를 탄생하게 했다는 오산 공군기지의 수령 740년 은행나무가 있다. 강화 불음도의 은행나무는 황해도 연백 지역의 수해로 떠내려와 불음도에 심어져 연백에 있는 은행나무를 그리워하며 밤마다 울어서 연백과 불음도 양쪽 주민들이 각각 제사를 지내주고 있다고 한다. 수령 1,100~1,500여 년의 용문산 용문사 은행나무는 세종 때 당상관의 벼슬을 받았고, 구한말 일본군이 의병 소탕 작전으로 지른 불에도 살아남았으며, 통일신라 경순왕의 아들인 마의태자가 심었다는 전설과 의상대사가 꽂은 지팡이가 자랐다는 전설을 지닌 것으로 유명하다.

국내에서 가장 수려한 수형으로 평가받는 수령 800~1,000년의 문막 반계리 은행나무도 지나가던 스님이 꽂은 지팡이가 자랐다는 전설이 전해지며, 흰 뱀이 산다고 신성시 여기고 있다. 가을 단풍이 일시에 들면 다음 해에 풍년이 든다고 한다. 충북 괴산 청안초등학교 교정의 수령 1,000년 은행나무는 자생 가능성을 점치게 하는 나무다. 고려 성종 때 청당(淸塘)이라는 연못을 파고 심은 것 중 키가 20m밖에 안 되는 한 그루가 살아남아 나무 속에 귀가 달린 뱀이 살면서 나무를 지켜 준다는 전설을 간직하고 있다. 청주 중앙공원의 수령 900년 은행나무는 고려 말 이색 등이 역모에 걸려 청주옥에 갇혔을 때 홍수가 났는데 은행나무에 올라 목숨을 구하자 이 소식을 들은 공민왕이 죄가 없음을 하늘이 알았다고 방면했다는 이야기로 일명 압각수로 불린다.

우리나라에서 알려진 은행나무는 가지가 땅에 닿은 곳에서 뿌리를 내려 독립된 개체로 자라고 있는 수령 1,000년의 영동 양산 영국

사 은행나무, 난파되어 표류한 네덜란드인 하멜이 기대 앉아 고향을 그리워했다는 전남 강진 병영면 **은행나무**, 태풍 '매미'가 왔을 때 수형이 3분의 1 가량 훼손되었지만 꿋꿋이 삶을 이어가고 있는 울산 울주 두서면 550년생 은행나무, 원줄기는 고사(古死)하고 돋아난 맹아가 자라나 성목이 된 대구 범어사거리 수령 600년생 은행나무이 있으며, 안동 용계리 은행나무는 임하댐 건설로 수몰 위기에 처하자 3여년 만에 15m 높이로 올려 심겨 살아남았다. 당진 면천초등학교의 은행나무는 면천 두견주를 탄생시킨 면천 복씨 시조인 복지겸의 딸이 병든 아버지를 간호하며 간절히 기도하던 중에 "뜰 앞에 은행나무 두 그루를 심고 근처 산에서 딴 진달래로 안샘에서 물을 퍼다가 술을 담가 100일 동안 익혀서 아버지에게 드리면 병이 나을 것이다"라는 말을 듣고 그대로 따랐더니 병이 완쾌되었다는 전설을 갖고 있다.

중국 산시성 관음사에는 당태종이 심었다고 전해지는 수령 1,400년생 은행나무가 있으며, 영국 큐왕립식물원에는 1762년 심어진 유럽 최고(最古)의 'Old Lions'라는 별명을 가진 은행나무가 있다.

은행나무 종류에는 큰잎은행나무, 무늬은행나무, 늘어진은행나무가 있으며, 꽃말은 '진혼, 정적, 장엄, 장수, 정숙'으로 나무 덩치에 걸맞게 근엄하고 장중한 느낌의 말들로 이루어져 있다.

보통 생약으로 종자와 잎을 사용하는데 종자는 '은행', 잎은 '은행엽'이라 칭한다. 약효는 진해, 거담, 활열 작용에 효능이 있는 종자와 혈전 용해제, 말초 순환기 장애 치료, 뇌혈류 개선, 기억력 회복과 손발이 차거나 저린 수족 냉증 개선, 우울증 개선, 고혈압 예방에 쓰이는 잎과 잎의 추출물 등은 건강보조식품과 일반의약품 및 치료 의약품으로 두루 사용되고 있으며, 모세혈관 혈류 개선으로 치매에 효과가 좋다고 알려져 있다. 특히 우리나라의 은행잎이 독일산 은행잎보다 약효가 높아 'GBE'라는 은행잎 추출물 24% 정도가 함유된 약품 제조에 쓰여 수출 상품으로 각광받고 있다.

카로틴, 비타민A, B1, B2, C, 칼슘, 칼륨, 인, 철분 등과 아스파라긴산, 에르고스테롤 성분을 함유한 은행은 항균, 항암, 항바이러스, 항알러지, 항염증에 효과가 있다. 또 독성 성분인 부르니민, 아미그달린, 메틸피리독신(MPN4) 등을 함유해 외부 기생충, 세균, 세포 손상 등으로부터 자신을 보호하는 복합화합물을 가지고 있다. 이러한 독성을 이용하여 은행나무 잎을 달인 물을 농약으로 쓰기도 하고, 잎을 망에 담아 정화조에 담가 파리 유충인 구더기와 모기 유충인 장구벌레를 박멸하기도 한다.

독약에서 명약으로

『동의보감』에 "은행은 성질이 차고 맛이 달며 독성이 있으나 폐와 위의 탁한 기를 맑게 하고 숨찬 것과 기침을 멎게 한다. 은행잎은 혈관 확장 기능이 있어 고혈압 등 혈관계 질환에 도움이 된다"고 나와 있으며, 『본초강목』, 『증약대사전』에는 "심장의 기능을 돕고 설사를 멎게 하며 야뇨증, 냉증, 주독 해소, 강장 및 강정 작용에 도움을 준다. 은행잎 추출물은 두통, 기억력 상실, 현기증, 이명, 집중력 장애에 효과적이다"고 소개하고 있다.

열매의 구성은 표피가 부탄산 때문에 고약한 냄새가 나는 물렁물렁한 과육으로 둘러싸여 있고, 체질에 따라 과육 부분을 접촉하면 알러지를 유발해 수포를 발생시키고 진물이 나며 바늘로 찌르는 듯한 통증을 유발하고 심하게 가려움을 동반하는데 완치에 4주 정도 걸리기도 하니까 주의해야 한다. 그리고 과육인 외피 안에 희고 단단한 중종피가 있으며, 중종피 안에는 내종피가 종이처럼 얇게 갈색으로 싸여 있고, 그 안에 연한 조직인 배젖으로 불리는 부분이 있다. 배젖 안에 V자 모양의 씨눈이 들어 있다. 외피는 주황색 핵과로 살구처럼 생겼으며 한자 표기로 '살구 행(杏)' 자를 쓰는 이유이기도 하다.

열매는 원시식물이라 잎이 나는 곳에 종자가 달리며 겉씨식물이라서 실제 열매는 아니고 씨앗의 일부분이 변형된 것이다. 외피는 식용으로 섭취 불가능하다. 식용이 가능한 종자의 알맹이는 겉면이 반질반질하게 윤기가 돌고 쫄깃쫄깃하고 단단한 젤리 질감을 가지고 있는 견과류다.

보통 구워서 먹거나 버터나 식용유로 볶아서 소금에 찍어 먹는데 맛이 쌉싸름하고 고소하며, 가루로 만들어 은행차로 마시기도 한다. 은행을 먹으면 정력이 감퇴된다고 알려지기도 했지만 이는 섭취시 혈액순환 효과가 큰 것으로 볼 때 낭설임이 분명해 보인다. 특히 수술 전에는 섭취를 금하는 것이 좋다. 한꺼번에 많이 먹으면 코피 출혈을 동반한 졸도 발생 가능성이 있으므로 어린이는 5개 이내에서 섭취를 자제하는 것이 좋다. 어른도 10개 내외를 먹는 것이 적당하지만 실험에 의하면 중독에는 개인의 편차가 심해 15~574개로 다양한 반응을 보였다고 한다. 따라서 독성이 강하므로 날것의 섭취는 피해야 하지만 굽거나 볶아도 1985년 밝혀진 뇌전증이라는 간질을 유발하는 MPN4라는 독성은 완화되지 않는다고 한다. 일본에서는 송이버섯과 생선, 닭고기를 같이 넣어 요리한 '도빙무시(土瓶蒸)'라는 고급 요리의 재료로 쓰인다.

예부터 "알고 먹으면 약이 되고 모르고 먹으면 독"이라는 말과 "비상도 적게 먹으면 약이 된다"는 말이 은행을 보면 실감이 난다. 지나침은 모자람만 못하다고 했다. 독약도 명약으로 탈바꿈시키는 혜안을 은행나무를 통해서 배운다. 태고적 신비를 간직한 전설의 나무로 모진 세월을 견디고 이겨내어 한번 뿌리를 내리면 수백 년을 꿋꿋이 자리를 지키며 우리네 삶과 함께 생명을 이어온 은행나무, 그 신비롭고 고귀한 기품에 어찌 강한 기운이 없겠는가.

인간 영혼의 안식처가 마음속에 있듯이 나무는 뿌리에 그 기반을 두고 있다. 살아오면서 뿌리보다 잎이나 가지에 더 귀한 가치를 두고 산 것은 아닌지 수종사 은행나무를 빙빙 돌며 새해 벽두 가슴을 쓸어내린다. 강한 외풍에도 꿈쩍하지 않고 수억 년을 견뎌온 은행나무를 보며 인간의 뿌리인 마음을 다잡으며 오늘도 내일을 향한 희망을 꿈꾼다.

21

향나무

Juniperus chinensis L

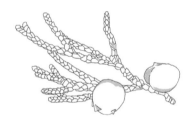

향기나는 삶을 위하여

마지막 향불

"이제 향도 신식으로 맹글어 파는 거 사다 써야 되겠다. 이거 왜정 때부터 쓰던 건데 이제 오늘로 마지막이네."

"파는 건 냄새가 이것만 몬 해요. 머리만 띵하게 아프지. 요샌 향으로 쓸 상나무 구하기가 어려버요. 장에서 팔지도 않고……."

증조부 기일에 향불을 피우다가 아버지가 놋쇠 향함 안에서 몇 조각 남지 않은 향나무 조각을 꺼내며 한마디 하니 당숙이 옆에서 거들자 맞받아친다.

"그래도 우짜겠노. 이 없으마 잇몸이라꼬……. 시절에 따라야지."

제사나 차례에 칼로 깎아 써오던 향불용 향나무 토막이 오랜 세월을 이어오다 이제 그 수명을 다했다. 마지막 남은 손가락 두어 마디 크기의 향나무 조각을 향함에 넣어둔 지 얼마 지나지도 않았건만 4대 봉제사에 명절 차례까지 다달이 거의 빠짐없이 다가오는 제사에 향함이 바닥을 드러냈다.

"득호 너는 조경 회사 다닌다 카더마는 향나무 한 토막 몬 구해 오나?"

"현장에서 쓰는 향나무는 크기도 작고 수령도 오래 묵지 않아서 향불 용으로 쓸 만한 나무가 없어요. 앞으로 생기면 챙겨 볼게요."

당숙의 말에 대답은 했지만 잊고 지냈다. 간혹 향나무를 심더라도 그저 솎아내는 잔가지나 잎이 전부이다 보니 향으로 피울 만큼 심재가 붉고 굵게 생긴 큰 나무를 접한다는 것은 쉽지 않았다.

"일영에 노향 보러 갑시다. 5층 옥상에 멋진 향나무 한 그루 심게. 나무부터 확인하고 설계에 반영해야지요."

한창 도면에 빠져 배식(配植) 궁리를 하고 있는 나를 향해 사장이 말했다.

"한국 최고의 옥상정원을 만들어 달라니까 일전에 내가 봐 둔 향나무 확인하고 진행합시다. 최 과장도 나무를 봐야 감이 잡히죠."

그래서 가서 본 일영의 향나무가 심어진 밭은 온통 크고 기괴한 수형을 가진 대형 향나무들로 가득 차 있었다. 가슴이 먹먹해 숨을 몰아 쉬는 나에게 사장이 한마디 했다.

"대단하죠? 전국의 크고 좋은 향나무는 전부 이곳에 모아 뒀다 해도 과언이 아니에요. 평생 전국을 돌며 좋다는 향나무는 모두 사들여 모았다고 하네요."

"가격만 해도 어마어마하겠네요? 보통 한 그루에 얼마씩이나 하는 가요?"

"이 정도면 가격이 없지요. 부르는 게 값이죠."

정말이지 이런 크고 좋은 향나무들이 보호수로 지정되지 않고 조경수로 거래된다는 현실에 의구심이 들 정도였다.

"이 정도면 천연기념물 감이나 보호수로 지정되어야 하는 거 아닙니까? 도로 가운데 서 있는 서초동 향나무나 개포동 향나무보다 모두가 크기도 더 크고 나이도 훨씬 더 많이 들어 보이는데요?"

"그래요. 잘 보세요. 어떤 나무가 현장에 더 잘 어울릴 건지. 괜찮다 싶은 나무 한 그루 찍어 보세요. 가격을 미리 흥정해 둬야 하니까요."

그래서 직경이 60cm는 족히 될 법하고, 키보다 세 배나 더 큰 가지가 우산처럼 옆으로 넓게 퍼진 잘생긴 나무를 골랐더니 사장이 한마디 한다.

"사람마다 보는 눈은 다 똑같은가 봐요. 그 나무는 내가 점 찍어 뒀던 나문데 어찌 알고 그걸 골랐어요?"

"이게 현장에 가장 잘 어울릴 것 같은데요. 키도 크지 않아서 옥상의 바람도 많이 타지 않을 것 같고요. 다만 과연 토심이 얕은 옥상에서 잘 견뎌내고 활착할 수 있을지가 관건이라는 생각이 들긴 하네요."

그리하여 그 나무는 서울 한복판 종각역 건너편 모 은행 본점 5층 옥상정원으로 이사를 왔다. 35년 이상의 세월이 흘렀지만 그곳을 지나칠 때면 여전히 옥상 끝자락에서 나풀거리는 곁가지 잎이 손짓한다.

영원한 향기

구과목, 측백나무과, 향나무속에 속하는 상록침엽교목인 향나무는 다른 이름으로 상나무, 노송나무로 불리며, 한자어로는 향목(香木), 백진(柏槇), 향백송(香柏松), 회(檜), 회백(檜柏) 등으로 쓰이지만 동명이종(同名異種)이 흔한 나무다.

종류는 크게 뚝향나무, 눈향나무, 섬향나무로 구분하지만 조경 분야에서는 나이 많고 늙었다고 노향, 서서 자란다고 선향, 누워서 자라는 눈향, 둥근 공 모양을 한 둥근향, 나무 형태와 모양을 다듬고 기어 키운 조형향과 고산지대에서 자라는 곱향, 아메리카 원산의 연필향나무 등이 있으며 재배종으로 성장이 느리고 키도 크지 않은 새잎이 노란색을 띠고 있는 향나무 아우레이 등이 있다.

뚝향나무는 주로 경기 이천 지방과 경북 북부 지방에 흔히 분포하고 있으며 가지가 퍼져 자라며 바늘잎을 가진 침엽과 비늘잎을 가진 인상엽을 함께 가지고 있다. 눈향나무는 높은 산중에 주로 자생하며 침향나무, 눈상나무로도 불리는데 줄기가 땅에 붙어 옆으로 기어 자라고 대부분 잎이 인상엽인 경우가 많다. 섬향나무는 주로 해안지방에 분포해 줄기가 땅 표면을 기어 자라는데 대체적으로 침엽을 가지고 있다. 정원수로 식재되는 섬향나무 종에는 침엽이 없고, 어린 가지가 옆으로 꼬이면서 소용돌이치듯 자라는 일본 원산의 전정이 용이한 가이즈카 향나무와 둥근 형태의 관목인 옥향도 있다.

향나무 잎은 침엽(針葉)과 인상엽(鱗狀葉)이 있는데, 주로 나이 어린 가지 안쪽에는 침상엽이고 나이 든 가지 끝쪽에는 인상엽인 경우가 많고, 두 가지 잎이 한 나무에서 나오는 경우도 있다. 키는 보통 15~20m 이상으로 자라고 목질은 단단하고 치밀하다. 변재는 흰색을 띠지만 심재는 분홍색이나 붉은색을 띤다. 나뭇결은 곧고 내후성이 좋으며 아름다운 광택이 있고 향기가 난다. 수피는 회갈색, 적갈색, 흑갈색으로 세로로 얇게 갈라지고, 어린나무는 원추형으로 곧게 자라지만 나이가 들면서 주변 환경에 적응해 굽고 비틀어지는 경우가 많다. 나무의 수명이 길고 암수딴그루이지만 암수한그루인 경우도 있다. 심재는 불에 태우면 더욱 강한 향기가 나기 때문에 제사 때 향료로 사용한다.

꽃말이 '영원한 향기'인데 제수용 향으로 쓰이는 것을 보면 그냥 붙여진 이름은 아닌 것 같다. 살아서나 죽어서나 변함없이 자신의 향을 발산하는 향나무처럼 사람도 시종일관 좋은 향기를 뿜으며 한평생을 살면 얼마나 좋을까.

향나무는 굵고 큰 뿌리보다는 잘고 촘촘한 겉뿌리가 많아서 메마른 땅에서도 잘 자라며 공해에 강하고 이식이 쉽다. 하지만 배나무에 붉은별무늬병을 옮기기 때문에 배나무 과수원 주변에 심는 것은 피하는 게 좋다. 예부터 우물가와 묘지 주변에 뚝향나무를 심는 관습이 있었지만, 지금은 주로 정원수, 조경수, 공원수, 분재용, 생울타리용으로 식재되고 있으며, 목재는 연필재, 장식재, 조각재, 가구재 등으로 쓰인다.

향나무는 몽골, 중국, 일본 등 북동 아시아와 러시아 동부가 원산이며, 우리나라의 중부 이넘과 울릉도를 비롯한 일본에 주로 분포하고 있다. 북위 39° 이남이 주 생육지이지만 인위적인 식재의 경우 북위 40°에서도 잘 자라는 편이다. 우리나라에서는 울릉도가 대표적인 향나무 산지로 큰 나무들이 생산되었으나 남벌로 인하여 현재는 대경목 생산이 전무하다시피하다.

오래되고 큰 나무로는 경주 양동마을의 서백당에 서 있는 600년생 향나무가 유명세를 타고 있지만, 세계 최고령 향나무는 울릉도 도동항 절벽에 위치한 수령 2,500년으로 추정되는 향나무이다. 이외에도 천연기념물로 지정된 나무들로는 서울 선농단과 창덕궁의 향나무, 경기 남양주 양지리 향나무, 충남 연기 봉산동과 천안 양령리 향나무, 경북 울릉도의 대풍감과 통구미 향나무 자생지, 울진 후평리와 화성리 향나무, 청송 장전리 향나무가 있고, 시도지정 기념물로는 경기 안산의 팔곡리 향나무가 있다.

역사적으로 향나무의 어원은 라틴어 'Juniperus'에서 파생했으며, 여기서 'Juni'는 결혼식을 주재하는 여신의 여왕이자 다산의 여신인 'Juno'에서 유래되었고, 접미사 '~perus'는 라틴어 'Jera'에서 유래되었다고 보는데 임산부의 부른 배를 지칭하는 말로 알려져 있다.

신라 때부터 귀족들은 향나무로 만든 수레나 가구를 최고급으로 쳤다. 향나무를 땅에 묻어 두었다가 꺼내어 다른 향과 섞어서 실내 공기정화용 방향으로도 사용하였으며, 신과 인간을 이어주는 매개체이자 부정을 씻어주는 정화수(樹)로 선비나무로 사랑받았다. 향나무를 땅에다가 묻는 풍습은 미륵불 탄생을 염원하는 의미를 담고 있는데, 바닷가 근처가 더욱 좋은 향을 낸다고 믿어 묻은 곳에 매향비(埋香碑)를 세우기도 했다. 대표적인 지명으로 남아 있는 곳이 경기도 화성의 매향리이다. 하지만 아이러니하게 수년 전까지만 해도 향기로운 향내 대신 미공군의 전술 폭격 훈련장으로 이용되어 화약 냄새가 진동했다.

번식은 종자와 꺾꽂이로 하며 새가 열매를 먹고 씨앗을 퍼트리는 조매화이다. 4월에 개화하여 이듬해 10월경 가을철에 녹색 열매가 자흑색으로 결실을 맺는데 1개의 과피 내부에 1~6개, 보통 3개의 종자가 들어 있다. 수꽃은 가지 끝에 달려서 노란색 타원형으로 피고, 암꽃은 가지 끝이나 잎겨드랑이에 둥근 모양으로 달리는데 지름이 1.5mm 정도로 작아서 잘 보이지 않아 보통 꽃이 피지 않는 것으로 알려져 있기도 하다.

어린싹은 샐러드에 첨가해 먹거나 말린 잎으로 차를 끓여 마시기도 하고, 열매는 야생 짐승 요리 냄새 제거제로 사용하거나 소금에 절인 양배추에 곁들여 먹으면 위장에 좋다.

한방에서는 맛이 따뜻히고 매우며 강한 향을 지니고 있어 예부터 민간요법으로 나뭇가지와 잎을 말려서 상처, 피부병, 배탈에 복용하기도 했다. 소염, 생리불순 통경약으로 사용해왔으며, 거풍, 활열 해독, 감기, 관절통, 타박상, 통풍, 류마티스, 단독(丹毒), 두드러기, 종독(踵毒) 등을 치료하고, 거담제, 어린이 강장제, 당뇨, 혈소판과 혈관 이완작용에 효능이 있다고 알려져 자주 애용해 왔다. 출산을 용이하게도 하지만 자궁 자극제이기 때문에 임신 중에는 복용을 피해야 하며, 열매를 불에 태워 재생하고 정화한 공기를 흡입하면 마음이 안정되고 평안해져 정신 건강에 좋다.

향나무 한 토막

일영 향나무 농장에서 구한 나무가 드디어 서울 시내 한복판에 시집오는 날 긴장과 초조감이 엄습해 마음이 안절부절못했다. 한 그루 가격이 수천만 원을 넘는 고가이기도 했지만 이렇게 크고 훌륭하게 수형을 유지하며 자란 나무를 결코 죽이지 않아야겠다는 각오와 다짐이 마음 한편에서는 일렁이고 있었다. 대형 크레인으로 양중하여 심을 자리에 앉혀 보니 직경이 20cm는 족히 되어 보이는 잘려 나간 가지의 잔재가 건물 난간 턱에 닿아 잘라내고 심어야 할 처지였다. 잘라내지 않고 심을 수 있을까 궁리하며 이리저리 수형을 돌려가며 가늠해 보아도 결론은 잘라 내고 심는 것이 옳다고 판단되었다. 자르더라도 부위가 난간 코너 바깥쪽으로 위치하고 넓게 퍼진 수형에 가려져 잘 보이지 않아 관상 가치를 훼손하지 않는다고 생각되었기에 결심을 굳히고 잘라 냈다.

오랜 세월을 지나치며 겉으로 회색빛을 띠고 있던 나무의 속살이 선명하게 드러났다. 표피 쪽 1~2cm 정도만 흰 살을 보이고 나머지 심재 쪽은 붉고 단단한 나이테를 보이며 아름다운 무늬와 색상으로 지나온 억겁의 세월을 말해주는 듯했다. 잘려 나간 가지의 길이는 약 45cm 정도 되었는데 가지 끝쪽은 엇갈림 소문자 형태의 y자 모양을 하고 있었다. 언뜻 증조부 제사 때 향불용 향나무가 필요하다고 했던 말이 스쳐갔다.

"이거 한쪽으로 치워 두었다가 점심시간에 중간을 잘라 두 개 다 현장 사무실에 갖다 두세요."

작업반장에게 당부하자 무슨 일인가 싶어 반장은 눈알을 이리저리

굴리며 묻는다.

"쓰레기를 외예? 뭐할라꼬 캅니까?"

"제사 때 향불용으로 쓰게요."

그때서야 고개를 끄덕이더니 말을 더한다.

"향불을 필 거면 두 개 다 필요합니까? 그 말을 듣고 보니 나도 한 동가리 가져갔으면 싶네……."

"그러세요. 한 토막만 해도 수십 년은 쓰고도 남을 텐데요 뭐."

나중에 보니 반장은 두 토막이 아닌 세 토막으로 나눈 뒤 하나는 자기가 가져가고, 두 개는 사무실에 가져다 놓았다.

자귀로 박피하고 허연 변재를 벗겨내자 진분홍색 속살이 드러났다. 가운데 부분은 색깔이 진하다 못해 거의 진한 고동색에 가까우리만치 붉게 농축된 빛을 띠고 있었다. 참으로 귀한 향불 재료를 얻은 셈이라 절로 콧노래가 흘러나왔다.

그렇게 얻은 향나무는 35여 년이 지난 지금, 아직도 두 토막 중 한 토막의 수십 분의 일도 쓰지 못하고 있다. 대를 물려 쓰고도 남겠다는 생각이 든다. 인간과 희로애락을 같이해 온 주변에 흔하디흔한 것이 향나무지만 한 자리에 서서 억겁의 세월을 견디며 살아온 속내를, 죽어서까지 진한 향내음을 발산하는 희생에 숙연해진다.

만물의 영장이라 여기며 고작 겨우 1세기에도 못 미치게 사는 인간이지만 수백 수천 년 인고의 세월을 견뎌내고 세월을 감내하고 살아온 향나무에 비길 바가 아니다. 향로에 불을 지피며 피어나는 연기와 향내음에 담담한 마음이 피어오른다. 솔솔 피어나는 향처럼 향기나는 삶을 살아야겠다고 마음을 다잡아본다.

나무는
오늘도
사랑을
꿈꾼다

22

진달래나무

Rhododenron
latum TURCZ

참되고 애틋한 정

구세주 진달래

소나무, 잣나무 등 침엽류 아래에는 보통 일반 식물이 생존하기 어렵다. 낙엽이 땅 위를 덮으면 거미줄처럼 생긴 부패를 방지하는 효모가 발생해 썩는 데 오랜 시간이 걸려 싹을 틔우고 뿌리를 내리는 것이 어렵게 되어 생명의 잉태에 방해되기 때문이다. 그래서 소나무 숲은 거의 비슷한 나이대의 나무들로 동령 숲을 이룬다. 하지만 이런 악조건에서도 진달래 종류의 나무는 자신을 불태우며 굳건히 살아간다.

이런 이유로 고리원자력발전소 건설 당시 소나무를 군식하고 하부목으로 진달래를 배식했다. 문제는 다량의 진달래를 구하기가 어려웠다. 전국의 수목 납품업자를 연결한 네트워크를 동원했지만 당시엔 재배목이 없다 보니 섭외가 쉽지 않았다. 불법 채취를 하지 않으면 조달이 여의치 않은 상황이니 선뜻 나서서 납품하겠다는 사람이 없었다. 여기저기 수소문으로 겨우 수십 그루 정도는 가능하다는 연락을 받았지만 규격이 턱이 없거나 크기가 달랐고 요구하는 단가가 비싸 수용할 수 있는 처지가 아니었다. 준공일자는 다가오고 설계 변경 이야기까지 대두되는 상황이었다. 설계와 시공을 함께한 턴키 베이스 공사라 수종을 바꾸는 일은 회사의 신의와 설계자인 내 자존심이 걸린 문제이기도 했다. 전 직원이 매달려 해결하려고 나섰지만 뾰족한 방법이 없어 난감하기 이를 데 없는 상황이었다. 내 고향의 앞뒤 동산에 널브러진 게 진달래여서 봄이면 온 산이 붉게 물들곤 했다. 그렇게 많은 나무였지만 이제는 귀하디귀한 나무가 되고 말았다.

어머니 생신이 다가와 고향에 들렀다. 그런데 들배기 쪽 오가네 산이 온통 나무가 잘려져 나가 황폐한 속살을 내비치고 있는 것이 아닌가.

"저기 오가네 산, 산판 났어요? 나무를 다 짤랐네?"

"서울 사람이 사가꼬 산삼 심고 한다고 개간한다 카데."

내가 눈을 동그랗게 뜨고 묻자 어머니가 지나가는 투로 대답했다.

"저기 진달래 많잖아요. 어릴 때 기억으로는 진달래밭이었는데?"

"아직도 많긴 하지. 나무가 커서 옛날만은 몬하지만 그래도 수타 ~~많을~~ 끼구마."

"저거 개간 허가 냈으마 진달래고 뭐고 몽땅 다 캐서 없애 버리겠구마. 저 진달래 내가 캐 가마 안 될랑가? 서울 사람 어데 있어요?"

"쓸데없는 짓거리 하지 말거래이. 너도 괜히 허파에 바람 들어가꼬 엉뚱한 짓거리 하지 말고."

"아니 엉뚱한 짓거리가 아니고 지금 회사에서 진달래 때문에 난리가 났다니까요! 개간 허가 났으마 캐 갈 수 있을 낀데. 서울 사람 연락처나 알아봐 줘요."

"아마 박길동이가 소개하고 일 봐주고 있응께 물어보마 알끼구마."

그리하여 누이 좋고 매부 좋고 어차피 없앨 나무 캐가니 좋고 귀한 진달래를 구하니 좋고 일석이조인 셈이 되어 일이 순조롭게 진행되었다.

두견새가 울 때 피는 꽃

진달래는 키가 2~3m 정도 자라는 낙엽관목으로 중국, 일본, 몽골 북부, 우수리 등지와 우리나라 전역에 자생하고 있다. 세계적으로 125종의 진달래과, 600~800여 종의 진달래속의 종류가 있으며 우리나라에는 10여 속 30여 종이 자라고 있다. 특히 가장 큰 나무로 알려진 가지산 중봉 해발 1,100m 고지의 천연기념물로 지정된 노거수 철쭉 군락지 내에는 키 3.5m, 근원경 둘레 91cm에 이르는 진달래가 자라고 있다. 영명은 'Korean rosebay'이고, 다른 이름으로 지방에 따라 참꽃, 두견화(杜鵑花), 체지꽃, 옥지, 천죽꽃, 철지, 철둑, 척촉 등으로 불리며, 간도 지역에서는 천지화, 천지꽃으로도 불린다.

식용과 약용이 가능한 진짜 꽃이라고서 해서 '참꽃'이라는 이름으로 부르게 되었다는 설이 있고, '두견화'라는 이름은 단종이 청령포로 유배된 뒤 한이 맺혀 궁궐을 회상하며 인용해 지은 시 "꽃 색깔이 붉은 것이 두견새가 밤에 울어 피를 토한 것"이라는 데서 왔다는 설과 중국 촉나라 황제 두우가 나라가 망한 뒤 신하 별령에게 왕권을 넘겨주고 도망가서 한이 맺혀 죽었는데 두견새로 환생해 봄이면 온 산야를 돌아다니며 밤낮으로 슬피 울다가 피를 토한 자리에 피어 생겼다는 설이 있다.

꽃이 하얀 흰진달래, 작은 가지에 털이 있는 털진달래, 털진달래 중 해안 지역에 주로 서식하며 흰 꽃이 피는 흰털진달래, 잎이 크고 넓으며 타원형 또는 원형에 가까운 왕진달래, 잎에 윤기가 있고 양면에 사마귀 같은 돌기가 있는 비탈기 근처에서 지생히는 반들진달래, 한라산 정상 근처에 자라며 키와 꽃이 작고 수술이 5개인 제주진달래, 제주진달래보다 열매가 더 길고 가느다란 한라산진달래 등이 있다.

꽃 색깔은 분홍색, 진분홍색, 흰색, 자주분홍색 등이 있으며, 꽃은 통꽃으로 삿갓을 뒤집어 놓은 것 같은 벌어진 깔대기 모양이다. 크기는 3~4.5cm인데 끝이 다섯 갈래로 갈라져 있고, 10개의 수술과 수술보다 훨씬 긴 모양을 한 1개의 암술이 있다.

우리 조상들은 3월 삼짇날 진달래꽃으로 화전을 부쳐 먹으며 봄맞이를 즐겼고, 꽃으로 담근 진달래술은 두견주라 부르며 사랑받아 왔다. 면천의 두견주는 중요무형문화재로 지정되어 그 명맥을 이어가고 있다. 그 유래가 고구려의 복지겸 장군이 병 치료 차 당진에서 휴양하던 중 병구완하던 딸의 꿈속에 신선이 나타나 진달래꽃을 따다가 술을 담가 아버지에게 드리면 병이 완쾌될 거라는 계시를 받고 빚은 술이 두견주인데 복지겸이 이 술을 먹고 병이 나았다고 전해지고 있다.

민간요법으로 꿀에 꽃을 재어 천식에 복용하면 효과가 있다고 알려져 있다. 꽃의 효능으로는 조기 월경, 활혈, 진해, 생리불순, 폐경, 붕루(崩漏), 토혈, 타박상, 동통 해소, 고혈압 등에 좋다.

진달래는 황토질 산성 땅을 좋아하고 질소질 성분은 좋아하지 않는다. 반음지성 식물이지만 양지쪽에서도 잘 자라며 동남향이나 서남향을 좋아한다. 건조한 토양보다 야간 습윤한 땅에서 잘 자라고 천근성으로 지표면 온도가 낮은 곳을 선호하며 맹아력이 좋아 줄기에 비늘 조각처럼 작은 가지가 돋아난다.

번식은 씨앗 파종과 포기 나누기, 꺾꽂이로 증식하며 잎은 어긋나기로 타원상 피침형 또는 도피침형으로 양쪽이 좁고 가장자리가 밋밋하다. 잎의 윗면은 녹색으로 사마귀 같은 비늘 조각이 약간 있으며 뒷면은 연한 녹색으로 비늘 조각이 촘촘히 밀생하며 털이 없는 것이 특징이다.

잎보다 꽃이 먼저 피는 엽전개화 식물로 제주도는 3월 초순, 서울은 4월 중순, 한라산과 지리산 꼭대기 근처는 5월 말경이 개화기이며 잎에 털이 많은 털진달래는 보통 5월 말에 개화한다. 비슷한 철쭉속 식물로 산철쭉이 있는데 산철쭉은 꽃이 진달래보다 크고 화관 윗부분에 진한 자주색 반점이 뚜렷하며 꽃 밑에서 끈적끈적한 점액이 나오는 특징이 있다. 진달래가 피고 나서 연이어 피는 꽃이라고 경남 밀양 지방에서는 연달래라 부르기도 하지만 보통 개꽃으로 많이 불린다. 철쭉은 독성인 그라야소톡신 성분이 강해 음용이 불가하다.

진달래의 열매는 원통형으로 길이 2cm 정도이고, 10월에 적갈색으로 익으면 5갈래로 터지며, 겉표면에는 비늘 조각이 빽빽하게 나 있다. 진달래의 목질은 결이 견고하고 조밀하여 우산 손잡이, 장식 기둥, 실내장식용으로 주로 쓰이고, 관상용 정원수로는 고려 때부터 이용한 기록이 나온다. 경복궁의 아미산과 향원지, 창덕궁, 수원 화성 홍릉과 재실 담장, 조선 민가와 사대부 주택 등에도 흔히 심었다. 특히 진달래나무로 만든 숯은 옻칠이나 금형 연마용으로 쓰이는 최고급의 품질로 대접받았다.

잎은 두견화엽, 뿌리는 두견화근, 변산호, 수산호, 황연사, 채약서 등으로 부르며 생약으로 잎이나 꽃을 사용했다. 생약명은 산정촉(山鄭蠋)으로 플라보노이드 화합물, 유기산, 아미노산, 타닌, 정유를 함유하고 있어 이뇨제와 류머티즘에 주로 쓰인다. 약성은 따뜻하고 산감(酸甘)하다. 『증약대사전』에 "맛은 시큼하고 달며 성질은 따뜻하다"고 하며, 『본초강목』에는 "맛은 시큼하고 독은 없다"고 기록되어 있다.

사랑의 기쁨

진달래 꽃말은 '사랑의 기쁨'인데 이에 전해오는 이야기가 있다. 옥

황상제에게 죄를 짓고 지상에 내려온 선녀가 꽃을 가꾸다가 다리를 다쳤는데 진씨 성을 가진 나무꾼이 치료해 준 인연으로 결혼하여 달래라는 예쁜 딸을 낳고 살았다. 고을에 새로 부임한 사또가 예쁜 달래를 보고 첩을 삼고자 하였으나 거절당하자 달래를 죽여버렸다. 죽은 딸을 안고 슬피 울던 나무꾼이 혼절하여 그 자리에서 사망하자 순식간에 시체가 사라지고 빨간 꽃이 피어나 꽃무덤을 만들었다. 사람들은 이 꽃을 아버지의 성과 딸아이의 이름을 합쳐 '진달래'라고 부르게 되었다고 한다.

사또의 짝사랑이 불러온 비극이 아버지의 진하고 따뜻한 사랑으로 다시 피어난 이름 진달래는 우리 삶의 터전에서 친숙하고 부담없이 민초와 함께 지내왔다. 생활문화 속으로 스며든 진달래는 봄의 전령사로서 문학이나 예술, 지역 축제로 다시 태어나 예나 지금이나 우리 곁을 지키며 함께 하고 있다.

『삼국유사』에 헌화가에 얽힌 이야기도 있다. 신라 성덕왕 때 수로부인이 강릉 태수로 부임하는 순정공을 따라가다가 쉬는 도중 절벽 위에 핀 진달래를 보고 꺾어 오라고 하였다. 험하고 위험한 높은 절벽 끝 낭떠러지에 핀 꽃이라 모두가 두려움으로 주저하고 있을 때 어떤 노인이 암소를 끌고 가다가 "붉은 꽃 핀 바윗가에 암소를 끌고 온 노인이 부끄럽지 않으시거든 꽃을 꺾어 바치오리다"라고 노래한 후 꽃을 꺾어 주었다고 한다. 이때 부른 노래가 '헌화가'로 전해지고 있다.

김소월 시 "영변의 약산 진달래꽃 아름 따다 가는 길에 뿌리 오리다", 신동엽 시 "길가엔 진달래 몇 뿌리 피어 있고", 이소은 시 "두 볼이 너무 예뻐서 진달래 같다고 했죠", 가곡 "봄이 오면 산에 들에 진달래 피고" 등은 봄이 오는 길목에서 자주 흥얼거리는 구절들이다.

경기도 수원시의 시화가 진달래이며, 중국 조선족 자치주 연변의 주화와 시화도 진달래이다. 신윤복이 그린 『혜원풍속도첩』에도 봄을 묘사한 풍경에 진달래가 수차례 등장하고 있는 것을 보면 진달래는 우리 생활 가까이에 있는 꽃이라 여겨진다.

진달래로 유명한 곳으로는 강화 고려산, 여수 영취산, 당진 아미산, 마산 무학산, 창녕 화왕산, 달성 비슬산 등이 있다. 이곳에서는 봄이면 진달래 축제가 열리고 부천 원미산, 진해 시루봉, 거제 대금산, 강진 주작산, 창원 천주산, 제주 한라산, 밀양 종남산 등에서도 화사한 진달래꽃으로 봄 축제가 열린다.

해외로는 일본 군마현 다테바야시의 쓰쓰지가오카 공원에는 세계의 진달래 100여 종이 1만 그루 이상 육성되고 있으며, 4월부터 꽃이 피는 한 달 동안 진달래 축제가 열린다. 배를 타고 감상할 수 있어 국

제적인 진달래 축제로 각광받고 있다.

아버지의 정성

"이때껏 관목을 받으며 최 과장 부친만큼 꼼꼼하고 성의있게 작업해 온 사람은 본 적이 없어요."

당시 현장 소장을 맡고 있던 박 과장은 지금도 나를 볼 때마다 이렇게 이야기한다. 자식의 부탁으로 평생 처음 굴취해 본 진달래를 나름 흙이 떨어지지 않고 뿌리가 마르지 않도록 하나하나 비닐로 꽁꽁 싸고 끈으로 촘촘히 묶어 정성을 들였기에 단 한 주(株)의 고사(枯死)도 발생하지 않았다는 것이다.

"나무가 도착했을 때 분 하나하나를 꼼꼼히 싸맨 것을 보고 볼 것도 없이 검수를 통과해 주었는데 최 과장 아버지라 해서 깜짝 놀랐지 뭐유? 미리 귀띔이라도 해 주지. 직원 가족이 납품하는 오해를 사기 싫어 그랬죠?"

박 과장의 반문에 마음을 들킨 것 같아 얼굴이 달아올랐던 기억이 새록새록하다.

구하기 힘든 것을 즉시 해결해 준 것만 해도 고마운데 싼 단가에 성의 있는 작업이 퍽이나 인상적이었다는 박 과장의 말은 모든 일에 열과 성을 다하면 좋은 결과가 도출된다는 또 하나의 교훈을 얻는 계기가 되었다. 본인 품삯을 제하고 나면 별 소득도 없는 일이었지만 아들을 생각하며 진정성을 보인 아버지가 존경스러웠다. 혹여 아들이 욕이라도 먹을까봐 처음 해 보는 일을 성의껏 발 벗고 나서 해결해 준 따뜻한 마음이 가슴에 닿는다.

'감사합니다. 아버지!'

담 밑에 심은 진달래가 빼꼼히 수줍은 고개를 내미는 이른 봄이면 진달래를 바라보며 아버지 생각에 잠긴다. 진홍색으로 배시시 웃는 진달래가 아버지의 웃음을 닮았다.

23

미선나무

Abeliophyllum distichum

슬픔도 기쁨도 모두 사라진다

향기에 취한 벌의 죽음

미선나무 꽃향기를 맡은 벌은 신경이 마비된 듯 침을 사람에게 쏘지도 못할 뿐만 아니라 한 번 꿀맛을 본 뒤로는 미선나무 꽃 주변을 떠나지 못하며 때로는 나무 아래로 떨어져 죽기도 한다.

꽃말이 '모든 슬픔이 사라진다'와 '선녀'라는데, 보통 하얀 꽃이 개나리처럼 피어서 흰색 개나리로 오해하기도 하는 나무이니까 선녀라는 꽃말은 이해가 간다. 하얀 비단옷을 두르고 구름 사이로 사뿐히 내려앉는 예쁜 선녀의 모습이 연상되기 때문이다. 하지만 '모든 슬픔이 사라진다'라는 꽃말은 뒤집어 보면 슬픔이 사라지고 기쁨으로 충만해야 하는 것이지만 벌이 향기에 취해 꽃을 떠나지 못하고 죽음까지 불사하게 된다는 것에는 고개가 갸웃거려진다. 향에 취해 헤어나지 못하고 죽어 없어지니 모든 슬픔이야 당연히 사라지겠지만 죽음은 슬픔뿐 아니라 생명을 포함한 모든 것을 사라지게 한다. 그러니 좋고 나쁨, 옳고 그름, 기쁨과 슬픔을 따져봐야 무슨 소용이 있겠는가. 작고 앙증맞은 귀여운 꽃을 가진 미선나무가 이런 무서운 존재라는 데에서 세상은 겉만 보고 판단하면 안 된다는 교훈을 얻는다.

"미선나무 알아요? 희귀종이라던데. 개나리 대신 좀 썼으면 좋겠는데……."

하천변 제방 도로가에 울타리 겸용 관목으로 개나리 말고 무엇이 좋을까 고민하다가 공무원으로 하천 관리를 담당하며 조경을 전공하는 대학원 친구에게 물었다.

"야탑동 선경아파트 입구 도로변 옹벽 위에 보면 있어요."

"그래요? 말로만 들었지 직접 본 적이 없어서 개나리와 어떻게 다르고 어떤 특징이 있는지 알고 싶은데……. 책을 봐도 확실한 내용을 알 수가 없어서요. 천연기념물로 한반도 고유종으로 세계 유일종이라 하는데 생태적 특성이나 이런 것들이 잘 기록되어 있지 않더라고요."

"개나리와 똑같다고 보면 돼요. 색깔이 다르고 크기가 개나리보다 더 작게 생겼고요. 화관이 개나리보다 더 깊게 갈라졌어요. 생태적으론 글쎄 생육 조선이 개나리보나 너 나쁘냐고 해도 괜찮을러나? 개나리하고 별반 다르게 보이지는 않는 것 같던데요? 척박한 데서도 잘 자라고."

"그래요? 그냥 제방 도로변에 생울타리로 심어도 괜찮을지 모르겠네……. 야탑에 한번 가서 직접 봐야겠네. 본다고 달라질 것도 없지만 말예요."

그래서 야탑동 선경아파트 앞 도로변 옹벽 위에 심어진 나무를 보러 갔는데 초록색의 잔잔한 가지가 콘크리트 옹벽에 드리워져 수양버들 가지처럼 인도 쪽 아래를 향해 늘어져 있었다. 가을이라 잎도 꽃도 볼 수가 없어 판단을 하기에는 역부족이었다.

한반도 고유종 천연기념물

꿀풀목, 물푸레나무과, 미선나무속에 속하는 미선나무는 세계적으로 1속 1종만 존재하는 낙엽관목으로, 키는 2m 정도로 자라며 3~4월에 개화하고 9월에 열매를 맺는다. 개나리와 같은 과에 속해 모양은 개나리와 흡사하지만 양지식물로 달콤한 향이 매우 깊고 진하며 척박한 환경의 전석이 뒤덮인 급경사지에 서식하여 강인한 생명력의 대표적인 표본식물이라 할 만하다.

흰 꽃을 기본종으로 구분은 꽃이나 꽃받침의 색과 열매 모양에 따라 1변종과 3품종으로 나눈다. 열매 끝이 오목하지 않고 둥근 것을 둥근미선나무로 칭하는 1변종이고, 꽃 색깔이 분홍색인 분홍미선나무, 상아색인 상아미선나무와 꽃받침이 연록색인 푸른미선나무의 3품종이다. 최근엔 새로운 품종으로 꽃잎 끝이 꼬부라진 꼬리별이 개발되기도 하여 점차 관상 가치가 큰 세계적인 수종으로 발전하고 있다.

충북 괴산의 두 곳, 충북 영동, 전북 부안의 다섯 곳 자생지는 천연기념물로 지정되어 관리되고 있다. 또 충북 진천의 자생지는 당초 천연기념물로 지정되었으나 남획과 훼손이 심해 지정이 취소되는 아픔을 겪기도 했다. 부안의 자생지는 부안댐 건설로 인한 수몰로 변산면과 상리면으로 나뉘는 아픔을 맛보기도 했다. 미선나무의 남방한계선으로 알려져 있고, 미선향 축제가 개최되는 괴산군의 송덕리 자생지는 전석으로 뒤덮인 돌 틈에서 군락을 이루고 있으며, 최근에 강원도 원주에서도 자생지가 발견되었다.

번식은 종자와 삽목으로 하지만 종자의 발아율이 낮아 연구를 거

듭하고 있다. 종자에는 발아 억제 성분인 페놀성 화합물 알렐로파시를 함유하고 있는데 활성산소를 중화하는 페록시다아제 활성을 억제해 발아를 방해해서 발아율이 낮다고 알려져 있다. 또한 건조, 습윤, 온도, 바람 등 기후 조건과 충격, 파손, 동물 등에 의한 물리적인 원인과 종자가 발아해 어린 식물이 되는 부분인 배아에 자엽(子葉), 배축(胚軸), 유아(幼芽), 유근(幼根)이 발달하지 않는 생리적인 원인도 한몫하는 것으로 연구 조사되고 있다. 하지만 부탄으로 수출된 미선나무가 해발 2,500m에 활착해 개화에 성공하는 사례도 있는 것을 보면 타고난 끈질기고 강한 생명력과 적응력이 그저 놀라울 따름이다. 이런 강한 적응력과 생명력에 힘입어 대량 증식에 성공하여 이제는 조경용수로 각광받고 있다. 2017년도에는 멸종위기 야생식물 2종으로 지정 관리되고 있던 것이 해제되는 성과를 거두기도 했다.

열매는 둥글납작한 모양의 둘레에 날개가 달린 시과(翅果)로 끝이 오목하게 패여 있다. 종자 길이는 8.1~11mm, 폭 3.4~5.2mm이고, 날개는 건조해지면 녹색이 없어지고 갈색으로 변하며 단단해진다.

꽃은 잎보다 먼저 피며, 전년도에 맺힌 꽃눈이 이듬해 봄에 개화하고, 암술과 수술이 한 꽃인 양성화로 총상꽃차례이다. 암술이 수술보다 긴 장주화와 암술이 수술보다 짧은 단주화가 있으며 한 개의 암술과 두 개의 수술이 있다.

나무껍질은 얇게 갈라지고 가지가 많이 갈라져 자라며 아래로 처지며 자란다. 어린 가지는 네모지고 자줏빛이 돌며 골속은 계단 모양으로 잎은 마주나기이며 끝이 뾰족하고 가장자리가 밋밋하다.

미선나무는 일제강점기에 일본인 'Nakai'가 발견해 등록한 나무지만 『조선왕조실록』에 "열매가 미선(尾扇)이라는 부채 모양을 닮아 일본 사신 진상품으로 쓰였다"고 기록되어 있는 걸 보면 예부터 귀한 나무였던 것 같다. '미선(尾扇)'은 대나무 살과 명주로 만든 둥근 부채로 용왕이나 임금 옆에서 시녀들이 들고 있는 하트 모양의 예쁜 부채를 말한다. 미선나무는 열매가 그 모양을 닮아 이름 지어졌다.

이렇게 예쁜 이름을 가진 미선나무는 김치에 넣어 두면 젖산균을 잡아 군내를 방지하고, 돼지고기를 재웠다가 구우면 딱딱하게 굳어지는 것을 방지하는 효과가 있어 두부, 김치 등 식품첨가물로 연구개발되고 있다. 또한 항암, 항알레르기, 항염, 미백 및 주름 개선, 노화 방지 효능이 있어 화장품, 샴푸 등 미용제품에도 이용되고 있으며, 관련된 활발한 연구들이 진행되고 있다.

알아가는 기쁨

하천변 둑방길 가장자리에 설계한 미선나무를 보고자 꽃피는 봄 야탑을 다시 찾았다. 노랗고 작은 개나리 닮은 꽃들이 뾰족이 내민 파란 잎 틈새를 가득 메운 채 총총히 피어나고 있었다.

"응? 노란 꽃 미선나무?"

뭔가 잘못되었다는 생각에 휴대폰을 꺼내 사진을 찍었다. 도감을 찾아보니 미선나무가 아니고 애기개나리로 불리기도 하는 영춘화란다.

'그렇지! 사람이니 잘못 알 수도 있고 틀릴 수도 있는 거지.'

가끔 그 길을 지나칠 때면 미선나무 생각으로 혼자 쿡쿡 웃음을 참는다. 친구는 왜 영춘화를 미선나무로 잘못 알고 말해주었을까? 조경업자가 잘못 알고 심은 것일까? 아니면 속여서 심은 것일까? 아직도 내 머릿속은 미궁을 헤맨다. 덕분에 미선나무와 영춘화에 대해 더 잘 알 수 있었으니 그저 나에겐 감사한 일이지만.

'모든 슬픔이 사라진다'는 꽃말이 '선녀'가 되어 하늘을 난다. 나는 미선나무를 생각하면 슬픔보다는 기쁨을 맛본다. 잘못 알고 지냈던 한 해 겨울을 생각하며 자신을 보듬는다. 봄눈 녹듯 사라진 틀린 지식을 돌이켜보며 새로운 앎에 대한 기쁨을 만끽한다. 미선나무는 나의 올바른 지식을 성장시킨 촉매 중 하나다.

그 후부터는 나름 확인하고 또 확인하며 옳은 건지 옳지 않은 것인지 따지는 버릇이 생겼다. 잘못 알고 전달하다가는 '카더라 통신'의 주범이 되어 뒤로 창피당하기 쉽기 때문이다. 세상에는 감사한 일과 감사해야 할 일이 널브러져 있다. 틀리고 모르는 것을 고치고 알아간다는 것은 큰 기쁨이다. 미선나무가 틀린 지식에 대한 슬픔을 꽃말 '선녀'처럼 하늘로 날아 올렸다. 올라간 선녀가 슬픔이 아닌 기쁨을 안고 살포시 다시 내 머릿속으로 내려앉는다. 그런데 왜 자꾸 웃음이 나지?

나무는
오늘도
사랑을
꿈꾼다

24

배나무

Pyrus pyrifolia var.culta (Makino) Nakai

마음을 비우고 사랑하라

장독대 수난시대

"우당탕! 우르르릭!"

"퍽! 쨍그랑!"

뒤뜰 장독대를 드리우고 선 배나무가 오늘도 요동을 친다. 먹배로 부르던, 주먹만큼이나 큼지막한 배가 떨어져 양철 지붕을 내리굴러 장독을 덮치니 뚜껑이 또 깨지고 금이 갔다. 작년 이맘때도 깨져 독쟁이에게 수리를 맡겨 접합제를 바르고 철사로 동이고 겨우 건사하던 버지기 두껑인데 또 피해를 입고 말았다. 엄마가 끼니 때마다 쌀 한 줌씩 덜어내 아껴 장만한 장독이라 수리해서 소금독으로 쓰던 것이었다. 이제 새로 옹기를 사야 할 처지가 되었다.

"아이고! 저노무 배나무 좀 비어 업쌔라니까 말 참 지독히도 안드러요."

"저 큰 걸 우째 비노? 집 무너뜨릴라카마 몰라도."

"그래도 우째 좀 해 보소! 한두 해도 아이고 이래가 독이 나마 나겠능교?"

"……."

집 뒤뜰 안에는 키가 족히 20m는 넘을 만큼 두 갈래로 가지를 뻗쳐 만세를 부른 모양의 배나무가 서 있다. 주변의 감나무들 영향인지 몸통에 비해 가지는 별로 뻗치질 못해 곧장 곧추서서 자란 수형이라 하늘을 찌를 듯 키만 장승처럼 컸다. 가느다란 가지 끝엔 매년 제법 크고 튼실한 배가 달리는데 비바람 몰아치는 장마철이면 이게 떨어지면서 양철 지붕을 두드리며 꿍음을 내고 나무 아래 장독대를 때리고 덮쳐 성한 독이 없을 지경이 되었다.

참다못한 엄마가 아버지에게 깨진 독 뚜껑을 핑계 삼아 넋두리를 늘어놓으며 화풀이를 하는 중이다. 이러지도 저러지도 못하는 상황이라 머리를 긁적이며 입을 닫은 아버지가 무슨 묘책이라도 찾은 듯이 한마디 내뱉고는 어적어적 헛간을 향해 간다.

"알았다 카이! 고마하라꼬! 젠장!"

홧김에 들른 아버지가 누에를 칠 때 시렁을 매는 잠밥대와 토끼장 짓다가 남은 철망을 주섬주섬 챙겨 나와 장독대로 향한다. 네 귀퉁이에 잠밥대로 기둥을 세우고 보를 걸어 철망으로 위쪽을 씌우니 제법 그럴듯한 육면체 모양의 어짓간이 만들어졌다.

"진작 이래라도 좀 해 주지. 그동안 아까븐 장독만 깨 묵었구마."

말은 아직 성가신 듯해도 엄마의 얼굴엔 살짝 미소가 번지고 이마의 땀을 훔치는 아버지에게 물 한 잔을 내민다.

티격태격 몰아치던 언쟁을 넘어 따스한 부부의 정이 솟는다. 사는 게 뭐 별거 있는가? 서로 아껴주고 보듬어 주며 살아가면 그게 바로 작은 행복 아닌가? 우수수 배꽃 날리듯 마음속 응어리가 펄펄 날리면 또 새로운 희망을 안고 설렌 마음을 다잡으며 잘살아보자고 이를 악물고……. 배나무 아래에서 따스한 부부의 사랑이 움튼다.

팔만대장경판목

배나무는 장미목, 장미과, 배나무속의 키 7~10m로 자라는 낙엽활엽교목 또는 소교목으로, 영어명은 'Pear'이다. 기원지는 중국 서부 또는 남서부로 추정되고 있다. 세계적으로 20여 종이 분포하고 있는데, 주로 우리나라 남부, 중국의 양쯔강 연안, 일본의 중남부 지방에 분포하고 있다. 통상 우리가 배나무로 통칭하는 것은 한국, 중국, 일본 등지에서 자라는 돌배나무를 일본이 품종을 개량하여 만든 것을 말한다.

우리나라에는 요동반도를 거쳐 백두대간을 타고 남하해 퍼졌으며 남해안을 통해 일본으로 전파된 것으로 추정하고 있다. 이는 백두대간과 산악 지역인 경북 울진, 영양을 비롯해 전남 광양의 백운산이나 해남 두륜산 등지에 자생하는 아름드리 배나무가 많이 있는 것을 보면 유추해 볼 수 있다.

배의 종류는 크게 3가지로 남방형인 한국배와 북방형인 중국배, 유럽계인 서양배로 분류한다. 우리나라 고유종으로는 고실네, 황실네, 청실네가 있으며, 주 재배지 이름으로는 금화배, 함흥배, 안변배, 봉산배가 유명하다. 현재 재배되고 있는 종은 대부분 일본종이라고 보면 된다. 우리나라 재래종으로는 콩배, 돌배, 산돌배가 있다. 야생종으로는 전남 광양 백운산 자락의 백운배, 해남 두륜산의 돌배, 경남 남해 용문산의 용문배, 전북 위봉산의 위봉배가 있다. 개량종으로는 단배, 황금배, 추황배, 원황, 만풍배 등이 있다. 이외에도 현재 전국에 분포되어 있는 종을 살펴보면 콩배, 서양배, 청위봉배, 개위봉배, 돌배, 신돌배, 들배 등이 주류를 이룬다. 특히 산돌배류로는 취앙내, 금강산돌배, 백운배, 참배, 남해배, 청실리, 털산돌배, 문배, 합실리 등이 자라고 있다.

여기서 문배나무는 일제강점기에 일본인 니카이 다케노신이 홍릉수목원에서 처음 발견하여 등록한 산돌배나무종이다. 이 이름을 딴 문배주는 국가무형문화재로 지정된 전통주로, 평안도 지방에서 전승되어 오는 향토주이다. 문배향이 나는 증류주이지만 주요 재료가 밀, 좁쌀, 수수와 누룩이며 실제 문배는 사용되지 않았다.

또 이름이 아그배나무라는 나무가 있다. 이는 열매가 달린 모습이 아기 배가 달린 모습처럼 생겨서 아그배나무라 불리지만 장미과 사과나무속에 속하는 나무로 배나무와는 거리가 있는 나무다.

배나무의 재질은 단단하여 팔만대장경판목으로도 일부 사용되었으며, 가구재, 기구재로 쓰인다. 4~5월에 피는 흰색 꽃은 "배꽃이 피면 벚꽃 구경을 갈 필요가 없다"는 말이 있을 정도로 흐드러지게 핀다. 흰색 꽃이 다른 꽃들에 비해 화려하지는 않지만 아름답고 향기가 좋아 정원수로도 제격이고, 주로 과수용 유실수로 식재 재배되고 있다.

식재지는 물이 풍부하지만 배수가 좋은 양지바른 곳이 좋고, 향나무가 근접한 곳에서는 잎에 반점이 생기는 병이 발병할 우려가 있으므로 피하는 게 좋다. 수형은 주로 Y자나 T자 형으로 키우는 편이다. 가지는 어두운 적갈색을 띠며, 작은 가지는 가시로 변하기도 한다.

잎은 어긋나기로 길이 7~12cm, 너비 4~6.5cm이고 양면에 털이 없거나 어릴 때 갈색의 솜털이 있다. 잎은 끝이 점차 뾰족한 난형으로 아래는 둥글고, 꽃은 개화할 때 꽃밥이 분홍색을 띠지만 시간이 지나면서 검은색으로 변한다. 배꽃은 암수한몸인 양성화이며, 3.5~4cm 크기로 가지 끝에 5~10개가 모여서 핀다. 꽃받침 조각은 삼각상 피침형이고, 꽃줄기에는 어릴 때 가는 털이 있다. 꽃잎은 5장으로 도란형이며, 꽃잎 가장자리에 얕은 물결무늬 주름이 있다.

배나무 꿈

배나무 꽃을 이화(梨花)라 부르는데 자두꽃도 이화(李花)라 일컬어 혼동하기 쉽다. 배의 주산지는 모두 배꽃이 예쁘게 피어 아름답지만, 특히 배꽃으로 이름난 충북 영동의 매천리와 전남 나주의 석전리는 봄철 꽃놀이 관광객의 발길이 끊이질 않는 곳이다.

속담에 "배나무 밑에서는 갓끈도 고쳐매지 마라"는 말이 있는데 여기서 배나무는 '자두나무 이(李)'가 '배나무 이(梨)'로 오역되어 전해진 말이다. "자두나무 밑에서는 갓끈도 고쳐매지 마라"가 옳은 속담이지만, 두 나무 모두 맛있는 과일이 열리는 나무임에 배든 자두든 의미 전달에는 문제가 없어 보인다. 어차피 남에게 의심받을 행동을 조심하라는 뜻이니 말이다.

배나무의 꽃말은 '환상, 온화한 애정, 위로, 위안, 순수, 순결'인데 흰색 꽃과 잘 어울리는 꽃말이다. 그래서인지 이화여자대학교의 전신 이화학당의 이화(梨花)가 배꽃을 의미한다. 이화라는 이름을 고종 황제가 지어서 하사했는데 "배꽃처럼 순결하고 향기로우며 그 열매를 맺듯 배움도 그러하리라"는 뜻이라 한다.

이외에도 배나무는 전해 오는 이야기나 역사 기록이 풍부한 나무다. 삼국시대 설화인 '나무 아들'이나 김시습의 『금오신화』에 나오는 「만복사저포기(萬福寺樗蒲記)」의 계모 구박 이야기가 배나무를 바탕으로 한 이야기이다. 『고려사』에는 정몽주 어머니가 꿈에 난초 화분을 들고 가다 떨어뜨려 놀라 잠에서 깨었는데, 그 후 정몽주를 낳자 이름을 몽란(夢蘭)이라 지었다. 정몽주가 9세 되던 해에 낮잠을 자던 어머니가 꿈에 용이 동산에 서 있는 배나무를 타고 오르는 꿈을 꾸어 이름을 다시 몽룡(夢龍)으로 고쳤다는 이야기가 전해지고 있다.

『조선왕조실록』에는 태조 이성계가 배나무와 관련된 꿈을 꾸고 무학대사를 찾아 꿈 해몽을 부탁했다는 내용이 나온다. 이성계가 시골길을 가는데 온 마을의 닭들이 한꺼번에 울고 하늘에서 하얀 꽃이 비 오듯 떨어졌다. 꽃비를 피해 어느 헛간에 들어갔다가 서까래 3개를 짊어지고 나오면서 거울 깨지는 소리에 꿈을 깼다고 한다. 무학대사는 서까래 3개를 짊어진 모양이 '임금 왕(王)' 자를 의미한다며 "화락능성보(花落能成寶) 경파기무성(鏡破豈無聲)"이라고 말했다. 즉 꽃이 떨어졌으니 열매가 맺을 것이요, 거울이 깨졌으니 어찌 소리가 나지 않겠는가라고 해몽을 해주었다. 조선을 건국하고 왕으로 등극한 이성계는 무학대사가 기거하던 토굴 석왕사를 중창하고 떨어진 하얀 꽃을 배꽃이라 여겨 배나무를 심었다. 그 후 마이산 은수사에도 같은 배나무를 심었는데 이 배가 청실배의 시조이다.

이집트 설화에도 배나무와 관련된 이야기가 있다. 형제간 우애가 깊고 사이 좋은 형제 형 바이치와 동생 아스프는 바이치를 배반하고 왕비가 된 아내에게 복수하기 위해 계획을 세웠다. 아스프가 소로 변신한 바이치를 이끌고 왕비에게 데려갔는데, 소가 "내가 바이치다"라고 속삭이자 왕비가 소를 죽였다. 두 줄기로 흘러내린 소의 핏자국에서 하룻밤 사이에 두 그루의 배나무가 생겨나서 자랐다. 배나무가 욍비의 귀에 대고 "내가 바이치다"라고 속삭이자 왕비는 그 나무를 베어버렸다. 그때 배 한쪽이 왕비의 입으로 날아 들어가 왕비가 임신을 했다. 바이치의 분신인 그 아이가 자라 왕위에 올라 어머니인 왕비를 처형하고 숙부 아스프를 황태자로 내세웠다는 이야기다.

배나무 사랑

배나무는 심은 후 첫해 과일을 수확 후 약 20여 년 정도까지 품질 저하 없이 당도를 유지하며 수확할 수 있는 과일로 다른 유실수에 비해 장기간 경제성을 유지하는 과일나무다. 8~10월에 누렇게 익는 배는 제사상에 오르는 조율이시(棗栗梨柿) 즉, 대추, 밤, 배, 감의 4과 중 3번째에 해당하는 귀한 대접을 받는 과일인데, 배의 씨앗이 6개가 들어 있어 이조, 호조, 병조, 예조, 형조, 공조의 6조를 의미하며 후손들이 6조 관직에 나아가기를 축원하는 의미가 담겨 있다고 한다.

『동의보감』, 『본초강목』에는 "폐를 보호하고, 기침을 억제하며, 감기와 기관지 질환에 좋고, 가래를 삭히는 효과가 있다"고 기록되어 있다. 특히 배즙은 요리에 첨가하기도 하지만 복용하면 소화를 촉진시키고 목에 좋다. 갈증 해소, 변비, 가래, 천식, 기관지 해소와 혈압 조절은 물론 구토에도 효험이 있고, 도라지, 생강, 인삼 등과 혼용하여 음용하면 더욱 효과가 크다. 담금주나 효소로 만들어 먹기도 하는데, 전라도 지방에서는 기침 해소에 배의 속을 파내고 꿀을 넣어 달여 먹기도 하고, 충청도에서는 더위 먹었을 때 배 껍질을 달여 먹는 풍습이 전해지고 있다.

경북 청도 상리의 돌배나무는 키가 18m, 나무 둘레가 3.68m의 수령 200여 년의 나무로 경상북도 지정기념물로 지정되어 관리되고 있으며, 경북 울진군 쌍전리에 자라는 키 25m, 나무 둘레 4.3m, 수령 250여 년의 산돌배나무와 경북 영양군 무창리 산돌배나무는 천연기념물로 지정되어 보호받고 있다. 특히 울진 쌍전리의 산돌배나무는 나라에 큰일이 있을 때마다 웅웅 소리를 내며 울고 열매가 많이 달리면 풍년이 든다는 속설을 간직한 나무로 주민들의 사랑을 한몸에 받으며 귀한 신목(神木) 대접을 받고 있다.

이처럼 우리 일상에 깊숙이 침투하여 오랫동안 삶의 고락을 같이해 온 배나무는 그림자 없는 동양화 기법처럼 표시 없이 사람들을 도와주고 있다.

세월이란 빈장 속 꿀항아리 같은 것이다. 끼니어 퍼서 먹다 보면 바닥이 드러난다. 배나무 잎이 떨어지면 머리카락이 한 주먹씩 빠져나가는데 힘에 겨운 욕망을 붙잡고 있으면 무엇하겠는가. 한없이 나눠주기만 하는 배나무처럼 내려놓고 비우고 나누고 사랑하다 보면 지글지글 끓어오르던 욕심과 욕망이 사그라들 것이다. 나이가 든다는 것은 회한의 계절에 적응해 간다는 것이다. 시간이 나에게 배나무의 과묵한 정적을 느끼도록 하는 것은 사랑하며 살고, 만족을 얻으라는 뜻이다. 옛말에 지식은 사람을 교만하게 만들지만 사랑은 감화를 시킨다고 했다.

"투둑!" 하고 주먹만한 배가 떨어져 망이 출렁인다. 흠칫 놀란 아버지가 목을 움츠리며 토끼눈을 뜬다.

"보소! 이래 해 놓게 금새 득 보능구마. 진작 쪼께만 신경썼으마 될낀데 허구헌날 장독만 깨 묵었다 카이!"

올려다본 까마득한 배나무 가지에 주렁주렁 달린 배가 바람에 춤을 춘다. 다음 떨어질 자리가 어딘지, 어떻게 해야 장독을 맞혀 깨뜨릴 수 있을지 게슴츠레 실눈을 뜨고 가늠하는 것 같다. 마치 정담으로 익어 가는 부부의 사랑을 깨뜨리기라도 할 듯이.

25

불두화

Viburnum opulus f. hydrangeoides (Nakai) Hara

변하지 않는 것은 없다

불두화 견적서

"서초동 단독주택 현장에서 급히 견적 좀 보내 달라네요."

사장이 불쑥 내민 종이엔 전화로 불러주어 적은 듯한 몇 가지 나무 이름과 수량만 덩그러니 적혀 있었다.

"규격이 없는데요?"

"준공 땜에 그런데요. 대충 알아서 해주세요. 급하대요."

눈으로 한번 스쳐 읽은 내가 되묻자 사장은 큰 공사도 아니고 내용도 간단한 것이라 대수롭지 않다는 듯 별일 아니라는 투로 말했다.

조경회사로 이직한 지 얼마 되지 않았던 때의 일이라 알지 못하는 생소한 나무 이름도 많았고 따라서 견적 작업도 서투른 시기였다.

"견적서 되거든 거기 밑에 전화번호가 있으니까 연락해서 보내 주세요. 나는 잠시 나갔다 올 테니까요."

"네."

초년병 시절이라 잘 알지 못하는 수종이나 재료들은 조달청에서 고시한 『조달단가』나 『월간물가정보』, 관상수협회에서 나눠준 『조경수목단가수첩』을 참고하여 견적을 작성하던 시절이었다.

그런데 견적 내용 중에 불두화라는 처음 보는 나무 이름이 있었다. 이리저리 단가표와 내용들을 살펴봐도 불두화라는 항목을 찾을 수가 없어 혹시 설계 부서에서는 어떤 나무인지 알고 있지 않을까 하는 생각에 물어봤지만 아무도 알고 있는 사람이 없어 답답했다.

〈수목도감〉이라도 찾아봤으면 어떻게 생기고 특성이 어떠한 나무인지 쉽게 인지하고 참고가 되어 좋았을 테지만 당시에는 그러하지를 못했다. 알지 못하는 나무 하나 때문에 전전긍긍하고 있는데 전화벨이 울었다.

"견적 보냈어요?"

"아직 못 보냈습니다. 불두화 때문에요. 찾아 봐도 안 나오고……."

"불두화요? 잘 모르겠으면 대충 밑가지 않게 좀 올려서 넣고 바로 조치해 주세요. 기다린다고 빨리 보내 달라고 했으니까요.”

“네.”

다짜고짜 사장의 독촉 전화를 받고 보니 머뭇거릴 시간이 없었다. 교목인지 관목인지 상록수인지 활엽수인지도 몰라 장님 코끼리 만지기라 난감했지만, 밑지지 않도록 넣으라는 사장의 말을 고려해 특수 교목 단가보다도 더 높은 금액을 적용해서 견적서를 작성해 팩스로 보냈다.

“생각보다 금액이 높네요?”

견적을 받은 건설회사 쪽 소장이 연락해 와서 하는 첫 마디였다.

“네. 특수목이 설계되어 있어서요. 불두화라고.”

“그래요? 불두화가 특수한 나무에요? 아… 이거…어쩔 수 없죠. 준공 땜에 그러는데 대신 일주일 안에 공사 마쳐 줄 수 있죠?”

그러겠다고 대답하고 급히 투입 준비하며 수목을 수배해 납품하는 중개거래처인 일명 ‘나까마’라 불리는 사람에게 발주를 의뢰하고자 내용을 알려 주었다.

“엉?”

납품가를 받아본 나는 깜짝 놀랐다. 불두화 납품 가격이 제출한 견적가의 30분의 1정도밖에 되지 않았다.

"불두화 이거 맞는 단가죠?"

"그럼요. 마침 우리 반월 농장에 좋은 놈들이 있으니 걱정마세요. 잘 안 쓰는 나문데 우째 설계에 들어갔나 보네요."

납품에 문제없다는 확답을 받고는 조금 안심이 되었다. 일정이 촉박하다기에 현장에 연락해서 우선 도면을 받으러 가겠으니 준비해 달라 이르고 신이 나서 쪼르르 달려갔다.

현장을 둘러보며 설명을 들었다. 우선 준공 검사를 받은 후에 주인이 다시 조경 공사를 할 계획이란다. 건축주가 조경 잘하는 곳을 찾기에 주인에게 소개해 줘서 이미 우리 회사 사장과는 서로 이야기가 잘 되었단다. 조경 설계를 다시 해 공사를 끝낸 후에 한꺼번에 건축 준공 검사를 받으려고 했는데 일정이 급박해 먼저 허가받은 설계대로 준공 처리를 한 다음 조경 공사를 다시 하기로 미리 약속했다는 것이다.

그러나 도면을 받아 보고는 속으로 뜨끔했다. 불두화가 도면 집계표에 낙엽관목으로 표기되어 있는 것이 아닌가. 무식하면 용감하다고 했던가. 얼굴이 화끈거렸지만 내색하지 않고 슬며시 회사로 돌아오니 외출했던 사장이 돌아와 있었다.

"서초동 주택 현장 가서 도면 받아서 돌아보고 오는 길입니다. 일주일 이내에 끝내달라고 해서 수목은 반월농장 박 사장께 발주 의뢰해 놓있고요. 공사금액은 견적 낸 대로 ㅇ천ㅇ백만원으로 하기로 했습니다."

"네?"

흠칫 사장이 놀라는 눈치다.

"ㅇ천ㅇ백만원요?"

"네. 불두화 단가를 잘못 넣은 것 같은데 일이 급하다고 그냥 그대로 준답니다. 좀 비싼 것 같다기에 특수목이라 했거든요."

"……? 흐흐!"

알듯 모를 듯 사장의 입가에 웃음이 번졌다.

제행무상

이렇게 접한 불두화는 꽃 모양이 부처님 머리처럼 곱슬곱슬하다고 글자 그대로 '불두화(佛頭花)'라 부르게 되었다고 한다. 특히 부처님오신날인 4월초파일을 전후해서 개화하기도 하여 주로 절이나 공원, 정원에 많이 심는 나무다. 다른 이름으로 '승두화(僧頭花)', '수국백당'이라 부르기도 하며, 영어명은 'Snowball tree'이다.

꽃이 백(白)색이고, 불당(佛堂) 앞에 심었다고 '백당'이라 부르게 되었다는 이름을 가진 백당나무를 생식 기능을 없애고 개량한 품종으로 열매를 맺지 못하는 무성화(無性花)이다. 개화 초기에는 연초록의 꽃을 꽃줄기 끝에 산방 꽃차례로 피우고, 꽃이 활짝 피게 되면 흰색이 되었다가 퇴화 시엔 누런색으로 변한다. 꽃말이 '제행무상(諸行無常)'인데, '이 세상에 변하지 않는 것은 없고 움직이는 모든 것은 소멸한다'는 뜻을 가졌다.

불두화와 비슷한 나무로 백당나무, 산수국, 수국, 설구화 등이 있지만, 불두화와 백당나무는 산토끼목, 산분꽃나무과, 산분꽃나무속이고, 산수국은 장미목, 수국과, 수국속이며, 수국은 층층나무목, 수국과, 수국속에 속하고, 설구화는 꼭두서니목, 인동과, 수국속에 속하는 나무로 모두가 서로 다른 종이며, 근래 도입종으로는 '털설구화 라나스', '라나스 덜꿩나무' 등도 있다.

일반적으로 위의 종 모두를 '수국'이라 여기는 사람들이 많지만, 확실하게 구별하는 방법은 나뭇잎과 꽃을 자세히 살펴보면 알 수 있다. 불두화의 잎은 4~12cm 크기로 넓은 잎은 달걀 모양으로 마주나기이며, 뒷면 맥 위에 털이 있고, 잎자루 끝 2개의 꿀샘 밑에 턱잎이 있다.

불두화와 백당나뭇잎은 세 갈래로 갈라져 있고, 수국과 산수국의 잎은 갈라짐이 없고 가장자리에 톱니 모양이 있다. 꽃받침의 모습이 백당나무와 수국은 유사해 보이지만 자세히 살펴보면 산수국과 백당나무는 쟁반처럼 퍼져 있으나 수국은 납작해 보이고 불두화는 원형에 가까운 모양을 하고 있다.

개화 시기를 보면 불두화와 백당나무는 5~6월, 수국은 6~7월, 목수국은 7~8월 한여름에 순차적으로 핀다. 꽃의 색깔은 백당나무는 흰색이지만 산수국은 보라색, 남색을 띠며, 수국은 산수국의 헛꽃만 개량한 것이다. 즉, 산수국에서 무성화만 남겨 놓은 것이 수국이고, 백당나무에서 무성화만 남겨 놓은 것이 불두화이다.

불두화는 유럽, 아프리카가 원산이지만, 한국, 일본, 중국, 만주, 아무르, 우수리 등지에 분포하며, 우리나라에는 16세기를 전후해 전래되었을 것으로 추정된다. 무성화로 열매가 없어 꺾꽂이나 휘묻이와 접붙이기로 번식하지만 이렇게 넓은 지역에 분포하고 있는 것을 보면 예부터 생활 터전 주변에 심고 가꾸어 많은 사랑을 받은 나무임에 틀림없어 보인다. 키는 3~6m 정도로 자라는 낙엽활엽관목의 쌍떡잎식물이며, 어린 가지는 녹색이지만 자라면서 점차 회흑색으로 변하고, 털이 없는 줄기 껍질은 코르크 층이 발달하여 불규칙하게 갈라진다.

역사적으로 조선조 『경와선생문집』에 나오는 김휴의 「도리사기소견(桃李寺記所見)」에 보면 "팔공산세정차아(八公山勢正嵯峨) 월루잔운우암사(月漏殘雲雨暗斜) 취의장송경락설(醉倚長松驚落雪) 성래지시불두화(醒來知是佛頭花)"라는 시가 나온다. 풀이해보면 "팔공산 산세 정말 높은데/달빛 새어 나오는 남아 있는 구름에 어두운 빗방울이 비치네/취하여 장송에 기대었다가 눈이 떨어져 깜짝 놀랐는데/술이 깬 뒤에야 그것이 불두화라는 것을 알아보았네"라는 뜻이다. 그 시절 불두화를 알아본 조선 선비의 안목도 대단하지만, 생각해 보면 주변에 불두화가 그만큼 널리 퍼져 있었다는 방증이기도 하고, 흰 꽃봉오리를 눈뭉치에 비유한 글귀가 4촌격인 설구화(雪球花)의 이름을 연상시키기도 한다.

아는 것이 힘

옛날 어느 부둣가에 노파가 운영하는 주막이 있었다. 노파는 장사를 하면서도 돈을 벌기보다는 항상 불쌍한 사람이나 형편이 어려운 이웃에게 인정을 베푸는 일에 정성을 쏟았다. 그날도 아침 일찍부터 주막 문을 열었는데, 마수걸이 상대로 남루한 누더기를 걸친 노인이 먹을 것을 달라며 들어섰다. 노파가 노인의 행색을 보니 밥값을 낼 처지가 아닌 듯싶었지만 푸심한 밥 한 그릇에 국 한 대접과 정성 기득한 반찬을 곁들여 막걸리 한 사발을 내어 주었다. 식사를 마친 노인이 너무 시장해서 밥을 시켜 먹긴 했지만 돈이 없다며 밥값을 할 만한 방법이 없겠냐고 물었다. 노파는 웃음 띤 얼굴로 나중에 혹시 여기를 지나갈 일이 있으면 갚으라며 걱정하지 말라고 했다. 고마움에 노파를 한참 동안 지그시 바라보던 노인이 말했다.

"내 아무리 형편이 어렵고 염치가 없다 해도 공짜밥을 먹어서야 되겠소? 보아하니 내년 6월경에 댁의 손주가 큰 종기를 앓으며 고생할 것 같소. 백약이 무효이니 그때 저 앞산에 있는 절 뒤쪽 숲으로 찾아오면 아이 병을 고칠 약을 주겠소"라는 말 한마디를 남기고 연기처럼 사라졌다.

이듬해 6월이 되자 말 그대로 노파의 손주가 종기로 고생하게 되었는데 이런저런 수많은 약을 처방받아 치료해도 좀처럼 나아질 기미가 없었다. 문득 지난해 노인이 했던 말이 떠올라 속는 셈 치고 앞산의 절을 찾아 뒤숲으로 가니 노인은 없고 이름 모를 나무가 흰 꽃을 가득 피우고 있었는데 노인의 모습을 하고 있었다. 노파가 공손히 합장하고 그 꽃을 따다가 달여서 그 물을 손주에게 먹이고 상처에 발랐더니 하루 만에 감쪽같이 나았다. 사람들은 부처가 노파의 나눔과 선행에 보답하려고 노인으로 환생하여 손주의 병을 낫게 해주었다 생각하고 꽃 모양이 부처의 머리를 닮아 불두화(佛頭花)라 부르게 되었다는 전설이다.

한방에서 불두화의 꽃을 말려서 해열제로 쓴다고는 하지만, 일명 '접시꽃나무'인 '백당나무'의 생약명이 '불두수(佛頭樹)'인 점을 고려해 보면 헛꽃인 무성화와 참꽃인 유성화가 같이 피고 9월에 빨갛게 익는 둥근 모양의 핵과(核果)로 새콤한 맛을 지닌 기관지 염증 치료에 좋은 열매를 맺는 백당나무가 불두화보다는 더욱 전설에 가까운 나무가 아닌가 싶다. 백당나무의 효능이 소종, 부종, 통경, 진통, 진정, 진경, 요통, 신경통, 관절통, 타박상 치료와 이뇨, 거풍 등에 좋다고 하니 더욱 그렇다.

사회 초년병 시절 잘 알지 못하고 저지른 실수가 전화위복이 되어 "모르는 게 약"이라는 속담처럼 되어 버렸지만, 돌이켜보면 "무식하면 용감하다"는 말이 되어 자신을 돌아보게 한다. 그 일 이후로 모르는 게 있으면 좀 더 찾아보며 매사에 신중하게 접근하는 버릇이 생겼다. "아는 게 병"이 아니라 "아는 것이 힘"이라며 자신을 다독였다. 그리고 작은 것이라도 내가 아는 것으로 만들기 위하여 책을 찾아보고 알기 위해 내 자신을 시간 속에 내던지게 되었다.

순공 섬사가 끝이 나고 그 집 마당은 새로운 설계로 아름답고 품격 있는 정원이 탄생했다. 준공 검사 전에 심었던 다른 나무들도 군데군데 자리를 잡아 자신을 드러내며 뽐내게 되었지만, 대문 안쪽 마당을 오르는 계단 위쪽 마당 언저리에 위치한 불두화는 집을 드나들 때마다 풍성한 꽃으로 눈길을 한몸에 받아 가장 사랑받는 나무로 자리매김하게 되었다.

가을이 무르익고 찬서리가 내리기 시작할 무렵 볏짚과 새끼를 동여매고 월동 준비 차 들러 대문을 여니 계단 위 마당에 불두화가 빨간 열매를 조롱조롱 매달고 얼굴을 붉히고 있다.

'어라? 이건 또 무슨 일이지? 불두화가 열매가 달렸네? 진갈색 마른 꽃은 어디에 버리고 빨간 열매를 머리에 이고 손님을 맞네?'

속으로 뜨끔한 생각이 스쳐 지나갔다.

"감사해요. 오는 사람마다 저 불두화 얘길 많이 해요. 제대로 자리 잡아 심겼다고. 제가 절에 다녀서 그런지 몰라도 이름도 정겹고요. 꽃이 지니 저래 열매도 이쁘네요. 아침 서리가 내려앉으면 빨간 열매에 눈 온 것처럼 너무 좋아요."

견적 낼 때 지은 죄가 있어 불두화에 대해 잘 알지도 못하면서 특별

하고 좋은 꽃나무라고 침을 튀겨가며 설명했던 나무인지라 안주인이
불두화라는 이름을 잊지 않고 들먹이는 칭찬에 정신이 혼미해졌다.

'이제보니 이게 불두화가 아니라고요. 나도 잘 몰라서 이렇게 된 일
이라고요. 건설회사 소장도 그렇고 나도 그렇고…… 백당나무를 불두
화라 납품한 반월농장 박 사장도 그렇고……. 무지렁이 셋이 삼위일
체가 되어 일이 이렇게 되어 버린 거거든요.'

나는 변명 아닌 변명을 속으로 혼자서 주저리주저리 늘어놓는다.
부끄러움에 얼굴이 빨간 열매처럼 익어가면서…….

나무는
오늘도
사랑을
꿈꾼다

26

잣나무

Pinus koraiensis SIEB. et ZUCC

진리를 깨닫는 수행

부끄러운 지식

"와! 멋지네! 이게 무슨 나무죠?"

"잣나문데요."

국내 굴지의 제약회사 회장이 남양주 수동면에 별장을 짓는다고 사전 답사를 요청해 와서 건축을 시공할 회사 중역과 부지를 둘러보던 중이었다. 건축을 담당할 회사 임원인 한 상무가 공사할 현장을 들어서며 부지를 빙 둘러 서 있는 하늘을 향해 시원스레 쭉쭉 뻗은 아름드리 키큰 나무 군락을 보고 묻자 "아니? 그것도 모르세요?"라는 투로 내가 퉁명스럽게 말했다. 내가 알고 있으니 상대방도 당연히 알고 있으려니 생각하고 있다가 나도 모르게 상대를 무시하는 말투가 튀어나온 것이다. 입 밖에 나온 말을 주워 담을 수 없기에 내심 속으로 살짝 당황하고 창피한 마음에 눈치를 살피며 화제를 이었다.

"환상적인 조건을 갖췄네요. 이런 자리의 별장이라니! 생각만 해도 가슴이 뛰네요. 저절로 힐링이 되겠어요."

"그러게요. 근데 저거 진짜 잣나무 맞아요? 잣나무도 성목이 되니 멋지군요."

"네. 적어도 4~50년생은 되어 보이는데요?"

"나는 잣나무가 저렇게 큰 건 처음 봐요. 저렇게 크는 나문 줄도 몰랐구요. 대단하군요."

다행히 한 상무가 별 내색이 없어 내가 뱉은 말을 새겨듣지는 않았다 싶어 안도가 되었다.

고향마을 안산에 다섯 그루의 큰 잣나무가 있었다. 매년 가을이면 삼촌이 잣송이를 따서 바지게에 얹어서 지고 와 집 뒤안 울에 쌓아 놓았다. 짬날 때마다 누나와 함께 방과후 집안 숙제로 잣을 까며 자랐기에 내게 있어 잣나무는 친숙하고 정다운 추억의 나무다.

그런 잣나무를 일 때문에 만났으니 눈에 익고 아는 나무라고 나름 우쭐한 기분이 들었던 것일 게다. 하지만 나무를 보면 이름만 알 정도의 경험치에 따른 눈썰미에 불과했지 잣나무에 대한 깊은 지식은 가지고 있지 못한 시절이었다.

예부터 사찰 주변에 심어진 잣나무는 진리를 깨닫는 수행의 상징수였고, 임산부는 잣나무 아래에서 마음을 다스리며 태교를 실천했다. 풍수지리에 입각한 동서남북과 중앙의 5방에서 잣나무는 중앙을 상징하는 나무로 동쪽의 대추나무, 서쪽의 복사나무, 남쪽의 홰나무, 북쪽의 느릅나무와 함께 사철 푸른 잎과 한겨울 추위에도 굽히지 않는 기개를 본받아 힘든 고비를 용맹스럽게 타파하는 지혜를 터득하게하는 역할을 담당하기도 했다. 때로는 산수화의 소재가 되기도 했고 청자, 백자의 문양에서 그 기백을 일으키고 김정희의 〈세한도〉에서는 그 혼의 절정을 이루었다. 정월 초하룻날 잣나무 잎으로 담근 술을 마시면 한 해의 액운을 멀리할 수 있고, 문간에 잣나무를 심으면 자손의 부귀와 질병을 물리칠 수 있다고 믿었다. 음력 정월 열나흘날 밤에 12개의 내피를 벗긴 잣을 바늘이나 솔잎에 한 개씩 꿰어 불을 켜서 12달 신수를 점쳐 보는 '잣불놀이'라는 민속놀이를 했는데, 불빛이 밝으면 그 달의 신수가 좋고 불빛이 약하면 나쁘다고 여겼다.

잎이 희게 보이는 한국산 소나무

잣나무는 구과목, 소나무과, 소나무속에 속하고, 키가 40m, 통상 흉고직경(가슴 높이에서 잰 수목의 직경) 1.5m까지 자라는 상록침엽교목이다.

속명 'Pinus'는 라틴어 'Pitch'에서 왔고, 종명 'Korainesis'는 '한국'을 뜻하며, 영명 'Korean white pine'도 '잎이 희게 보이는 한국산 소나무'라는 뜻을 가진 우리나라 고유 수종의 나무다. 한자어로는 일반적으로 '백(栢)'으로 쓰지만, 『훈몽자회』에서 측백나무를 백(栢)으로 설명하고 있기에 혼동하기 쉬우므로 주의가 요구된다.

이외에도 백자목(栢子木), 송자송(松子松)으로 표기하기도 하며, 먹는 과일이 열리는 소나무라고 과송(果松), 목재의 색상이 붉다고 홍송(紅松), 신라에서 중국으로 전래된 소나무라고 신라송(新羅松), 해외에서 유입된 외국산 소나무라고 해송(海松), 나무의 향기가 좋아서 옥각향(玉角香), 송진 기름이 많은 소나무라고 유송(油松)이라 부르고, 한 다발에 잎이 5개가 들어 있는 소나무라고 오엽송(五葉松), 수염 같은 침엽이 5개인 소나무라고 오수송(五鬚松), 조선오엽송(朝鮮五葉松), 오립송(五粒松) 등 침엽 5개가 묶여 있는 잎에 연유한 '다섯 오(五)' 자가 들어간 이름으로도 많이 불리고 있다. 홍송(紅松)이라는 이름은 중국에서도 쓰이고 있지만 한때는 우리나라에서도 많이 쓰였던 이름이기도 하다.

생육은 한랭한 이북 지방의 고지대로 습윤하며 토심이 깊고 부식이 풍부한 토양에서 좋다. 어릴 때에는 내음성이 강해 숲이 우거진 그늘에서도 잘 자라지만 자라면서 중용수로 바뀜으로 산 능선보다는 산골짜기가 생육이 좋다. 원산지는 우리나라 압록강 유역으로 수령 300~500년생으로 이루어진 천연림이 있다. 중국 동북부, 만주, 극동 러시아, 아무르 지방과 일본의 혼슈와 시코쿠 지역에 주로 분포되어 있고, 우리나라에서는 해발 1,000m 이상의 고지대에 다른 수종과 혼생하거나 단일 순림을 형성하며 자라고 있다. 하지만 우리나라 남부 지방에 식재된 조림수는 토질이 척박하여 대체로 생육 상태가 좋지 않지만 주요한 조림수로서의 일익을 담당하고 있다.

번식은 파종으로 하며 유목일 때는 성장 속도가 느리지만 1~2m 이상 자라면 성장이 빠르고, 높이 5~8m에서 줄기가 Y자 모양으로 자라는 경우가 많다. 나뭇가지는 규칙적으로 층을 이뤄 나오고, 뿌리는 원뿌리는 물론 잔뿌리가 왕성하게 뻗는다. 통상 잣나무는 식재 후 약 12년 이상이 되어야 열매인 잣을 맺기 시작하고 20여 년은 되어야 경제성 있는 수확이 가능하지만 수령 300~500년까지 생존하고 섭씨 영하 50도에서도 자라므로 조림수로서 가치가 큰 수종이다. 따라서 오랜 세월 동안 우리 주변에서 고락을 함께하고, 생활 깊숙이 자리잡아 정신적 지주로서 혹은 식용과 약용, 목재로 이용되며 살아서나 죽어서나 자신을 내어주고 희생한 나눔을 실천한 나무다.

껍질은 흑갈색으로 자라면서 얇게 갈라지고, 목질은 나이테가 뚜렷하고 결이 곧아 무늬가 아름답고 가벼우며 진한 향기가 있다. 심재는 황홍색, 변재는 담홍색 또는 황백색을 띠고 있으며, 건조가 잘 되지만 휨가공은 어렵다. 주로 고급 건축재, 판재, 관재, 기구재, 합판, 펄프, 목탄의 원료로 쓰인다.

잎이 5개씩 모여 나는 소나무과를 모두 합쳐 잣나무류라 하며, 종류로는 잣나무, 섬잣나무, 눈잣나무 3종이 우리나라에 자생하며, 수입종으로 북아메리카 원산인 스트로브잣나무가 있다.

잣나무 잎은 5개씩 총생하는 침엽으로 길이 7~12cm로 가장자리에 잔톱니가 있으며, 잎 뒷면에 5~6줄의 백색 기공조선이 있어 하얗게 보이므로 수관이 희게 보인다. 잎에는 거치가 발달하고 엽초는 일찍부터 떨어지지만 잎은 3~4년간 붙어 있다.

눈잣나무 잎은 길이가 짧고 7cm를 넘지 않으며, 침엽 수지도(樹脂道)의 위치가 잣나무는 중간에 위치하는 중위(中位)로 표피와 떨어져 있으나 눈잣나무는 껍질에 가까이 위치하는 외위(外位)로 표피와 붙어 있고, 섬잣나무도 수지도의 위치가 외위에 있다.

스트로브잣나무는 키가 15~30m로 자라며, 줄기가 곧고 가지가 사방으로 골고루 퍼져 자라 수형이 아름다워 관상수로 많이 식재하고 있는데, 미국에서는 키가 80m, 지름이 4m까지 자라는 것도 있다. 나무껍질은 어릴 때 회녹색으로 밋밋하지만 나이가 들어가며 갈라지기도 한다. 목재는 흰빛을 띠며 재질이 좋고 아름다워 건축재, 가구재, 조각재, 종이 만드는 데에 쓰인다. 잎의 크기는 길이 10~15cm 정도로 잣나무에 비해 가늘고 부드러우며 5개씩 한 묶음으로 난다. 암꽃은 연자주색 타원 모양으로 가지 끝에 달리고 수꽃은 연노란색 달걀 모양으로 어린 가지 밑 부분에 모여 달려 4월에 피는 암수한그루이다. 열매는 이듬해 9월에 8~10cm 길이의 원통 모양 솔방울이 달리며 익으면 벌어져 씨앗은 떨어지고 비어 있는 상태로 겨울까지 매달려 있다.

스트로브잣나무와 마찬가지로 암수한그루인 잣나무는 5월에 개화하며, 수꽃은 붉은빛이 도는 황색을 띠고 새 가지 밑에 달리며 암꽃은 녹황색으로 새 가지 끝에 달린다. 열매는 구과로 장난형, 일그러진 삼각형 또는 난형으로 다음해 9~10월에 익으며, 소나무속 중 가장 큰 씨앗을 가지고 있다. 씨앗인 잣이 든 잣송이는 긴 난형 또는 원통상 난형으로 길이 12~15cm, 지름 6~8cm이고, 실편 끝이 길게 자라 뒤로 젖혀지며 1개의 실편에 2개씩 잣이 들어 있다. 잣송이는 처음에 초록색으로 달렸다가 익으면 적갈색으로 변하는데, 초록색으로 열매가 달리는 이유는 후손을 지키고 번식하기 위한 강한 유전적 요인이 있는 것으로 알려져 있다.

초록색은 광합성 활동을 하므로 잎뿐만 아니라 직접 열매에서도 영양을 공급하고, 열매가 잎 사이에 파묻혀 잎과의 구별이 쉽지 않아 조수로부터 보호받을 수 있다. 잣송이의 질긴 비늘이 완전히 익기 전에는 잘 벗겨지지 않는 것이라든지, 잣송이 겉에 송진이 내뿜어져 끈적이는 것과 열매가 가지 끝에 달리고 생장이 왕성한 곳에 위치한다는 것들이 이와 관련이 있다.

푸르고 올곧은 마음으로

잣 종자의 크기는 길이 약 15mm, 지름 약 12mm 내외의 크기로 날개가 없지만, 섬잣나무의 종자에는 날개가 있으며, 외종피는 단단하고 내종피는 다갈색을 띠며 얇은 막질 속에 황백색의 배유가 맨 안쪽에 자리하고 있는데, 이것을 보통 잣이라 부르고 식용한다. 잣 한 송이에는 80~90개의 종자가 들이 있으며, 죽, 치, 수정과, 식혜, 강정 등을 만들어 먹고, 기름을 짜서 요리에 이용하거나 약용으로 쓴다. 특히 죽을 쑬 때 쌀가루를 넣고 끓이는데 필수지방산의 함량이 높고 소화가 잘되어 환자나 병후 회복식으로 좋다.

『동의보감』과 『본초강목』을 보면 "잣을 장복하면 몸이 산뜻해진다"고 기록되어 있고, 중국 『신농씨』에도 "잣을 많이 먹으면 장수한다"고 전한다. 특히 중국에서는 잣을 '옥각향(玉角香)', '용아자(龍牙子)'라는 원래 명칭이 있음에도 불구하고 신라 사신들이 중국에 갈 때 잣을 가져가 팔면서 생긴 신라의 잣이라는 이름인 '신라송자(新羅松子)' 혹은 '해송자(海松子)'라 불렀으며, 조선조에도 명나라에 조공품으로 잣을 보낸 기록이 있고, 왕실에서는 '송자주(松子酒)'라는 잣으로 담근 술을 상시 음용하였는데, 잣을 따는 일이 힘들다고 백성들의 원성이 자자하자 임금이 잣술을 마시지 않았다는 기록도 있다.

한방에서 잣나무 잎은 방부제, 오줌내기약, 음낭 습양 치료, 기침멎이약, 땀내기약으로, 가지는 류머티즘, 통풍, 허리 통증, 진통에 좋은 욕탕재로, 어린 가지와 잎은 달여서 괴혈병 치료제로, 수지는 고약, 나무껍질은 결핵과 포도상구균 치료에 효험이 있다고 알려져 있다.

성분은 지방 64.2%, 단백질 18.6%, 수분 5.5%, 당질 4.3%, 회질 1.5%, 기타 섬유질과 칼슘, 인, 철분, 비타민 등을 함유하고 있다. 고칼로리성 산성 식품으로 우수 지방 성분인 올레린산, 리놀산, 레놀레이산 등의 불포화 지방산이 많아 빈혈 치료와 예방, 변비, 가래, 기침, 어지럼증, 폐 기능 향상, 허약 체질 보강, 자양 강장, 피부 윤택, 동맥경화, 노화 방지, 성인병 예방, 노인성 질환에 좋다고 알려져 있다.

그래서 근래 대구에서 연로한 몸을 이끌고 일산 딸 집으로 거주처를 옮긴 막내 고모가 생각나 잣죽을 보냈더니 선물 잘 받았다며 전화가 왔다.

"머 할라꼬 자꾸 이런 걸 보내쌌노? 으잉? 받으니까 내사 좋기는 하구마는 다른 데 신경 쓸 데도 많을 텐데 매번 고마바 죽겠구마는."

"아버지 형제간 중에 이제 고모님 두 분밖에 안 남았는데 자주 찾아뵙지도 못하고 제가 늘 죄송하죠. 건강하시죠?"

"나야 머 다리 아픈 거 빼고는 다 갠찮타. 아이고! 주변에 다 살피봐도 이 나이에 친정 조카한테 때마다 선물받는 사람 없더라. 이야기하마 모두가 부러버 죽을라 칸다."

"연세드신 분에게 좋다캐서 잣죽 한 박스 보냈응께 맛있게 드시고 건강하이소마."

"그저 마 머시고? 조카야! 잣이라 캉께 생각나는데 아직 대목 안산에 그 잣나무 서 있나?"

"예. 이제 한아름이 넘을 만치 큽니더."

"그렇제? 그기 언제쩍 나무고? 내가 시집온 지가 65년이 넘었는데. 그때도 나무가 엄청 커가꼬 잣이 마이 달릿다 아이가? 오빠가 그 잣 따갔고 오마 동네 사람들이 마이 부러버 했는데. 요새도 잣이 많이 달리제?"

"이제 열리도 나무가 커서 따지도 몬합니더. 그냥 지 혼자 익어서 떨어지거나 짐승들 존 일만 시키지예 머. 딸 사람도 없고예."

"그때 그기 머라꼬. 조롱골 댁 큰 아들 정범인가 있잖아. 가가 그 잣 따가 가다가 큰오빠한테 들키 가꼬 혼줄이 안났나. 두 손이 발이 되도록 싹싹 빌고 그랬다 카이. 동네 챙피시럽구로. 그때는 가가 그런 짓을 왜 했능가 몰라."

잣 때문에 창피스런 일이 있었다는 이야기를 듣자 갑자기 도둑이 제 발 저리다고 나도 부끄럽고 창피했던 남양주 수동에서 있었던 일이 불현듯 떠올랐다.

세상을 살아가면서 철이 없고 못 배운 사람들만 무례를 저지르는 것은 아니다. 무례가 무엇인가. 태도나 말에 예의가 없음을 말하는 거 아닌가. 실수는 대부분 의도하지 않은 잘못을 의미한다. 그저 부주의하면 실수를 저지르게 된다. 매사에 신중히 생각하고 행동해 무례를 범하는 실수를 저지르지 말자. 독야청청한 잣나무를 생각하며 잣나무처럼 푸르고 올곧은 마음으로 자신을 돌아보고 다독이자.

우웅- 하고 잣나무 가지가 바람에 운다. 꺼이꺼이 지나간 일을 회상하며 내 마음도 운다. 새로운 나의 탄생을 위해서.

나무는
오늘도
사랑을
꿈꾼다

27

섬잣나무

Pinus parviflora Siebold et ZUCC

진실은 마음의 각도다

세상이 그대를 속일지라도

"삶이 그대를 속일지라도 슬퍼하거나 노여워하지 말라"

푸시킨의 말이다. 참고 견디다 보면 기쁨이 충만한 날이 온다는 내용은 접어 두고, '삶'을 '세상'으로 바꿔 본다. "세상이 그대를 속일지라도 슬퍼하거나 노여워하지 말라"는 말은 거짓이 참을 이기는 세상에 대한 비아냥으로 들린다.

참은 옳고 거짓은 나쁘지만 참을 빙자한 거짓으로 세상을 기만하는 것이 더 나쁜 것 아닐까? 속고 속이는 게 세상살이라지만 그럴듯한 거짓으로 이득을 취하는 것을 보면 마음이 편치 않다.

태평로 P호텔 앞을 지나칠 때면 한 조각 떠오르는 옛 생각으로 헛웃음을 짓는다. 호텔을 지을 당시 조경 공사를 의뢰받아 설계를 진행할 때다. 건축주가 조경에 대한 관심이 남달랐기에 많은 정성과 노력을 기울여 신경을 곤추세우고 진행해 좋은 평가를 받았다.

계약을 하고 공사를 진행하는 도중 문제가 생겼다. 옆 건물 사이에 위치한 화단에 반가림 열식 모아심기를 통해 수형이 제법 갖추어진 조형된 섬잣나무로 심었는데, 이는 경계와 차폐는 물론 경관이 고려된 계획이었다. 그런데 느닷없이 어느 날 건축주가 사진 한 장을 들고 와서 섬잣나무를 사진 속 나무로 바꿔 심어야겠다고 했다.

조금 다듬어진 섬잣나무였는데 수간 형태가 약간 삐뚤어 굽어 자란 모습으로 조금 특이하긴 해도 지금 심긴 나무와는 별반 차이가 없고 굳이 장소의 특성상 바꾸지 않아도 문제가 없겠다고 했더니 아니란다. 보기는 이래도 귀한 특수목이라 자기는 꼭 사진 속 나무로 심어야겠단다. 여러 번의 설득과 협의에도 불구하고 고집을 꺾지 못해 어쩔 수 없이 설계 변경에 반영하기로 하고 교체해 심었다.

알고 보니 사진 속 나무를 소개해 준 사람이 울릉도에서 자라는 야생종 섬잣나무를 직접 캐서 옮겨와 수년간 가꾸고 손질한 나무라며, '울릉도섬잣나무'라는 우리나라 고유의 토종 섬잣나무 특별종이라고

했다는 것이다. 섬잣나무의 원산지가 일본과 우리나라로 울릉도의 해
빌 500m 징도에 자생히는 니무이니 가당치 않은 이야기는 아니지만,
알량한 심보로 상대의 기호를 빌미 삼아 등을 친다는 것에 울화가 치
밀었다. 청구된 단가를 보니 터무니없는 금액이었다. 내가 직접 손해
보는 것이 아니었지만 너무한 것 아니냐고 말했더니 이미 건축주와
이야기가 다 끝났다며 막무가내였다. 건축주가 조경용 나무에 관심이
많다는 것을 알고 접근해 벌인 사기 행각이나 다름없는 일이었지만
당시엔 그저 눈 뜨고 코 베이는 격이라 헛웃음을 흘릴 수밖에 도리가
없었다.

그 일 이후 섬잣나무는 나에게는 뼈아픈 경험을 안겨 준 나무 중의
하나로 정직하고 진실하게 살아야 한다는 교훈을 새김질하는 자극을
주는 나무가 되었다.

섬에서 자라는 나무

섬잣나무는 키가 5~10m 정도로 자라며, 직경 1m까지 크는 상록
침엽교목으로, 구과목, 소나무과, 소나무속에 속하는 나무로, 눈잣나

무와 함께 잣나무의 한 종류이고, 크게 자라는 것은 간혹 키가 30m에 이르는 것도 있다.

보통 오엽송(五葉松)으로 부르며, 속명 'Parviflora'는 작은 꽃을 뜻한다. 즉, '작은 꽃이 피는 소나무'라는 의미다. 품종에는 수형이 넓게 퍼져 자라는 'Pinus parviflor Glauca'와 일명 '황금오엽송'으로 불리는 잎에 노랑 무늬가 있는 'Pinus parviflor Fukai'가 있다. 유사종으로 일본에 'Pinus parviflor var. Pentaphlla (Mayr) A Henry'가 있는데 섬잣나무에 비해 종자 날개가 넓은 것이 특징이다.

앞쪽이 짙은 녹색의 작은 잎은 흰색 기공선에 의해 백록색으로 보이는데, 잣나무에 비해 길이가 3.5~6cm로 반 정도 짧고 단단해서 야물며, 5개씩 달리고 끝이 뾰족하며 가장자리의 톱니는 분명하지가 않다. 잎의 너비는 0.6~1.1mm이고 단면 형태는 삼각형을 띠고 있으며, 유관속은 중앙에 1개가 발달해 있고, 잎의 수지구는 배 측면의 표피와 접해 2개가 발달하였으며, 뒷면에 4줄의 백색 기공 조선이 있어 백록색으로 보인다.

수형이 원추형으로 아름답고 강전정을 통한 모양 잡기로 탑형, 구름형 등 원하는 모양으로 조형이 가능하여 정원이나 공원 등에 관상수로 많이 식재한다. 암수한그루의 단성화로 6월에 암꽃과 수꽃이 한

나무에서 따로 핀다. 수꽃은 타원형 모양을 하고 있으며 연한 갈색으로 새 가시 아래쪽에 20여 개 정도가 8ᅟ㎜ 정도 길이로 피며, 암꽃은 장타원형 모양의 홍자색인데 수꽃 위쪽에 길이 10~12mm로 1~6개씩 달린다.

꽃말은 '불로장생, 영원불멸, 자비, 절개, 강건'이다. 꽃가루의 크기는 45~50㎛ 정도이고 기낭이 있으며, 꽃가루 알갱이의 표면은 약간 울퉁불퉁하게 생겼고, 자가수분 억제를 위해 암꽃 이삭이 성숙하기 전에 수꽃이 꽃가루를 피워 날린다.

구과(球果)인 열매는 5~10cm 길이의 계란 모양의 원추형으로 초록색을 띠고 아래를 향해 매달려 열려서 이듬해 9월에 갈색으로 익으며, 익으면 25~40개 정도의 열매 조각 사이가 많이 벌어진다. 길이 10~15mm, 지름 약 7mm의 타원상 도란형의 종자는 1개의 열매에 보통 35~50개가 들어 있고, 길이 10mm 정도의 날개가 있다. 모양이 난상 원형인 씨앗은 뒷면이 흑갈색으로 얇은 막으로 덮여 있으며, 막의 색깔은 다갈색을 띠고 있다.

어린 가지는 황갈색을 띠지만, 성목의 나무껍질은 갈색 또는 흑갈색으로 불규칙한 모양으로 세로로 갈라진다. 목재는 재질이 좋아 건축재, 기구재, 기계재, 선박재, 악기재, 조각재 등으로 사용한다. 특히 분재용으로 많이 쓰이며, 조경용으로 심겨지는 나무는 잎과 열매가 자연산과는 다소 차이가 있어 보인다. 번식은 종자를 파종하거나 곰솔을 대목으로 하여 접목한다. 사질 양토가 생육에 좋으며, 어린 초기 생장 속도는 느리지만 1m 이상 자란 후부터는 성장이 빠른 편이다. 원뿌리와 잔뿌리가 모두 발달해 이식이 쉬우며 3~5월경이 이식 적기이다. 내염성, 내건조성, 내한성이 강하고, 습윤토를 좋아해 우리나라 중부 이북에서도 생육이 가능하다. 하지만 이름 그대로 '섬에서 자라는 잣나무'라고 '섬잣나무'로 불리게 되었지만 바람에 취약해 바닷가에서의 생육은 좋지 않은 편이고, 양수이지만 음지에서도 잘 자란다.

일본에서는 희소송(姬小松), 일본오침송(日本五針松), 일본오엽송(日本五葉松)으로 불리고 있으며, 입학이나 졸업식의 장식용 나무로 많이 쓰이고 있다. 하지만 일본산과 한국산의 구별은 쉽지 않고 생육의 장소만 다를 뿐 종속을 구분하는 의미는 없는 것 같다. 국내에는 울릉도 태하동에 있는 자생지인 '솔송나무·섬잣나무·너도밤나무 군락'이 천연기념물로 지정되어 관리되고 보호받고 있다.

4촌 격인 멸종위기종으로 지정되어 보호 관리되고 있는 눈잣나무와 마찬가지로 잣나무가 서식지 자연의 악조건에 적응해 변이된 종으로 섬잣나무도 육성과 보급에 심혈을 기울여야 할 나무다. 눈잣나무는 섬잣나무와 마찬가지로 구과목, 소나무과, 소나무속에 속하는 북반구에서만 서식하는 나무로 중국 동북부, 러시아 극동 지방, 시베리아, 사할린, 아무르, 우수리, 북해도, 일본 본토 북부 지방에 분포하고 있으며, 우리나라에는 설악산에서 유일하게 자생하고 있다.

키는 4~5m로 직경 15cm 정도로 누워 넓게 퍼져 자라며, 잎은 5개가 모여 나고 길이 3~6cm이고 3개의 능선이 있으며, 뒷면에 2줄의 흰색 기공선이 있다. 6~7월에 개화하며 수꽃과 암꽃은 가지 끝에 달리며 암꽃송이는 타원형으로 2~3개씩 뭉쳐 핀다. 열매는 구과로 긴 난형으로 길이 3~4.5cm, 지름 3cm 정도다. 처음엔 녹색이지만 9월에 익으면 황갈색으로 변한다. 숫솔방울은 길이 1cm 정도이고 암솔방울은 자주색으로 2~3개가 가지 끝에 달린다. 보통 해발 900m에서 2,500m 이내에 서식하며 누워 자라므로 바람의 영향은 적고, 적설로 인한 피해를 입기 쉬우나 눈이 제법 쌓이는 곳에서 잘 자란다.

벌거벗은 인간의 본질

섬잣나무나 눈잣나무 모두 강한 해풍과 적설 등 자리잡은 터전의 기상과 기후 조건의 영향으로 짧은 잎과 작은 열매, 꼬부라진 줄기로 변이해 왔다. 환경에 적응하며 자신을 지켜온 강인하고 끈기 있는 삶에 저절로 고개가 숙여지고 경의를 표하게 된다. 하지만 내게는 좋지 않은 기억이 남긴 잔상 때문에 마음속 아픔을 가지게 된 나무가 되었다.

아우구스티누스는 "죄는 미워해도 사람은 미워하지 말라"고 했다. 하지만 개고기를 양고기라 속이는 양두구육(羊頭狗肉), 웃는 낯으로 아첨하면서 뒤로는 뒤통수를 때리는 교언영색(巧言令色), 학문을 올바로 쓰지 않고 엉뚱한 곳에다가 허비하는 곡학아세(曲學阿世)의 삶을 사는 사람들이 들끓는 세상은 혼란스럽기만 하다. 진실을 숨기고 거짓말을 하는 사람은 자기가 한 거짓말이 상대에게서 속히 잊히기만을 바랄지도 모른다. 그래서 지옥을 보고 있는 사람이 지옥 속에 있는 사람보다 더 힘들 수도 있다. 다시 돌이켜봐도 미워할 수밖에 없는 이유다.

사람이 서로를 이해하고 공감하려면 많은 품이 든다. 품은 사전적 의미를 보면 가슴을 뜻하고 수고로움을 말한다. 남을 이해하려면 많은 품을 들여야 한다. 그래야 내 품이 커지고 넓어지니 말이다.

감사함이 하늘을 만나는 것이라면 진실함은 사람을 만나는 방법이다. 진실은 마음의 각도다. 사는 데 있어서 가장 최고의 처세술은 진실하게 상대를 대하는 것이다. 우스갯소리로 중국에는 비싼 것과 싼 것민 있지 진짜의 가짜라는 개념이 없다고들 한다. 애시당초 빈 깡통이 요란하다고 가짜가 더 요란한 법이다. 신기한 것은 가짜를 통해 진짜에서는 느낄 수 없는 소름 끼치는 전율을 맛본다고 한다. 그때 그 사람도 이런 전율을 느꼈을까? 소름이 돋는 일이다. 알량한 세 치 혀로 진실을 왜곡하고 기만당한 기억 때문에 섬잣나무를 볼 때마다 뾰족한 피침이 마음을 찌른다.

28

매실나무

Prunus mume. Siebold et ZUCC

추위에 움튼 맑은 마음

눈 속에서 꽃을 피운다

설을 쇠고 나면 언론에선 곧잘 남녘의 매화 개화 소식을 전한다. 근래 들어서는 지구 온난화 영향인지 예년보다 며칠씩 당겨져 매화의 개화 소식을 접한다는 느낌이다. 매화나무는 2~4월 나뭇잎이 나기 전에 꽃을 피운다. 눈이 채 녹기도 전에 눈 속에서 꽃을 피운다고 설중군자(雪中君子) 혹은 설중매(雪中梅)라 불렸기에 다른 식물들보다 일찍 봄을 알리는 전령사로, 앞장서서 추위 속에서 꽃을 피우기에 불의에 굴하지 않는 선비의 표상으로, 늙어서도 정력이 되살아나는 회춘의 상징으로, 매난국죽(梅蘭菊竹)의 4군자 중 으뜸으로 사랑받아 온 나무다.

중국 남조시대의 시인 하손이 이른 봄 서리와 눈 속에서 핀 매화의 놀라움을 표현한 '영조매'라는 시 "兎園標物序(토원표물서) 警時最是梅(경시최시매) 銜霜當路發(함상당로발) 映雪疑寒開(영설의한개)" 때문에 군자(君子)라는 칭호를 얻어 난초, 국화, 대나무를 포함해 4군자가 되었다.

또한 '세한삼우(歲寒三友)'라는 말도 있는데, 소나무, 대나무와 함께 매화나무가 '추운 겨울을 함께한 세 벗'에 들어간다. 이 말은 중국 남송 말기의 시인 임경희가 『왕운매사기』에서 "거처에 흙을 쌓아 산을 만들고 매화나무 100그루와 소나무, 대나무를 심어 겨울 친구로 삼았다"고 기록되어 있어 후세 사람들이 이 세 나무를 이름하여 '세한삼우'라 부르게 되었다.

『삼국사기』에 고구려 3대 왕인 대무신왕 때 "8월매화발(八月梅花發)"이라고 8월에 매화꽃이 피어 천재(天災)라고 기록한 것을 보면 우리나라에서도 재배 역사가 깊은 나무다.

순천 선암사에 있는 선암매는 국내 최고(最古)의 매화나무이며, 매화 하면 빼놓을 수 없는 인물인 퇴계 이황이 심어 '도산매'라는 이름으로도 불리는 도산서원의 '퇴계매'도 있다. 이 퇴계매는 퇴계가 상처(喪妻)한 후 나이 47세 때 혼자의 몸으로 단양 현령으로 근무할 적에 두향(杜香)이라는 관기가 이황의 인품에 매료되어 사랑의 징표로 여러 가지를 선물로 보냈으나 모두 거절당했다. 이황이 매화를 좋아한다는 것을 산파한 두향이 고심하게 품격이 있는 매회 한 그루를 선물하자 퇴계는 이를 받아 관아에 심어 두었다가 다른 임지로 부임해 갈 때도 옮겨가서 보살피고 키웠다. 도산서원에 들면서도 옮겨와 심어 가꾸었는데 숨을 거두는 순간까지도 "저 나무에 물을 주거라"라는 말을 남길 만큼 매화에 대한 사랑이 남달랐다. 지금은 그 나무는 고사하고 없지만 후학들이 그 뜻을 기려 서원 내에 많은 매화나무를 심어 가꾸고 있다.

매화나무와 매실나무

매화나무와 매실나무는 같은 나무지만 이름을 다르게 부른다. 꽃을 주로 보는 것은 매화나무로 화매(花梅), 열매를 거두기 위한 것은 매실나무로 실매(實梅)라 부른다. 화매는 실매에 비해 꽃이 피는 시기가 빠르고 겹꽃으로 결실률이 낮지만, 정원수나 조경수일 경우는 매화나무로, 과수원 등에서 유실수로 심어 재배할 때는 매실나무로 부르면 문제가 없어 보인다. 오랫동안 많은 사랑을 받아 온 나무인 만큼 매화나무는 이외에도 경우에 따라 다양한 이름으로 불리고 있다.

꽃의 색깔이 흰색인 백매(白梅)와 붉은색인 홍매(紅梅)는 피는 꽃의 색상으로 구분하여 부르는 이름이고, 개화 시기에 따라 일찍 꽃이 핀다고 조매(朝梅), 추운 겨울에 꽃이 핀다고 동매(冬梅), 눈 속에서 꽃이 핀다고 설중매(雪中梅)라 불리기도 한다. 이외에도 매화수, 매화목을 비롯해 봄을 알리는 나무라고 '춘고초(春告草)'라 불리기도 했다.

중국에서는 '메'로 일본에서는 '우메'로 발음하는데, 특히 일본의 매실 절임식품인 '우메보시'는 매실을 통째로 절여 만들지만, 우리나라의 절임식품인 '매실장아찌'는 씨를 빼고 과육을 썰어서 담그는 게 보통이다.

부산 동래구는 "엄동설한을 이겨내고 화사하고 깨끗하게 피는 꽃으로 어려움에도 불구하고 밝고 맑은 마음가짐을 가진 동래 구민들을 뜻한다"며 구화(區花)로 지정하였으며, 우리나라 중남부와 일본, 중국에 주로 분포하는 매화는 중국의 사천성과 호북성의 산간지대가 원산지로 중국의 나라꽃이 바로 매화이기도 하다.

국내 지명으로 남아 있는 매화와 관련 있는 곳으로는 매화나무 자생지로서 유래된 수원의 호매실동과 매화나무가 호수를 이루듯이 많다고 이름 지어진 원주의 매호리가 있으며, 매호리에서는 국내 매실주산지인 광양, 순천, 하동과 마찬가지로 매년 매화 축제가 열리고 있다.

장미목, 장미과, 벗나무속인 매화나무는 키가 5~9m 정도로 자라는 낙엽활엽소교목으로 관속식물이다. 품종이 300여 종으로 흑매화(黑梅花), 만첩백매, 만첩홍매, 중엽매, 일지매, 녹악매(綠萼梅), 송광매(松廣梅), 용유매(龍遊梅), 납매(蠟梅), 와룡매(臥龍梅), 좌론매(座論梅) 등 다양한 이름이 풍부한 것은 물론 식용, 약용, 관상용에 따라 야매계(野梅系), 홍매계(紅梅系), 풍후계(豊後系) 등 다양한 분류 체계와 이름을 다 열거할 수 없을 만큼 많은 나무로, 현재 재배종으로는 매실을 주로 채취하는 품종으로 풍후계가 대다수를 차지하고 있다. 역사적으로는 3,000여 년 전부터 재배하여 건강식품이나 약재로 사용하였으나, 우리나라에서는 삼국시대까지는 정원수로 이용되다가 고려시대 이후로 약재로 사용되었다고 보여진다.

번식은 실생과 접목으로 하지만 과수용은 접목을 한다. 천근성이라 뿌리가 얕아 가뭄에 취약하다. 줄기는 암회색으로 불규칙하게 갈라지고, 어린 가지는 녹색을 띤다. 매화나무는 온난 다습하고 양지바른 사질 양토에서 잘 자라며, 석류, 살구, 모과 등과 함께 병충해에 강해 방제가 거의 필요 없는 과수로 정원수로 적당한 나무다. 연평균 기온 섭씨 12~15도가 재배지로서 적당하며, 2~3월과 10~11월이 이식 적기로 주로 묘목은 가을에 낙엽이 진 후 바로 심는 게 좋다. 개성 이북에서는 기후의 영향으로 꽃만 피고 열매는 잘 맺지 못한다.

매화꽃의 꽃말은 '충실, 고격, 기품, 인내, 맑은 마음'이다. 꽃말도 나무의 성격에 잘 어울리게 품격 있다. 전년도 가지의 잎겨드랑이에서 1~2개씩 흰색 또는 분홍색으로 피고, 강한 향기를 내뿜는다. 꽃받침은 둥글고 길이 3~5mm, 5장의 꽃잎은 도란형으로 길이 9~14mm로 털이 없으며, 수술은 많고 꽃잎보다 짧다.

문인 묵객의 사랑을 받는 나무

속담에도 매화나무와 관련된 것들이 많다. "매화꽃이 많이 피면 풍년이 들고 매실이 많이 열리면 논농사가 잘 된다"는 속담은 농경사회에서 얻은 경험의 결과로 오래도록 체득한 기후 환경이 농경 생활에 미치는 영향에서 온 말이다. "매화도 한 철, 국화도 한 철"이라는 속담은 좋은 시절 즉, 행복하고 아름다운 때도 길지 않으니 매사에 최선을 다해 열심히 살라는 뜻이다.

『삼국지연의』에 나오는 조조로 인하여 생긴 고사성어 '망매해갈(望梅解渴)'은 행군으로 지친 병사들이 갈증을 호소하여 조조가 "저 언덕 너머에 매실밭이 있다"고 거짓말을 하자, 병사들이 시큼한 매실을 연상하고 입안에 침이 고여 갈증을 해소하게 하였다는 데에서 유래된 말이다. 진나라의 사마염이 오나라를 공격하다가 길을 잃고 헤매다가 병사들의 갈증을 해소하려고 "조금만 참고 힘을 내시오. 조금만 더 가면 매실나무 숲이 있고 매실이 주렁주렁 달려 있으니 시큼한 매실이 우리의 갈증을 해소해 줄 것이오"라고 다독여 입안에 침이 고인 병사들이 갈증을 해소하고 힘을 내어 오나라를 멸망 시켰다는 데서 유래한 고사성어 '매림지갈(梅林止渴)'도 유사한 이야기로 전해지고 있다. 하지만 조조에 의해 탄생한 '망매해갈'에 나오는 '매'는 '양매'로 '매실'은 '장미목'이고 '양매'는 '참나무목'에 속하는 다른 나무이므로 이름에 '매' 자가 들어가 해석 과정에서 오역으로 잘못 알려진 것이라는 설도 있다.

매화나무는 중국 진나라 때 절정의 꽃을 피웠던 문학이 쇠퇴하자 '문인 묵객의 사랑을 받는 나무'라는 뜻의 '호문목(好文木)'이라 불리기도 했다. 역사적으로 긴 세월 동안 문인들의 사랑을 독차지해 온 나무인 만큼 이를 주제나 소재로 한 시작(詩作)이나 기록들이 차고 넘치지만, 그중에서도 조선의 화훼 전문가로 "죽단화보다는 황매화를, 겹삼잎국화보다는 삼잎국화를, 만첩산철쭉보다는 철쭉을 더 아끼게 되어야 비로소 원예가의 경지에 들어선다"는 말을 남긴 화훼 전문서적『화암수록』을 쓴 유박을 빼놓을 수 없다. 유박이 '고표일운(高標逸韻)'을 기준으로 45종의 꽃의 등급을 9등급으로 매겨 저술한 책『화목품제(花木品題)』에서 소나무, 대나무, 연꽃, 국화와 함께 매화를 "1등급 중에서도 고상한 자태와 은은한 운치를 품격으로 가지가 비스듬히 생기고 야위어 기이하고 예(藝)스럽게 생긴 것이 최고"라 언급한 것은 하나의 나무를 생명을 뛰어넘은 예술품으로 승화시켜 판단했다는 것 자체가 백미라 하겠다.

아울러 사랑의 꽃 중에서도 으뜸으로 치는 매화는 사랑의 전설을 간직하고 있다. 중국 산동 지방에 사는 한 청년이 같은 동네에 사는 처녀와 사랑에 빠져 결혼을 약속했는데 갑자기 처녀가 죽었다. 청년은 비통하고 애통한 마음에 날마다 처녀의 무덤을 찾아 울었다. 청년의 눈물이 떨어진 자리에 매화나무 한 그루가 자라나자 청년은 집으로 옮겨다 심고 애지중지 정성을 다해 소중하게 키웠다. 잘 자라난 나무는 화사한 꽃을 피우고 향기로운 향기로 집안을 가득 채웠다. 청년은 꽃향기를 맡으며 죽은 처녀를 생각하며 결혼하지 않고 평생을 혼자 살다가 생을 마감했는데, 한 마리의 새로 환생하여 휘파람으로 노래를 불러주며 매화나무 곁을 떠나지 않았다. 그 후 매년 매화가 피는 시기가 되면 매화나무에 휘파람새가 날아와 지저귀는데, 사람들은 휘파람새가 처녀를 잊지 못해 찾아오는 청년의 넋이라 여기게 되었다는 이야기다.

이외에도 매화는 임금의 용변을 뜻하는 용어로도 쓰였고, 긴 장마를 일컬어 '매우(梅雨)'라고 부르는 등 고결한 단어의 표현에 사용되었으며, 수많은 시와 그림의 소재가 되어 꾸준히 사랑받아 온 나무로 자리잡아 기록으로 보면 타의 추종을 불허할 만큼 방대한 자료들이 넘쳐나는 나무다.

매실과 살구

매실은 6월 중순부터 7월 초순에 열매가 파랗게 될 때 수확하면 청매(青梅), 7월 중순 노랗게 익은 열매를 수확하면 황매(黃梅)로 수확하는 시기에 따라 다른 이름으로 부른다. 청매는 과실이 단단하며 신맛이 강하고, 황매는 청매에 비해 신맛이 덜하고 단맛이 강하며 구연산 함량이 청매에 비해 2배 가량 많다. 또 다른 이름 황매화는 같은 장미목, 장미과 식물이지만, 황매화속에 속하는 일명 죽도화로 불리는 낙엽관목으로 꽃이 매화를 닮은 노란색이라 이름 붙여진 다른 나무이다.

또 가공하는 방법에 따라 다르게 부르기도 한다. 청매의 껍질을 벗겨 짚불에 그을린 후 햇볕에 말려 검은색으로 변한 매실을 '까마귀 오(烏)' 자를 써서 오매(烏梅)라 하는데, 구토, 가래, 갈증, 이질, 술독 해소에 좋다. 청매를 증기로 쪄서 말려 주로 술을 담그는 데 쓰이는 것을 금매(金梅), 청매를 소금에 절였다가 햇볕에 말려 구취 제거용으로 사용하는 것을 백매(白梅)라 한다.

매실은 주로 매실청, 매실초, 매실주, 매실차, 설탕 절임, 매실 말랭이로 가공하거나 오매(烏梅)를 달인 제호탕 등으로 만들어 음복한다. 덜 익은 것이나 씨앗을 섭취하면 아미그달린이라는 생리활성물질의 작용으로 식중독의 위험이 있고, 씨앗에는 청산가리 성분이 함유되어 있으므로 매실청이나 담금주를 담가 최소 60일 이상 숙성시켜 먹는 것이 좋다. 매실청의 경우 발효 과정에서 알코올 성분이 생성되므로 다량을 섭취하면 취기가 오를 수 있으니 먹을 때 주의가 필요한 식품이다.

한방에서는 돼지고기와 궁합이 맞지 않는다고 알려져 있지만 실생활에서는 의외로 같이 사용하는 경우가 많다. 일본에서는 장어와 궁합이 맞지 않는다고 알려져 매실과 장어를 함께 내놓는 일이 거의 없다고 한다.

한방명으로 뿌리는 매근(梅根), 가지는 매경(梅莖), 꽃망울은 백매화 혹은 연악매, 연매화로 부르고, 잎은 매엽(梅葉)이라 부른다. 잎은 길이 4~10cm로 난형 또는 넓은 난형으로 어긋나기이고, 잎끝은 길게 뾰족하며 아래는 둥글고 가장자리에 예리한 잔톱니가 있다. 매실은 비타민C와 카테킨산을 함유하고 있어 괴혈병과 항암에 효과가 있고, 곽란, 거담, 구충, 건위, 각기, 살치, 주독, 구역질, 발한, 해열, 역리에 효험이 있어 민간요법과 건강식품으로 널리 애용되고 있다.

열매는 핵과로 매실이라 부르며 2~3cm 크기로 부드럽고 짧은 미세한 털에 덮여 있다. 식용 또는 약용으로 사용되며 열매 한쪽에 긴 홈이 있고 6~7월에 익는다. 열매가 익으면 자두와 살구는 과육과 씨앗이 명확하게 잘 분리되지만 매실은 분리가 잘 되지 않는 특징을 가지고 있다. 특히 시중에 유통되는 청매실은 덜 익은 살구나 개살구, 또는 솎아낸 복숭아를 속여서 거래하는 일이 잦으므로 주의가 필요하다. 솎은 복숭아 과일은 표면에 털이 있으므로 조금만 주의를 기울여 살펴보면 알 수 있지만, 살구나 개살구의 열매는 매실과 구별이 어렵다.

진실을 마주하는 법

실제 사촌 자형이 장인 묘소에 성묘왔다가 산소밭에 심어진 살구나무의 어린 살구를 매실로 오인해 모두 따서 가지고 간 일이 있었다. 여름이 무르익어 갈 즈음 주말에 산소밭 풀베기를 하러 사촌들과 모였는데 이상하게도 그해에는 살구나무에 열매가 전혀 눈에 띄지를 않았다.

"올해는 봄비가 잦은 것도 아닌데 과일이 흉년인가 보다. 살구가 달린 게 안 보이네?"

내가 살구나무 아래의 풀을 베다 말고 쉬는 틈을 타 나무를 쳐다보며 한마디 하자, 사촌동생이 큭큭 웃음을 참느라 잇새로 바람이 샌다.

"와 웃노?"

"송서방이 지난번에 가족끼리 성묘 왔다가 다 따가지고 갔심더."

영문을 몰라 눈이 휘둥그레진 내가 다시 물었다.

"아니! 아직 익지도 않아 쓰서 먹지도 못할 텐데 그걸 와 벌써 따갔노?"

"송서방이 당뇨도 있고 해서 건강이 안 좋으니까 약으로 쓴다고 매실인 줄 알고 몽땅 따가지고 갔심더. 매실이 아니라고 해도 곧이듣질 않아요. 못 따가게 방해하는 줄 알더라고요. 흐흐!"

"그래? 암튼 약이라도 되있으면 좋긴 히겠다만 잘못 쓰면 약이 아니라 독이 될 텐데……. 허기사 둘 다 먹는 열매인데 특별한 일이야 없겠지 뭐!"

"좀 나빠지면 어떻습니까. 마음 같아선 확! 병이 더 악화돼 많이 나빠졌으면 좋겠구마요."

숙모 모시는 일로 누나와 틈새가 벌어졌다더니만 말에 가시가 돋쳐 있었다.

"와? 무슨 일이라도 있나?"

내심 짐작은 하고 있었지만 사태가 심각한 것 같아 시치미를 떼고 물었더니 주저리주저리 그간의 일을 토로한다. 들어만 줘도 속풀이가 되겠거니 싶어 가만히 듣고 있다가 어쨌든 피붙이 가족인데 평생 안 보고 살 수도 없는 일이고 서로 불편한 게 있으면 조금씩이라도 해소해 가며 살라고 하니 금세 다시 화살이 되어 날아왔다.

"저는 이제 안 볼라고 작정했심더! 엄마 땜에 이때껏 내가 당하며 참고 살았는데 이젠 고마할라꼬예."

엄마를 모시고 있는 아들로서 고충도 있겠지만 떨어져 사는 누나 가족으로서 엄마를 보는 시야도 있는 것이니 너무 자기 고집만 부리지 말고 접점을 찾아 화해하는 것이 부모에 대한 자식의 도리라고 내가 말해주었다. 형제가 서로 다투면 부모에게는 오히려 폐가 되는 일이니 얼른 접으라 했다. 손뼉도 마주쳐야 소리가 나는 법이라고 한 손을 슬그머니 빼라고 말이다. 매실은 수확하고 나면 부패가 빠르게 진행되니까 속히 손질해 가공하거나 이용해야 한다며 매실처럼 되지 않으려면 빠를수록 좋다고 말해주었다.

사람은 두 종류로 나뉜다. 좋은 사람과 나쁜 사람이다. 아무리 좋은 사람도 나에게 나쁘게 하면 나쁜 사람이 되고, 나쁜 사람도 나에게 잘하면 좋은 사람이 된다. 전체가 아닌 부분만 보고 선입견으로 사람을 판단하는 것은 일반 사람에게는 흔한 일이다. 때로는 두 눈으로 보고 두 귀로 들은 것도 사실이 아닐 수 있다. 모든 일을 올바로 보려면 훈수꾼으로서 바둑 두는 것을 구경하듯이 조금 떨어져서 바라보면 된다. 양쪽의 장단점을 동시에 볼 수 있기도 하지만 이편저편도 아닌 사심 없는 중간자의 눈으로 바라본다면 진실을 마주할 수 있다.

다행히 일이 잘 수습되어 요즘은 무탈하게 돈독한 형제애를 나누고 있어 보기에 더없이 기쁘고 무척이나 좋다. 매실로 불거진 속내가 서로 화해의 매개체가 되었으니 화사한 매화 향이 절로 풍기는 것 같다.

중국 송나라 시인 임포는 매화 수백 그루를 심고 가꾸어 매실나무와 결혼까지 했다고 하며, 이육사의 매화 사랑도 남달랐다. 이렇게 시대를 초월해 선인들의 일이 골골이 서려 있는 매화나무다. 올해도 벌써 남녘 부산에서 매화가 피었다는 소식이 날아왔다. 내일이 입춘 절기지만 아직 채 겨울이 가시질 않아 조석으로 북풍한설이 살갗을 파고드는데 채 피지 못한 매화가 추위에 사그라들까 걱정된다. 수천 년을 이어온 한겨울 추위를 꿋꿋이 이기고 견뎌낸 강건한 매화지만 다시 한파가 엄습한다는 소리에 내 어깨가 움츠러든다. 앞집 담장에 기대어 선 붉은 옥매화 꽃눈이 괜찮은지 퇴근길에 꼭 들여다봐야겠다.

29

낙상홍

Ilex serrata

삶의 멋은 내면에서 일어난다

토박이들의 텃세

지인이 청평 유명산 자락에 있는 마을에서 보자며 연락이 왔다. 귀
농해 살고 있는 처가 가족이 문제가 생겨 다시 이주할 집을 신축하
려 하니 현장을 답사해 조언을 좀 해달라고 부탁했다. 먼저 살고 있
는 집을 보고 난 후 신축할 현장을 보자고 했다. 장인이 마을 사람들
과 갈등이 생겨 도저히 이 마을에서 생활하기가 힘들어 부득이하게
15~16km 정도 떨어진 곳에 새 터전을 마련하게 되었단다. 귀농한
지 10여 년이 흘렀는데도 서로 융화되지 못하고 겉돌고 있다며 하소
연을 늘어놓는다. 처가 쪽은 이주해 온 처지라 토박이들의 갑질에도

웬만하면 참고 이해하며 나름 자세를 낮추고 적응하려 노력했지만 결국 일이 이렇게 되었다며 한숨이다.

이왕 이렇게 되었으니 다시 여의도로 복귀하라 설득했으나 조용한 시골 생활을 꿈꾸고 선망하는 노인네들이 굳이 청평을 떠나기 싫다고 하기에, 고집을 꺾을 수가 없다며 차선책으로 읍내 언저리 한적한 곳에 자리를 찾았단다. 시내와 가까우니까 "똥개도 자기 집 앞에서는 50% 따고 간다"는 말처럼 지금 사는 곳의 인심과 텃세보다는 나을 거란 판단에 어려운 결정을 했다고 한다.

지금 살고 있는 곳은 대문 안쪽 입구에 보호수로 지정해도 될 만큼 큰 은행나무가 자리를 잡고 있었는데 나무가 바로 옆 농토에 그늘을 드리워 토박이인 토지주와 갈등이 시작되었단다. 수백 년을 넘게 아무 문제 없이 자리를 지키고 있던 나무인데 당초 마을회관으로 쓰던 자리를 구입해 집을 지어 이주하고 보니 마을 소유일 때에는 말이 없다가 외지인으로 주인이 바뀌고 입주해 자리잡으니 나무를 자르자고 해서 갈등이 시작되었다고 한다. 인근에 들어서는 골프장에서 다른 곳에 마을회관을 신축하여 기부했고, 마을 공동소유였던 기존 마을회관을 처분하게 된 것이다. 장인은 은행나무가 마음에 들어 그 터를 사서 기존 회관을 헐고 집을 지어 입주했는데 부지를 측량해 보니 은행나무가 울 안으로 들어오게 되었다. 장인은 내 땅에 서 있으니 내 나무라 우기고, 마을 사람들은 마을 소유의 나무니 지르라고 하여 서로 합의를 이루기가 어려웠다. 시간이 지날수록 갈등의 골만 깊어져 법적 투쟁까지 이르게 되었다. 다행히 은행나무 소유권은 인정받게 되었으나, 이제는 이웃으로 얼굴을 맞대고 살기가 어려운 지경에 이르렀다고 한다. 그래서 궁여지책으로 이주를 결정했고 그 집은 마침 카페를 하겠다는 사람이 있어 세를 주기로 했단다.

둘러보니 10여 년 동안 정원은 정갈하게 관리되어 나무랄 데가 없는 것이 주인의 성격을 보여주고 있는 듯싶었다. 막 떨어지기 시작하는 은행잎이 운치를 더욱 높여주어 농익은 가을 정취에 흠뻑 취했다.

"장인이 다른 건 몰라도 집 울타리에 담장으로 꼭 나무를 심었으면 좋겠다고 하는데 어떤 나무가 좋을까요?"

"낙상홍을 추천합니다. 떨어질 낙(落), 서리 상(霜), 붉을 홍(紅) 자를 씁니다. '서리가 내릴 때쯤 빨간 열매가 익어 달린다'는 뜻에서 유래된 이름입니다."

"집을 짓고는 울타리도 없이 여태껏 살았어요. 은행나무 때문에. 그런데 세 들어 올 사람이 담장을 무엇으로든지 꼭 해달라고 한대요. 그래서 장인이 생각한 게 생울타리에요. 그런데 무슨 나무를 심는 것

이 좋을지 모르겠다고 하기에 새로 집 지을 터보다 여기를 먼저 보자
고 했어요. 낙상홍이라고 했나요? 여기 심어 보고 좋으면 새로 짓는
곳도 같은 나무로 하면 좋겠네요."

"그럼요. 자신 있게 추천합니다. 심고 나면 아마 진짜 좋아하실 거
예요."

그렇게 집 울타리에 낙상홍을 심었는데 마을 사람들은 또 울타리
까지 쳤다면서 말이 많았다. 하지만 여태껏 해 온 깐도 있고 하니 더
는 문제 삼지 못했다. 해가 바뀌어 준공을 앞둔 새집의 울타리도 낙상
홍으로 심어 달라고 했다. 겨울을 나며 보아온 나무가 좋아졌다며 이
렇게 좋은 나무를 진작 심지 못해 아쉬워했다는 것이다.

빨간 구슬 같은 열매

낙상홍은 감탕나무목, 감탕나무과, 감탕나무속에 속하는 낙엽활엽
관목이다. 키가 2~5m 정도까지 자라고 밑에서 여러 줄기가 올라와
하나의 큰 포기를 이루는 다간수목으로, 전국에 식재가 가능한 귀화
식물로 원산지는 일본, 중국이다.

일본명 '우메모도키(梅擬)'는 잎이 매실나무를 닮아 붙여진 이름이고, 속명 'Ilex'는 고대 라틴명 'Qurcus ilex'에서 온 이름이며, 학명 'Ilex serrata'는 잎에 톱니가 있다는 뜻에서 생긴 이름이다.

영어명이 'Japanese winterberry'이라 원산지가 일본이라는 설이 많지만, 중국명 '낙상홍(落霜紅)'이 그대로 쓰이는 것을 보면 일본이라는 것에 의문이 드는 것도 사실이다. 속명은 '경모동청(硬毛冬青)', 생약명은 세엽동청(細叶冬青), 묘추자초(猫秋子草)로 뿌리껍질과 잎에 지혈제, 소염제, 피부 궤양과 열을 내리는 효과가 있다.

수피는 회색이며, 새 가지에 세로 주름골이 있고, 2년생 가지는 단면이 둥글고 털이 있거나 없으며 껍질에 잔구멍이 있다. 어린나무는 음지 생육이 어느 정도 괜찮지만 성목이 그늘에서 자라면 아래쪽 가지가 도태되고, 열매가 잘 달리지 않는다.

국내에 자생하는 감탕나무속으로는 호랑가시나무, 먼나무, 감탕나무, 꽝꽝나무, 대패집나무 등이 있는데, 다른 나무속에 비해 상록수와 낙엽수가 같이 속해 있는 특징이 있다. 하지만 낙상홍은 8종이 국내에 등록은 되어 있으나 자생지는 없는 것으로 알려져 있다. 또 빨간 구슬 같은 열매가 달리는 나무로 여러 가지 나무가 있지만 대표적인 것들이 가막살나무, 덜꿩나무, 마가목, 산사나무, 찔레나무 등이다. 이 중에서도 낙상홍은 다른 나무들에 비해 열매가 더 많이 풍부하게 달려 열매로 더욱 명성이 자자한 나무이다. 하지만 변종인 'Ilex serrata Leucocarpa'와 'Ilex serrata Hatsuyuki' 같은 열매가 흰색과 황색으로 열리는 흰낙상홍, 노란낙상홍도 있으며, 꽃자루가 길어 처마에 매달린 풍경 모양을 닮았다고 이름 붙여진 풍경낙상홍, 열매가 낙상홍 보다 많이 달리고 더 붉은 빛을 띠는 미국낙상홍, 잎이 작고 열매가 낙상홍의 5분의 1 정도 크기인 좀잎낙상홍, 가지가 굵고 잎이 큰 심산낙상홍, 가지가 굵고 흰 꽃을 피우는 긴잎낙상홍 등이 있다. 특히 미국낙상홍은 원산지가 미국과 캐나다로 키가 4~5m까지 자라며, 흰색 꽃이 우산처럼 모여서 핀다.

낙상홍의 꽃말은 '명랑, 밝음'이다. 암수딴그루로 열매를 보려면 암나무와 수나무를 같이 심어야 한다. 암꽃은 2~4개, 수꽃은 5~20개로 암술이 없고, 꽃잎은 4~5개로 5~6월에 개화하지만 개화 시기를 잘 모를 정도이며, 10월에 붉은색으로 결실한다. 꽃은 새로 자란 가지 잎겨드랑이에 모여 달리며, 꽃의 크기는 3~4mm, 꽃받침의 크기는 1.5~2mm 크기로, 미국낙상홍에 비해 꽃 색상이 분홍색 또는 홍자색에 가까운 자줏빛 또는 흰색이다.

열매는 구과(球果)로 크기가 5mm 정도 크기이고, 한 개의 열매 속에 6~8개의 들깨만한 크기의 하얀 종자가 들어있다. 겨울을 난 이듬해 봄까지 열매가 삘갛게 달려 있어 눈이 열매에 내려앉으면 아름다움이 극에 달한다. 하지만 소화가 잘되지 않아 열매는 새들에게 인기가 많은 편이 아니지만 다른 먹거리가 적어지면 새들이 모여들고 소화가 늦게 되므로 씨앗을 멀리까지 퍼지게 하는 장점이 있다.

잎은 어긋나기로 긴 타원형 또는 난상 타원형 모양을 하고 있으며, 길이 4~8cm, 너비 3~4cm로 끝이 뾰족하고 가장자리에 톱니가 있으며 양면에 짧은 털이 있다. 잎자루 길이는 6~8mm이고, 잎은 단풍이 적갈색으로 든다.

번식은 실생, 꺾꽂이, 접목, 분주, 취목으로 하며, 천근성이라 이식이 쉽고, 습윤토와 산성 토양에서 잘 자라지만 특별히 토질을 가리지는 않는다. 알카리성 토양에는 석회질의 산성 비료를 살포하면 성장이 좋다. 내건조성이 다소 약하지만 내공해성, 내한성, 내염성이 강하고 맹아력이 좋은 양수지만 성장이 다소 느린 편이다.

가지치기는 겨울에 실시하는 것이 좋으며, 가늘고 밀생하는 잔털이 있는 어린 가지가 발달하여 전지, 전정을 통해 다양한 모양으로 기를 수 있다. 주로 공원수, 조경수로 식재하며, 독립수, 군식, 열식, 울타리용으로 좋은 수목으로 분재, 꽃꽂이용, 약용으로 쓰인다. 병충해에는 대체적으로 강한 편이지만 깍지벌레와 미국선녀벌레의 피해를 입을 수 있으므로 방제가 필요하다. 국내에서 유통되는 조경수로서의 낙상홍은 대개 미국낙상홍이 주류를 이루고 있다.

자기 눈으로 자기 눈썹을 보지 못한다

지인 처가의 새 터전에도 생울타리로 낙상홍을 심었다. 집을 지을 때 옆집에서 담장 쌓을 비용을 분담해 설치하자는 제의가 있었지만 생울타리를 한다고 하니 무슨 생울타리냐며 못마땅해했다. 하지만 수년이 흐른 지금은 오히려 고마워하며 벽돌담을 쌓지 않기를 정말 잘했다고 좋아한다는 전언이다. 장인어른도 흡족해하며 낙상홍이 이제 최애나무가 되었단다. 오게 되면 꼭 따뜻한 차라도 한 잔 대접하겠다며 벼르고 있단다.

서로 조금만 양보하고 한발 물러서는 배려를 한다면 살기 좋은 세상이 될 텐데 세상은 내 생각대로 그렇게 녹록지 않은 듯하다. 은행나무 집에서 서로 살가운 정을 나누었다면 얼마나 좋았을까? 되짚어 보면 세상살이 모든 게 나로부터 시작된다. 나를 잘 갈고 닦아야 하는 이유다. 사람이 서로 얽히고설킨 세상에서 매너를 지키는 것은 기본 덕목이다. 남에 대한 배려, 나누는 자비, 주변에 피해를 끼치고 싶지 않은 마음……. 사람은 평소에 올곧은 생각을 해야 행동할 때 자연스럽게 좋은 매너가 튀어나온다. 필요할 때 의식적으로 노력한다고 되는 것이 아니다.

삶의 멋은 내면에서 일어난다. 탈무드에 이런 말이 있다. 아무리 감추려고 해도 감출 수 없는 것이 가난과 사랑, 그리고 재채기란다. 여기에 한 가지 더 보탠다면 바로 매너가 아닐까. 막다른 궁지에 몰리면 그 사람의 매너 수준을 파악할 수 있다. 매너가 몸에 배어 있지 않은 사람은 절대 감출 수가 없다. 한비자는 사람을 보는 데 필요한 지혜는 바로 자신을 보는 데 있다고 했다. 자기 눈으로 자기 눈썹을 보지 못한다. 이것은 인간의 기본 속성이다. 스스로에게 빠져 자신을 인식하지 못하면 안 된다. 자기 스스로 등대가 되어 위로하고 감싸고 안아주는 것이 바로 행복한 삶의 초석이 된다.

옆집과의 갈등을 봉합하고 낙상홍 울타리가 이제 화목(和睦)의 화신이 되었다. 지인 처가 가족도 낙상홍의 명랑하고 밝은 기운을 나누어 지난 아픔을 훌훌 털어 버리고 행복으로 충만한 노후가 되길 소원해 본다.

30

마가목

Sorbus commixta

꿈이 있는 곳에 길이 있다

탈바꿈을 위한 시도

"아이고! 영감 때문에 내가 미치겠어요."

"왜요?"

"실컷 심어 놓은 나무를 몽땅 바꾸라네요. 심은 지 1년밖에 안 돼 옮기면 죽는다고 해도 막무가내네요."

"특별한 이유라도 있습니까?"

"티 주변으로 산딸나무를 심었더니 마가목에 꽂혀 가지고 다 바꾸라네요. 참나! 작년에 심자고 할 땐 심드렁하더니 한 해 지내고 보니 좋다는 걸 이제 안 모양이죠. 뭐!"

지난 가을 충주의 한 골프장에 들렀더니 한창 나무를 옮겨 심느라고 아우성이었다.

조경에 관심이 많은 회장이 여기다 심어라 저기다 심어라 일일이 장소와 수종을 정해 주어 심었던 나무인데 1년도 채 지나지 않아 티잉그라운드 주변에 심었던 산딸나무와 쪽동백나무를 뽑아 옮기고 마가목으로 바꿔 심으라고 해서 벌어진 일이다.

회장이 겨울을 나며 빨간 열매를 달고 있는 마가목과 낙상홍, 덜꿩나무를 접한 다음 나름 좋은 느낌을 받은 모양이었다. 이 세 가지 나무를 최대한 많이 심어 골프장 조경을 업그레이드하겠다며 마가목이 심긴 밭떼기를 통째로 계약해 일을 벌였다고 한다.

과유불급이라고 많은 것이 다 좋은 것은 아니련만 그래도 윗선에서 결정한 일이니 따르면서도 마음이 썩 내키지 않는 말투였다.

"손님도 받아야 하는데 아랑곳없으니 어쩔 줄을 모르겠어요."

"잘하자는 일이니 나쁠 거야 없겠지만 손님에게 피해를 주니 공이라도 한 줄씩 주자고 말해 보시죠?"

"아이고! 말도 마세요. 그런 씨알이 멕히는 사람이 아니에요. 오히려 예쁜 꽃을 많이 심어 보기 좋으니 꽃 구경값으로 그린피를 더 올려받아야 하는 것 아니냐고 하는데요. 하하!"

프리드리히 니체는 "사람은 항상 껍질을 벗고 새로워져야 하고 항상 새로운 삶을 향해 나아가야 한다. 그렇게 한층 새로운 자신을 만들기 위한 탈바꿈을 평생 멈추지 말라"고 충고했다. 회장의 끊임없는 변신이 비록 직원들을 고달프게 할지언정 골프장의 환경을 한층 업그레이드하는 것이니 나쁠 건 없지 않느냐고 했더니 그건 그렇단다. 80세에 가까운 나이에도 불구하고 아직 불타는 열정과 왕성한 체력으로 일을 추진하는 것을 보면 자신을 돌아보게 되고 생각을 다시 해보게 된다며 말이다.

호기심으로 가득한 눈빛이 발산하는 환한 빛은 자신이 원하고 즐기는 일을 할 때 생긴다. 마음의 에너지가 떨어지면 심신이 지치고 모든 일에 부정적인 영향을 미친다. 혁신은 모두가 불가능하다고 인식하고 부정적 시각을 가질 때 다른 시각으로 바라보고 방법을 찾아내는 것에서 시작되고 이루어진다. 불가능해 보이는 것을 시도하고 이루어 낼 때 새로운 역사는 쓰인다. 남들이 생각지 못하고 알아도 귀찮아서 회피하고픈 일을 끊임없이 찾아내어 매진하고 이루어내는 노익장 회장이 우러러 보인다. 그렇게 심은 마가목은 겨우내 빨간 열매를 매달고 북풍한설 속에서도 꿋꿋이 자리를 지켰을 것이다.

귀신 쫓는 나무

마가목은 해발 500~1,200m의 깊은 산속에서 자생하는 나무다. 예부터 '귀신 쫓는 나무'로 알려질 만큼 열매가 붉어 화려하고, 민간요법으로 "꾸준히 먹으면 근육과 뼈가 말(馬)처럼 강한 힘을 얻는다"는 속설이 있을 정도의 만병통치약으로 불리는 만큼 귀한 대접을 받는 나무 중의 으뜸으로 생활에 유용한 나무다.

마가목 종류에는 세계적으로 100여 종이 있고, 우리나라에는 당마가목, 산마가목, 팥배나무의 3속과 변종으로 잔털마가목, 당털마가목, 녹마가목의 3종이 서식하고 있는데, 잔털마가목은 잎 뒷면 맥에 잔털이 있고, 왕털마가목은 잎 뒷면에 털이 듬성듬성 드물게 있으며, 녹마가목은 잎의 맥에 갈색 털이 있는 특징으로 구분할 수 있다. 우리나라 마가나무속 자생식물에는 팥배나무, 털팥배나무, 긴팥배나무, 벌배나무, 왕잎팥배나무, 긴잎팥배나무, 당마가목, 흰털당마가목, 넓은잎당마가목, 자빛당마가목, 마가목, 잔털마가목, 녹마가목, 왕털마가목, 산마가목 등이 있다.

마가목은 기후와 토질에 민감하여 생육이 어려우나, 표토가 깊고 적당한 습윤이 있는 햇빛이 잘 드는 비옥한 땅에서 잘 자란다. 맹아력이 좋고, 내염성이 강하지만 공해에는 다소 취약함을 보인다. 키는 6~8m로 자라며, 낙엽활엽교목으로 장미목, 장미과, 마가목속에 속하는 나무로, 봄에 싹이 틀 때 새싹의 모습이 말의 이빨을 닮았다고 마아목(馬牙木)이라 불리다가 마가목으로 불리게 되었다. 겨울눈은 불룩한 원뿔 모양으로 붉은 갈색을 띠고 있다.

주로 우리나라와 일본, 러시아, 유럽, 미국에 분포하며, 우리나라에서는 강원도, 경상도, 전남, 충북, 제주도, 울릉도에 서식하고 있고, 울릉도에서는 당마가목을 재배하기도 한다. 번식은 주로 실생, 삽목으로 하지만 접목이 가능하다.

목질이 치밀한 나무줄기 속은 가장자리가 노란빛을 띤 갈색이고 안쪽은 짙은 노란 갈색으로 한가운데에는 밝은 갈색의 속심이 있다. 주로 물레, 조각재, 지팡이, 망치 자루로 쓰인다. 마가목은 내화성이 좋아 "일곱 번을 불을 지펴도 타지 않는다"는 말이 있어 "아궁이에 넣어두면 집안이 번창한다"는 속설과 "지팡이로 사용하면 굽은 허리가 펴진다"는 말이 전해오고 있다. 나무껍질은 회갈색, 갈색이며 가늘고 긴 돌기가 있고, 불규칙하게 갈라지며, 고목이 되면 회갈색으로 변하고, 껍질이 얇게 벗겨져 너덜너덜해지며 껍질눈이 있다. 햇가지는 붉은색을 띠다가 점차 노란 갈색으로 변하며, 잔가지에는 주름 마디가 있으며, 묵은 가지는 회색빛이 도는 갈색으로 털이 없고 어두운 회색 얼룩이 생긴다.

껍질을 한방명으로 정공피(丁公皮), 정공등(丁公藤), 천산화추(天山花楸)라 하며, 다른 이름으로 남등이, 남등(南藤), 석남등(石南藤), 잡화추, 일본화추라 부르고, 영어명은 '산속 물푸레나무'라는 뜻을 가진 'Mountain ash'다. 한자어로는 호두 잎을 닮은 꽃 피는 나무라고 화추(花楸)라 부른다. 마가목이 정공등(丁公藤)으로 덩굴이 아닌데도 등(藤)이라 부르는 것은 중국에 우리나라의 마가목과 닮은 덩굴성 식물을 정공등이라고 부르는 데에서 연유되었다.

『동의보감』에는 "정공등(丁公藤)이라 한다. 풍증과 어혈을 낫게 하고, 늙은이와 쇠약한 것을 보하고, 성 기능을 높이며, 허리 힘, 다리 맥을 세게 하고, 뼈마디가 아리고 아픈 증상을 낫게 한다. 흰머리를 검게 하고, 풍사(風邪)를 물리친다"고 기록되어 있다.

마가목 껍질은 폐결핵으로 인한 해수, 천식, 진해, 위염, 복통, 강장, 이뇨, 중풍, 거풍, 허약체질, 백발, 요슬통, 기침, 방광염, 신장결석, 정신분열, 불면증, 손발저림 등에 주로 쓰이고, 민간요법으로 열매와 껍질을 신경통, 허리통증, 원기회복, 관절염, 비염, 기관지염 등에 사용했다. 손발저림에는 꽃을 말리거나 익은 열매를 채취하여 말려서 끓여 복용한다.

하지만 꽃과 수피, 열매와 가지, 수피 등에는 찬 성질과 파라솔비산이라는 독성 물질과 철분을 많이 함유하고 있어 과다 섭취 시 소화불량, 구토, 두통, 변비를 유발할 수 있으므로 몸이 차거나 소화기능이 약한 사람은 주의가 필요하며, 장복을 피하고, 열매는 저온 또는 고온으로 보관해야 한다.

함께 있으면 안심

요즘은 유럽이나 미국에서 전파되어 원예종으로 재배한 나무가 주로 관상수로 심어져 주변이나 공원에서 쉽게 접할 수 있게 되었는데, 동양에서는 주로 약재로 쓰이지만 서양에서는 '안심을 기원하는 나무'로 여겨진다.

마가목 꽃은 5~7월 초여름에 잎겨드랑이에서 흰색 꽃이 겹산방 꽃차례로 무리지어 핀다. 꽃받침은 술잔 모양으로 5개로 갈라지고 조각은 넓은 삼각형 모양을 하고 있으며, 꽃잎은 5개의 납작한 원형으로 안쪽에 털이 있다. 수술은 15~25개, 암술은 3~4개로 밑동에 털이 있으며, 어긋나게 두 번 갈라져 쟁반처럼 퍼진 꽃대가 나와 지름 8~10mm의 꽃이 달린다. 열매는 작은 사과 모양으로 둥글고 콩알 크기 정도인 5~8mm의 과육이 있는 씨방이 있으며, 색깔은 붉고 8~10월에 늘어지며 익는다.

마가목의 꽃말 '함께 있으면 안심, 게으름을 모르는 나무, 신중, 조심, 현명'에 얽힌 신화 속 이야기가 있다. 북유럽 노르드 신화에 나오는 벼락의 신 토르(Thor)는 항상 농부들의 편에 서서 도움을 주는 수호신인데, 한번 화가 나면 무섭게 변신해 벼락을 내던져 무엇이든지 박살을 내버리는 두려운 존재다. 토르는 로키(Loki)의 말에 속아서 하인 샬비를 데리고 거인의 나라 가이뢰트 성을 향해 가던 중 큰 강을 만나게 되고, 막대기에 힘을 주어 강바닥을 짚으며 강을 건너게 되는데 갑자기 물살이 강해져 상류 쪽을 바라보니 가이뢰트의 거인 딸 걀프가 양쪽 다리를 강물에 담그고 가랑이 사이로 물을 흘려보내고 있었다. 강바닥의 돌을 주워 던져서 걀프를 쓰러트리지만, 이미 불어난 물에 샬비와 함께 떠내려 가게 되는데 다행히 나무 조각 하나를 붙잡아 강물에서 탈출하게 되어 살아날 수 있었다. 이때 붙잡고 있던 나무 조각이 바로 마가목이었고 마가목이 토르의 목숨을 구해 주었다고 성스러운 나무가 되었다. 그 연유로 '함께 있으면 안심'이라는 꽃말이 생겼으며, 스웨덴에서는 배를 만들 때 반드시 마가목 한 조각을 쓰게 되었다.

가을에 노랗다가 붉은색으로 물드는 단풍과 8~10월에 익어 한겨울에도 매달려 있는 열매가 예뻐 관상용으로 많이 식재되고 있으며, 약용, 식용으로 쓰이고, 새의 먹이로도 좋다. 열매는 이과(梨果)로 당목가 혹은 마가자(馬家子)로 불리며, "맛은 달고 쓰며 평하다"라고 『동북상용중약수책(東北常用中藥手冊)』에 기록되어 있다.

붉은 주황색의 열매는 '가을에 만나는 산삼'이라는 애칭을 가지고 있을 정도로 효험이 많다고 알려져 있다. 플라보노이드, 1-소르보스, 카테킨, 알파카로텐, 각종 아미노산이 함유되어 있어 허리디스크, 피부 주름 개선에 효과가 있어 화장품 개발에 이용하고 있으며, 1-소르보스 물질은 곰팡이를 억제하는 효과가 있어 식품첨가용 방부제로 쓰이고 있다.

잎은 끝이 뾰족하고 밑부분이 둥글거나 쐐기 모양으로 양면에 털이 없다. 어긋나기 깃꼴겹잎으로 9~13개의 작은 잎으로 우상복엽으로 구성되어 있고, 작은 잎의 모양은 긴 타원형으로 가장자리에 가는 톱니가 있으며, 잎의 표면은 녹색이고 뒷면은 연녹색이나 회백색을 띠고 있다. 새순은 데쳐서 나물로 먹고 열매나 껍질은 끓여 차로 마시거나 술로 담가 복용한다. 마가목은 탈취 효과가 있어 냉장고에 넣어 두면 냄새 제거에 탁월한 효과를 보인다. 줄기는 하나 또는 여러 개의 다간으로 자라며 밑동에서 줄기가 갈라져 6~10m까지 곧게 자란다. 가지는 무성히 위쪽으로 뻗어 낙하산 모양의 둥그런 형태로 자란다.

이렇게 열매와 단풍이 아름다운 나무이니 골프장 회장이 혹하지 않을 수 있었겠나 싶다. 하물며 한 해 겨울을 지내보니 빨간 열매가 겨우내 매달려 잎이 진 나무를 더욱 돋보이게 했으니 관상수로서 가치를 충분히 인식하고도 남았으리라.

"뜻이 있는 곳에 길이 있다"고 이왕 마음에 든 나무이니 밭뙈기로 구입해 전체 홀의 티잉그라운드와 그린 주변을 치장하고 싶었던 게다. 올여름이 지나고 가을이 되면 그 진가를 뽐낼 수 있으리라. 항상 더 나은 미래와 발전을 위해 마음과 행동을 아끼지 않는 회장의 혁신적 사고와 열정에 자신을 얹어 본다. 미래를 상상하며 꿈꾸는 것은 즐겁고 신나는 일이고, 대단히 중요한 일이다. 희망을 가질 수 있고 긍정의 화신으로 자신을 불태울 수 있는 기회가 되기 때문이다. 꿈은 생활 속에서 이루어진다. 선택을 피하는 비겁하고 옹졸한 마음과 행동을 경계해야 한다. 주는 대로 먹고 시키는 대로 하고 살아지는 대로 생각하는 인간 허수아비는 되지 말자. 설이 지나고 입춘이 지났지만 아직 잔설을 머리에 하얗게 인 마가목 열매를 바라보며 새해 새 희망을 다져 본다. 빨간 열매에 맺힌 실빙(雪氷)이 오늘따라 유난히 햇빛에 반짝인다.

참고도서

- 『나무도감』, 임경빈 외, 도서출판 보리

- 『원색 한국식물도감』, 이영노, 교학사

- 『한국토종작물자원도감』, 안완식, 이유

- 『한국의 자원식물』, 김태정, 서울대학교출판부

- 『조경수목핸드북』, 김용식, 광일문화사

- 『나무 쉽게 찾기』, 윤주복, 진선출판사

- 『한국 식물 이름의 유래』, 조민제 외, 심플라이프

- 『한국민족문화대백과사전』, 한국정신문화연구원

- 『문화유산정보』, 문화재청

- 『한국세시풍속사전』, 국립민속박물관

- 『민초들의 지킴이 신앙』, 김형주, 민속원

- 『동의보감』, 허준, 법인문화사

- 『본초강목』, 이시진, 문사철

- 『신증동국여지승람』, 이행 외 저, 권덕주 외 역, 한국고전번역원

- 『우리나라 나무도감』, 윤주복, 진선Books

나무는 오늘도 사랑을 꿈꾼다

인쇄일 2023년 5월 22일
발행일 2023년 5월 29일

지은이 최득호

펴낸곳 아임스토리(주)
펴낸이 남정인
출판등록 2021년 4월 13일 제2021-000113호
주소 서울특별시 서대문구 수색로43 사회적경제마을자치센터 2층
전화 02-516-3373
팩스 0303-3444-3373
전자우편 im_book@naver.com
홈페이지 imbook.modoo.at
블로그 blog.naver.com/im_book

ISBN 979-11-981599-1-5 (03810)